JLPT

依照 N5~N1 分類，
更為詞性分門別類！
絕對合格一擊必殺

使用說明

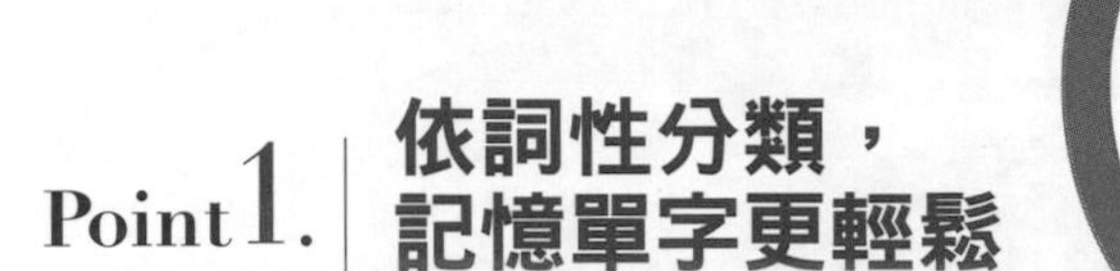

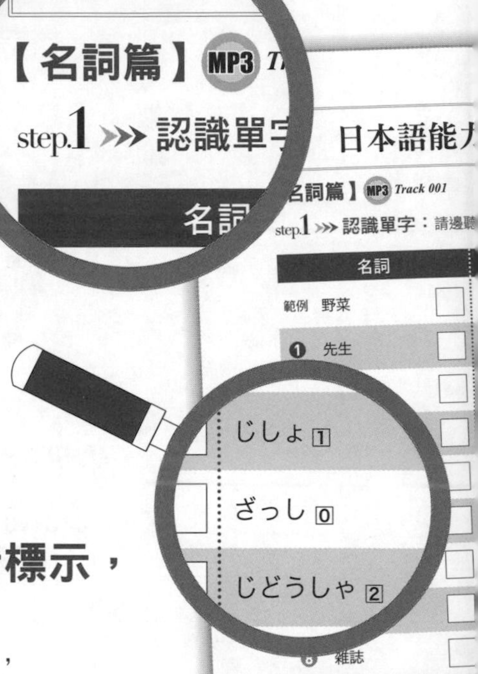

Point 1. 依詞性分類，記憶單字更輕鬆

N5~N1 每一級皆依詞性分類，循序漸進認識單字，文法學習時也更簡單明瞭，不再因為單字詞性而錯亂！

MP3 *Track 001*

Point 2. 日師精準發音及重音標示，一起說出道地日文

各級皆附有專業日師精準發音，再輔以重音標示，直接學最道地的日文發音！學單字不只記住單字寫法，更能說出最道地的日文！

Point 3. 獨門「單字小教室」，不只背單字還要懂更多

單字小教室會講解中文和日文的差異，也會說明日文文法的重點，讓你在正式上場考試時能掌握搶分關鍵，一舉通過日檢！

Point 4. 三步驟背誦法，自我檢測反覆練習

每頁清楚標示獨家背誦三步驟：**認識記憶單字→反覆讀音強化→例句練習活用**，藉由簡單的步驟反覆練習，練完勾選自我檢測小方格，學習成效看得見，粗心謬誤不再犯！

語彙

完成請在□打✓。

意思
蔬菜
老師
桌子
教室
公司
銀行
橡皮擦
字典
雜誌
汽車

們來說很容易記住。但是，日文裡心就會誤會意思。下面列舉幾個意

蛇口　愛人　老婆
顏色　麻雀

step.2 >>> **讀音練習**：對照左頁，邊唸邊寫

step.3 >>> **例句練習**：每日背誦 10 個例句，

讀音練習	表記
345	副大統領は何時に（
346	皆様、委員長が（　　）ました。
347	真子さまは純白のドレスをお（　　）ています。□
348	イバンカ様は日本人形を（　　）ました。□

考題出現在「言語知識（文字・語彙）」測驗當中

令人聞風喪膽的尊敬語及謙讓語！

所謂的「尊敬語」就是向尊敬的人所使用的文體，是抬高對方地位的表現，因此常用於上司、客戶及地位高的人物。而「謙讓語」則是將自己地位降低、表達謙遜的用法，所以要使用於話者自身的動作，千萬不要搞混了喔！那為什麼說令人聞風喪膽呢？這是因為這些文體都又長又難記，真的需要下一點功夫啊！

245

step.2 >>> 讀音練習

step.3 >>> 例句練習

讀音練習

Point 5. 名師貼心小叮嚀

日本文化中有許多要注意的小眉角，讓最熟悉日本的專業老師提醒你哪裡要注意，釐清可能有誤解之處，讓你也能和日本人交流無障礙！

はじめに
作者序

在說到日文程度的時候，常會提到「N1」、「N2」甚至「N5」，剛開始接觸日文的朋友可能會覺得困惑，所謂的「N1」、「N2」和「N5」指的是什麼呢？

要知道一個人的日文程度，就會去看他的「日檢」考過幾級了，而國際上最有名的「日檢」就是「日本語能力試驗 JLPT」，「日本語能力試驗 JLPT」的分級由簡至難，依序正好是 N5 ～ N1。目前這個試驗仍是求學甄選、求職申請的一大指標，每個想要精進日文實力的人，幾乎都會去考日檢。

那麼，日檢中，哪個部分是最重要、最該好好準備的？

當然，全部都很重要，都該要好好準備。但事情有先後順序、輕重緩急，**日檢每個部份都很重要，但最不可忽視的就是單字量！**背單字絕對不只是為了讓你看懂題目、讀懂文章，而是有專門為它量身打造考題的重要角色，考題甚至會依級數不同而做出調整，小小幾個單字就是天堂跟地獄之別。只要牢牢保握住必考的重點單字，準備日檢絕對是事半功倍！

這本書之所以誕生，就是希望能幫助廣大的日文學習者，能更順利通過背單字這個關卡。本書除了包含大量重點日文單字，更是在書中附上了**獨門背誦單字的撇步**，簡單到只包含了三步驟：首先認識單字長相、念法及意義，接著練習讀音，最後練習例句後背誦起來，建議一日背誦十個句子左右，背誦完後也可以嘗試與戰友互相測驗對方。這三個步驟雖然不起眼，卻是我的親身經歷，幫助我一路通過日檢，更熟悉日文這門語言。

請放心，學日文、背單字絕對沒有你想像得困難，我並非日文系本科生，但也是藉由這個方法一步一步地建構起日文基礎，最後如願以償學會日文，還考上翻譯研究所，甚至成為日文工作者。

我相信希望精進日文、正要背誦單字的你們也一定能夠克服難關，順利通過日本語能力試驗！

楊孟芳

もくじ
目錄

日檢單字一擊必殺

絕對合格一擊必殺！

在報考以前，你覺得自己夠了解新日檢嗎？

▼ 新日檢測驗科目 & 測驗時間

級數	測驗科目	測驗時間		F.Y.I. 舊制測驗時間
N1	言語知識 (文字 · 語彙 · 文法)· 讀解	110 分鐘	170 分鐘	180 分鐘
	聽解	60 分鐘		
N2	言語知識 (文字 · 語彙 · 文法)· 讀解	105 分鐘	155 分鐘	145 分鐘
	聽解	50 分鐘		
N3	言語知識 (文字 · 語彙)	30 分鐘	140 分鐘	
	言語知識 (文法)· 讀解	70 分鐘		
	聽解	40 分鐘		
N4	言語知識 (文字 · 語彙)	25 分鐘	115 分鐘	140 分鐘
	言語知識 (文法)· 讀解	55 分鐘		
	聽解	35 分鐘		
N5	言語知識 (文字 · 語彙)	20 分鐘	90 分鐘	100 分鐘
	言語知識 (文法)· 讀解	40 分鐘		
	聽解	30 分鐘		

▼ 新日檢 N5 認證基準

【讀】	能看懂以平假名、片假名或一般日常生活使用之基本漢字所書寫的固定詞句、短文及文章。
【聽】	在課堂上或周遭等日常生活中常接觸的情境中，如為速度較慢的簡短對話，可從中聽取必要資訊。

▼ 新日檢 N5 題型摘要

<table>
<tr><th colspan="2">測驗科目（測驗時間）</th><th colspan="3">題型</th><th>題數</th><th>內容</th></tr>
<tr><td rowspan="4">言語知識（20分鐘）</td><td rowspan="4">文字・語彙</td><td>1</td><td>漢字讀音</td><td>◇</td><td>12</td><td>選出底線部分的正確讀音</td></tr>
<tr><td>2</td><td>漢字與片假名寫法</td><td>◇</td><td>8</td><td>選出底線平假名的正確漢字或片假名</td></tr>
<tr><td>3</td><td>文脈規定</td><td>◇</td><td>10</td><td>根據句意選出適當的詞彙</td></tr>
<tr><td>4</td><td>近義語句</td><td>○</td><td>5</td><td>選出與底線句子意思相近的句子</td></tr>
<tr><td rowspan="6">言語知識・讀解（40分鐘）</td><td rowspan="3">文法</td><td>1</td><td>句子的文法 1
（判斷文法形式）</td><td>○</td><td>16</td><td>選出符合句意的文法</td></tr>
<tr><td>2</td><td>句子的文法 2
（組合文句）</td><td>◆</td><td>5</td><td>組合出文法與句意皆正確的句子</td></tr>
<tr><td>3</td><td>文章文法</td><td>◆</td><td>5</td><td>根據文章結構填入適當的詞彙</td></tr>
<tr><td rowspan="3">讀解</td><td>4</td><td>內容理解
（短篇文章）</td><td>○</td><td>3</td><td>閱讀 80 字左右、內容與【生活、學習、工作】相關的簡單短文，並理解其內容</td></tr>
<tr><td>5</td><td>內容理解
（中篇文章）</td><td>○</td><td>2</td><td>閱讀 250 字左右、內容與【日常生活的話題與場面】相關的簡單短文，並理解其內容</td></tr>
<tr><td>6</td><td>資訊檢索</td><td>◆</td><td>1</td><td>從 250 字左右的【導覽、公告通知】等資料中，找出答題的關鍵資訊</td></tr>
<tr><td colspan="2" rowspan="4">聽解（30分鐘）</td><td>1</td><td>課題理解</td><td>◇</td><td>7</td><td>聽完一段完整文章，並理解其內容（聽取解決具體課題的關鍵資訊，以選出接下來應當採取的行動）</td></tr>
<tr><td>2</td><td>重點理解</td><td>◇</td><td>6</td><td>聽完一段完整文章，並理解其內容（事先提示應聽取的部分，從聽取內容中鎖定重點）</td></tr>
<tr><td>3</td><td>發言表現</td><td>◆</td><td>5</td><td>看著插圖聽取狀況的說明，並選出箭頭指定人物的適當發言</td></tr>
<tr><td>4</td><td>即時應答</td><td>◆</td><td>6</td><td>聽提問等簡短的發言，然後選出適當的回應</td></tr>
</table>

⊙題型符號說明：◆ 全新題型　◇ 舊制原有題型，稍做變化　○ 舊制原有題型
⊙題數為每次出題的參考值，實際考試時題數可能有所變動。
⊙「讀解」科目可能出現一篇文章搭配數小題的測驗方式。

日本語能力試驗 5 級語彙

【名詞篇】 MP3 *Track 001*

step.1 >>> **認識單字**：請邊聽音檔邊練習開口說，完成請在□打✓。

名詞		讀音／原文	意思
範例 野菜	□	やさい 0	蔬菜
❶ 先生	□	せんせい 3	老師
❷ 机	□	つくえ 0	桌子
❸ 教室	□	きょうしつ 0	教室
❹ 会社	□	かいしゃ 0	公司
❺ 銀行	□	ぎんこう 0	銀行
❻ 消しゴム	□	けしごむ 0	橡皮擦
❼ 辞書	□	じしょ 1	字典
❽ 雜誌	□	ざっし 0	雜誌
❾ 自動車	□	じどうしゃ 2	汽車

單字小教室

日文漢字跟中國字有很多相同或類似的字，所以對我們來說很容易記住。但是，日文裡藏了一些漢字「假朋友」，意思跟中文是完全不同的，不小心就會誤會意思。下面列舉幾個意思不同的單字，請先遮住中文意思，看看你能猜對幾個?

先生　机　汽車　手紙　丈夫　大丈夫　蛇口　愛人　老婆
娘　経理　部長　大家　勉強　新聞　顏色　麻雀

N5 單字考題出現在「言語知識（文字・語彙）」測驗當中，此測驗共計約 20 分鐘，日檢想過關，就靠單字吧！

step2 >>> **讀音練習**：對照左頁，邊唸邊寫上讀音。（若為外來語，則寫假名）

step3 >>> **例句練習**：每日背誦 10 個例句，能順暢說完即可在□打✓。

讀音練習	表記練習	
範例 やさい	（野菜（やさい））がおいしいです。	□
❶	佐藤（さとう）さんのお母（かあ）さんは（　　　）です。	□
❷	（　　　）の上（うえ）に時計（とけい）があります。	□
❸	生徒（せいと）は（　　　）で勉強（べんきょう）します。	□
❹	父（ちち）は毎日（まいにち）（　　　）に通（かよ）っています。	□
❺	（　　　）にお金（かね）を預（あず）けました。	□
❻	（　　　）を貸（か）してください。	□
❼	わからないとき、（　　　）で調（しら）べます。	□
❽	本棚（ほんだな）に（　　　）をかたづけましょう。	□
❾	先週（せんしゅう）（　　　）を修理（しゅうり）しました。	□

單字小教室

中文意思（依順序）

老師　桌子　火車　信　堅固　沒問題　水龍頭　情婦／夫　老婦人
女兒　會計　經理　房東　學習　報紙　臉色　麻將

MP3 *Track 002*

step.1 >>> **認識單字：**請邊聽音檔邊練習開口説，完成請在□打✓。

名詞		讀音／原文	意思
⑩ 汽車	□	きしゃ 1	火車
⑪ 電車	□	でんしゃ 0	電車
⑫ 車	□	くるま 0	車
⑬ 明後日	□	あさって 2	後天
⑭ 一昨年	□	おととし 2	前年
⑮ 昼	□	ひる 2	白天、中午
⑯ 風	□	かぜ 0	風
⑰ 雪	□	ゆき 2	雪
⑱ 雨	□	あめ 1	雨
⑲ 曇り	□	くもり 3	陰天
⑳ ごはん	□	ごはん 1	飯
㉑ 朝ごはん	□	あさごはん 3	早餐
㉒ 昼ごはん	□	ひるごはん 3	午餐
㉓ 晩ごはん	□	ばんごはん 3	晚餐

step2 >>> 讀音練習：對照左頁，邊唸邊寫上讀音。（若為外來語，則寫假名）

step3 >>> 例句練習：每日背誦 10 個例句，能順暢説完即可在 □ 打✓。

	讀音練習	表記練習	
⑩		北海道(ほっかいどう)から九州(きゅうしゅう)まで（　　　）で行(い)きます。	□
⑪		次(つぎ)の駅(えき)で（　　　）を乗(の)り換(か)えてください。	□
⑫		来年(らいねん)は（　　　）を買(か)いたいです。	□
⑬		旅行(りょこう)は（　　　）からです。	□
⑭		（　　　）子供(こども)が生(う)まれました。	□
⑮		（　　　）は近(ちか)くの食堂(しょくどう)でご飯(はん)を食(た)べます。	□
⑯		冷(つめ)たい（　　　）が吹(ふ)いています。	□
⑰		（　　　）が積(つ)もりました。	□
⑱		運動会(うんどうかい)は（　　　）で中止(ちゅうし)です。	□
⑲		今日(きょう)の天気(てんき)は（　　　）です。	□
⑳		（　　　）ができましたよ。	□
㉑		（　　　）は７時(じ)からです。	□
㉒		社員食堂(しゃいんしょくどう)で（　　　）を食(た)べます。	□
㉓		（　　　）はラーメンが食(た)べたいです。	□

MP3 *Track 003*

step.1 >>> **認識單字**：請邊聽音檔邊練習開口説，完成請在□打✓。

名詞		讀音／原文	意思
㉔ 料理	□	りょうり 1	料理
㉕ 卵 / 玉子	□	たまご 2	蛋
㉖ 肉	□	にく 2	肉
㉗ 野菜	□	やさい 0	蔬菜
㉘ 果物	□	くだもの 2	水果
㉙ お酒	□	おさけ 0	酒
㉚ 弁当	□	べんとう 3	便當
㉛ 箸	□	はし 1	筷子
㉜ 台所	□	だいどころ 0	廚房
㉝ 家	□	いえ 2	家、房子

單字小教室

⑳～㉓「ごはん」：有白飯（食物）跟飯（用餐）的意思，因此以下的對話是成立的。
A：「もうご飯を食べましたか。」
B：「はい。」
A：「何を食べましたか。」
B：「ごはんにふりかけをかけて食べました。」
（ふりかけ是飯友、香鬆）

step.2 >>> **讀音練習**：對照左頁，邊唸邊寫上讀音。（若為外來語，則寫假名）

step.3 >>> **例句練習**：每日背誦 10 個例句，能順暢說完即可在 □ 打 ✓ 。

讀音練習	表記練習	
㉔	私のおばは（　　　　）が得意です。	□
㉕	（　　　　）を 10 個買いました。	□
㉖	若い男の人は（　　　　）が好きです。	□
㉗	（　　　　）もたくさん食べてください。	□
㉘	台湾は（　　　　）がたくさんあります。	□
㉙	今晩一緒に（　　　　）を飲みましょう。	□
㉚	その（　　　　）は誰が作りましたか。	□
㉛	日本人は（　　　　）でご飯を食べます。	□
㉜	兄は（　　　　）でラーメンを作っています。	□
㉝	この村に（　　　　）があまりありません。	□

單字小教室

㉙「お酒」：有酒的總稱跟日本清酒兩種意思，因此以下的對話是成立的。
A：「お酒（總稱）を飲みましょう。」
B：「いいですね。ワインはいかがですか。」
A：「私はやっぱりお酒（清酒）を飲みたいねえ」
B：「おやじさん、お酒（清酒）一本とワイン一本。」

MP3 *Track 004*

step.1 >>> **認識單字**：請邊聽音檔邊練習開口說，完成請在□打✓。

名詞		讀音／原文	意思
㉞ 窗	□	まど 1	窗戶
㉟ 玄関	□	げんかん 1	玄關
㊱ 壁	□	かべ 0	牆壁
㊲ お風呂	□	おふろ 2	泡澡
㊳ 庭	□	にわ 0	庭院
㊴ 部屋	□	へや 2	房間
㊵ 浴室	□	よくしつ 0	浴室
㊶ 病院	□	びょういん 0	醫院
㊷ 警察	□	けいさつ 0	警察
㊸ 理髪店	□	りはつてん 3	理髮店

單字小教室

㉜～㊵傳統的日式房屋裡具有しょうじ（紙拉門）、ふすま（衣櫃紙門）、えんがわ（庭院旁的走廊）等日式房屋才有的部分。
另外，玄關通常都會做得稍微低一些，因為在比較低的玄關脱了鞋才進到屋內，所以日文説請進時會説「どうぞおあがりください」。

step.2 >>> **讀音練習**：對照左頁，邊唸邊寫上讀音。（若為外來語，則寫假名）

step.3 >>> **例句練習**：每日背誦 10 個例句，能順暢説完即可在□打✓。

	讀音練習	表記練習	
34		寒（さむ）いですから、（　　　）を閉（し）めてください。	□
35		（　　　）で靴（くつ）を脱（ぬ）いでください。	□
36		（　　　）にカレンダーが貼（は）ってあります。	□
37		昨夜（ゆうべ）は風邪（かぜ）で（　　　）に入（はい）りませんでした。	□
38		（　　　）に小鳥（ことり）がいます。	□
39		私（わたし）の（　　　）ですき焼（や）きを食（た）べましょう。	□
40		一週間（いっしゅうかん）に一度（いちど）（　　　）を掃除（そうじ）します。	□
41		大（おお）きい（　　　）は夜（よる）もあいています。	□
42		駅（えき）の近（ちか）くに（　　　）があります。	□
43		昨日（きのう）（　　　）で髪（かみ）を切（き）りました。	□

單字小教室

32～40日本的家庭裡大致上都有湯ぶね（浴缸），所以即使是シャワーを浴びる（沖澡）時，也會説「お風呂に入る」。家中的衛浴設備一般都會區分成トイレ和お風呂，所以如果你跟日本人説想去「バスルーム」，他們會帶你去お風呂。
日檢不會針對文化差異及傳統習慣來出題，但在學習日文或去日本旅行時，稍微注意一下這些文化差異，不僅有趣，也會讓你的學習更充實喔。

MP3 *Track 005*

step.1 >>> 認識單字：請邊聽音檔邊練習開口説，完成請在□打✓。

名詞		讀音／原文	意思
44 郵便局	□	ゆうびんきょく 3	郵局
45 雑貨店	□	ざっかてん 0	雜貨店
46 道	□	みち 0	道路
47 建物	□	たてもの 2	建築物
48 図書館	□	としょかん 2	圖書館
49 公園	□	こうえん 0	公園
50 駅	□	えき 1	車站
51 空港	□	くうこう 0	機場
52 港	□	みなと 0	港口
53 日曜日	□	にちようび 3	星期日

單字小教室

44「郵便局」：其他「~局」的詞，本局（ほんきょく）、総局（そうきょく）、事務局（じむきょく）、交通局（こうつうきょく）、薬局（やっきょく）等。

step.2 >>> **讀音練習**：對照左頁，邊唸邊寫上讀音。（若為外來語，則寫假名）

step.3 >>> **例句練習**：每日背誦 10 個例句，能順暢説完即可在 □ 打✓。

讀音練習	表記練習	
44	（　　　）で速達（そくたつ）を出（だ）します。	□
45	ゴミ袋（ぶくろ）は（　　　）で売（う）っていますか。	□
46	この（　　　）をまっすぐ行（い）ってください。	□
47	あそこに黄色（きいろ）い（　　　）が見（み）えますね。	□
48	私（わたし）はあまり（　　　）で本（ほん）を借（か）りません。	□
49	春（はる）は（　　　）で昼（ひる）ご飯（はん）を食（た）べます。	□
50	すみません、（　　　）に売店（ばいてん）がありますか。	□
51	課長（かちょう）は（　　　）へ小田（おだ）さんを迎（むか）えに行（い）きました。	□
52	基隆（キールン）は台湾（たいわん）で一番大（いちばんおお）きい（　　　）です。	□
53	（　　　）に市場（いちば）へ行（い）きました。	□

單字小教室

45「雜貨店」：表示商店的詞，除了店以外還有「～屋」。例：「本屋（ほんや）」、「時計屋（とけいや）」、「魚屋（さかなや）」。需要特別注意唸法跟意思的有：「八百屋（やおや；果菜店）」、「酒屋（さかや；賣酒店）」、「万屋（よろずや）雜貨店」。

MP3 *Track 006*

step.1 >>> **認識單字：**請邊聽音檔邊練習開口説，完成請在□打✓。

名詞		讀音／原文	意思
54 月曜日	□	げつようび 3	星期一
55 火曜日	□	かようび 2	星期二
56 水曜日	□	すいようび 3	星期三
57 木曜日	□	もくようび 3	星期四
58 金曜日	□	きんようび 3	星期五
59 土曜日	□	どようび 2	星期六
60 午前	□	ごぜん 1	上午
61 午後	□	ごご 1	下午
62 朝	□	あさ 1	早上
63 夜	□	よる 1	夜晚

單字小教室

53～59日文的星期幾的說法跟中文一樣，有簡短的說法，例：星期一三五→月水金（げっすいきん）、星期二四早上→火木の朝（かもくのあさ）。

step.2 >>> **讀音練習**：對照左頁，邊唸邊寫上讀音。（若為外來語，則寫假名）

step.3 >>> **例句練習**：每日背誦 10 個例句，能順暢說完即可在 □ 打✓。

讀音練習	表記練習	
54	（　　　）にセーターを買（か）いました。	□
55	（　　　）に英語（えいご）を勉強（べんきょう）しました。	□
56	（　　　）にそばを食（た）べました。	□
57	（　　　）に自転車（じてんしゃ）に乗（の）りました。	□
58	（　　　）に映画（えいが）を見（み）ました。	□
59	（　　　）にテニスをしました。	□
60	昨日（きのう）（　　　）6時（じ）に地震（じしん）がありました。	□
61	（　　　）は一緒（いっしょ）にデパートへ行（い）きましょう。	□
62	（　　　）、電車（でんしゃ）に乗（の）って会社（かいしゃ）に行（い）きます。	□
63	（　　　）は友達（ともだち）と一緒（いっしょ）にお酒（さけ）を飲（の）みます。	□

單字小教室

【名詞活用】

	禮貌形	普通形
現在式	です	だ
過去式	でした	だった
未來推測	でしょう	だろう
使用 の 來連接兩個名詞		

MP3 *Track 007*

step.1 >>> **認識單字**：請邊聽音檔邊練習開口說，完成請在□打✓。

名詞		讀音／原文	意思
64 晚	□	ばん 0	晚上
65 夕方	□	ゆうがた 0	傍晚
66 一日	□	ついたち 4	一日
67 二日	□	ふつか 3	二日
68 三日	□	みっか 3	三日
69 四日	□	よっか 3	四日
70 五日	□	いつか 3	五日
71 六日	□	むいか 3	六日
72 七日	□	なのか 3	七日
73 八日	□	ようか 3	八日

單字小教室

66～76日期的念法比較麻煩，因為從1日到10日、14日、20日、24日都是特殊念法，需要特別背起來，不過其餘的只需要在數字後加上「日（にち）」就可以了。另外，12月31日又稱為「大晦日（おおみそか）」。
另一個需要注意的是，大「つ」和小「っ」的差異：68的三日和69的四日有促音「っ」。

step.2 >>> **讀音練習**：對照左頁，邊唸邊寫上讀音。（若為外來語，則寫假名）

step.3 >>> **例句練習**：每日背誦 10 個例句，能順暢說完即可在□打✓。

	讀音練習	表記練習	
64		（　　　）のニュースを見てからご飯を食べます。	□
65		昨日は（　　　）から雨が降りました。	□
66		3月（　　　）に中国へ行きます。	□
67		4月（　　　）にイギリスへ帰ります。	□
68		5月（　　　）にアメリカへ旅行に行きます。	□
69		6月（　　　）に韓国へ行きます。	□
70		7月（　　　）に日本へ来ました。	□
71		8月（　　　）に広島へ行きます。	□
72		9月（　　　）にシンガポールへ行きます。	□
73		10月（　　　）に名古屋へ行きます。	□

單字小教室

66～76 表示時間的「時間詞」，有的後面需要加「に」，有的不需要「に」，有的可加可不加，有的加了意思會不一樣，因為很複雜，所以日檢不太會出這類題，但基本的還是需要記起來。
需要加「に」：～時、～分、～月、～日、～年
不需加「に」：朝、午後、今日、今週、先月、来年等

MP3 Track 008

step.1 >>> **認識單字**：請邊聽音檔邊練習開口説，完成請在□打✓。

名詞		讀音／原文	意思
74 九日	□	ここのか 4	九日
75 十日	□	とおか 3	十日
76 二十日	□	はつか 3	二十日
77 誕生日	□	たんじょうび 3	生日
78 春	□	はる 1	春天
79 夏	□	なつ 2	夏天
80 秋	□	あき 1	秋天
81 冬	□	ふゆ 2	冬天
82 髪の毛	□	かみのけ 3	頭髮
83 頭	□	あたま 3	頭
84 眉	□	まゆ 1	眉毛
85 目	□	め 1	眼睛
86 鼻	□	はな 0	鼻子
87 口	□	くち 0	嘴巴

step.2 >>> **讀音練習**：對照左頁，邊唸邊寫上讀音。（若為外來語，則寫假名）

step.3 >>> **例句練習**：每日背誦 10 個例句，能順暢說完即可在 □ 打✓。

	讀音練習	表記練習	
74		11月（　　　）に北海道へ行きます。	□
75		12月（　　　）にカナダへ行きます。	□
76		1月（　　　）は母の誕生日です。	□
77		あなたの（　　　）はいつですか。	□
78		（　　　）は桜がきれいです。	□
79		（　　　）はたいてい海へ行きます。	□
80		（　　　）は本をたくさん読みます。	□
81		（　　　）はスキーをしましょう。	□
82		毎日（　　　）を洗います。	□
83		昨日から（　　　）が痛いです。	□
84		姉は（　　　）が細いです	□
85		妹は（　　　）が大きくて可愛いです。	□
86		おじいさんは（　　　）が赤いです。	□
87		健太君は（　　　）が大きいです。	□

MP3 *Track 009*

step.1 >>> **認識單字**：請邊聽音檔邊練習開口説，完成請在□打✓。

名詞		讀音／原文	意思
88 喉	□	のど 1	喉嚨
89 顎	□	あご 2	下巴
90 肩	□	かた 1	肩膀
91 腕	□	うで 2	手臂
92 手	□	て 1	手
93 胸	□	むね 2	胸
94 おなか	□	おなか 0	肚子
95 お尻	□	おしり 3	屁股
96 足	□	あし 2	腿、腳
97 歯	□	は 1	牙齒
98 耳	□	みみ 2	耳朵
99 犬	□	いぬ 2	狗
100 猫	□	ねこ 1	貓
101 小鳥	□	ことり 0	小鳥

step.2 >>> **讀音練習**：對照左頁，邊唸邊寫上讀音。（若為外來語，則寫假名）

step.3 >>> **例句練習**：每日背誦 10 個例句，能順暢說完即可在 □ 打 ✓ 。

讀音練習	表記練習	
88	大声（おおごえ）を出（だ）したから（　　　　）が痛（いた）いです。	□
89	由美（ゆみ）さんは（　　　　）の形（かたち）がいいです。	□
90	野球選手（やきゅうせんしゅ）の（　　　　）は大切（たいせつ）です。	□
91	私（わたし）は（　　　　）が太（ふと）いです。	□
92	寒（さむ）い日（ひ）は（　　　　）が冷（つめ）たいです。	□
93	ニュースを聞（き）いて（　　　　）が痛（いた）いです。	□
94	お父（とう）さんは（　　　　）が大（おお）きいです。	□
95	赤（あか）ちゃんの（　　　　）は白（しろ）くて可愛（かわい）いです。	□
96	ローラさんは（　　　　）が長（なが）いです。	□
97	陳（ちん）さんは（　　　　）が白（しろ）いです。	□
98	象（ぞう）は（　　　　）が大（おお）きい。	□
99	（　　　　）が庭（にわ）で遊（あそ）んでいます。	□
100	うちに（　　　　）が３匹（びき）います。	□
101	朝（あさ）は（　　　　）の声（こえ）で起（お）きます。	□

MP3 Track 010

step.1 >>> **認識單字**：請邊聽音檔邊練習開口說，完成請在□打✓。

	名詞		讀音／原文	意思
102	魚	□	さかな 0	魚
103	雀	□	すずめ 0	麻雀
104	燕	□	つばめ 0	燕子
105	烏	□	からす 1	烏鴉
106	虎	□	とら 0	虎
107	象	□	ぞう 1	大象
108	駱駝	□	らくだ 0	駱駝
109	太陽	□	たいよう 1	太陽
110	月	□	つき 2	月亮
111	星	□	ほし 0	星星
112	桃	□	もも 0	桃子
113	みかん	□	みかん 1	橘子
114	ぶどう	□	ぶどう 0	葡萄
115	梨	□	なし 2	梨子

step.2 >>> **讀音練習**：對照左頁，邊唸邊寫上讀音。（若為外來語，則寫假名）

step.3 >>> **例句練習**：每日背誦 10 個例句，能順暢説完即可在 □ 打 ✓ 。

讀音練習	表記練習	
102	今朝(けさ)（　　　）を食(た)べました。	□
103	あそこに（　　　）が 3 羽(わ)います。	□
104	（　　　）は夏(なつ)、日本(にほん)へ来(き)ます。	□
105	朝(あさ)、町(まち)に（　　　）がたくさんいます。	□
106	動物園(どうぶつえん)で（　　　）を見(み)ます。	□
107	（　　　）は鼻(はな)が長(なが)いです。	□
108	（　　　）に乗(の)ってカイロへ行(い)きます。	□
109	今日(きょう)は雨(あめ)で、（　　　）は見(み)えません。	□
110	8 月(がつ) 15 日(にち)の（　　　）はとてもきれいです。	□
111	空(そら)に（　　　）がたくさんあります。	□
112	桃太郎(ももたろう)は（　　　）から生(う)まれました。	□
113	新幹線(しんかんせん)の中(なか)で（　　　）を食(た)べましょう。	□
114	ワインは（　　　）から作(つく)ります。	□
115	千葉県(ちばけん)の（　　　）は有名(ゆうめい)です。	□

MP3 *Track 011*

step.1 >>> **認識單字**：請邊聽音檔邊練習開口說，完成請在□打✓。

	名詞		讀音／原文	意思
116	柘榴	□	ざくろ 1	石榴
117	いちじく	□	いちじく 2	無花果
118	玉ねぎ	□	たまねぎ 3	洋蔥
119	にんじん	□	にんじん 0	紅蘿蔔
120	白菜	□	はくさい 2	白菜
121	バス停	□	bus てい 0	公車站
122	キリン	□	きりん 0	長頸鹿
123	イチゴ	□	いちご 0	草莓
124	スイカ	□	すいか 0	西瓜
125	リンゴ	□	りんご 0	蘋果
126	ジャガイモ	□	じゃがいも 0	馬鈴薯

step.2 >>> **讀音練習**：對照左頁，邊唸邊寫上讀音。（若為外來語，則寫假名）

step.3 >>> **例句練習**：每日背誦 10 個例句，能順暢説完即可在 □ 打 ✓ 。

讀音練習	表記練習	
116	私(わたし)は（　　　　）が好(す)きです。	□
117	テーブルの上(うえ)に（　　　　）があります。	□
118	おばあさんに（　　　　）をもらいました。	□
119	馬(うま)は（　　　　）が好(す)きです。	□
120	すき焼(や)きに（　　　　）を入(い)れますか。	□
121	（　　　　）はコンビニの前(まえ)にあります。	□
122	（　　　　）は首(くび)が長(なが)いです。	□
123	（　　　　）でジャムを作(つく)りましょう。	□
124	台湾(たいわん)の（　　　　）はとてもおいしいです。	□
125	（　　　　）を四(よっ)つください。	□
126	北海道(ほっかいどう)の（　　　　）はおいしいです。	□

【形容詞篇】 MP3 Track 012

step.1 >>> **認識單字**：請邊聽音檔邊練習開口説，完成請在 □ 打✓。

形容詞		讀音／原文	意思
127 熱い	□	あつい 2	熱
128 暑い	□	あつい 2	（天氣）熱
129 寒い	□	さむい 2	（天氣）冷
130 冷たい	□	つめたい 0	冰、涼
131 高い	□	たかい 2	高
132 低い	□	ひくい 2	矮
133 安い	□	やすい 2	便宜
134 大きい	□	おおきい 3	大
135 小さい	□	ちいさい 3	小
136 新しい	□	あたらしい 4	新

單字小教室

形容詞的種類

い形容詞：原形的語尾以「い」結束的形容詞
例：熱い　寒い　冷たい　高い　低い　安い

な形容詞：語尾不是以「い」結尾的形容詞
例：静か　元気　好き　上手　下手
少數例外：きれい　きらい　有名　得意

step.2 >>> **讀音練習**：對照左頁，邊唸邊寫上讀音。（若為外來語，則寫假名）
step.3 >>> **例句練習**：每日背誦 10 個例句，能順暢説完即可在□打✓。

讀音練習	表記練習	
127	スープは（　　　）ほうがいい。	□
128	昨日（きのう）はとても（　　　）。	□
129	明日（あした）は（　　　）でしょう。	□
130	（　　　）コーラが飲（の）みたいです。	□
131	楊（よう）さんは背（せ）が（　　　）。	□
132	裏（うら）の山（やま）は（　　　）です。	□
133	（　　　）コートを買（か）いました。	□
134	（　　　）部屋（へや）は値段（ねだん）が高（たか）い。	□
135	字（じ）が（　　　）てみえません。	□
136	（　　　）畳（たたみ）は気持（きも）ちがいい。	□

單字小教室

い形容詞的變化

原形	あつい
否定形	あつくない
過去形	あつかった
過去否定形	あつくなかった
て形	あつくて

MP3 *Track 013*

step.1 >>> **認識單字：** 請邊聽音檔邊練習開口說，完成請在□打✓。

形容詞		讀音／原文	意思
137 古い	□	ふるい 2	舊
138 面白い	□	おもしろい 4	有趣
139 つまらない	□	つまらない 3	無聊
140 楽しい	□	たのしい 3	快樂
141 悲しい	□	かなしい 3	悲傷
142 黒い	□	くろい 2	黑色的
143 白い	□	しろい 2	白色的
144 赤い	□	あかい 0	紅色的
145 青い	□	あおい 2	藍色的
146 綺麗	□	きれい 1	漂亮、乾淨
147 好き	□	すき 2	喜歡
148 嫌い	□	きらい 0	討厭
149 静か	□	しずか 1	安靜
150 大人しい	□	おとなしい 4	個性溫和安靜

step.2 >>> **讀音練習**：對照左頁，邊唸邊寫上讀音。（若為外來語，則寫假名）

step.3 >>> **例句練習**：每日背誦 10 個例句，能順暢説完即可在 □ 打 ✓ 。

讀音練習	表記練習	
137	このスカートは（　　　　）なりました。	□
138	彼の話はあまり（　　　　）。	□
139	（　　　　）ジョークは聞きたくない。	□
140	先週の遠足は（　　　　）です。	□
141	ペットが死んで今とても（　　　　）。	□
142	日本人の髪は（　　　　）。	□
143	彼女の肌はすごく（　　　　）。	□
144	トナカイの鼻は（　　　　）。	□
145	今日の空は（　　　　）てきれいだ。	□
146	部屋を（　　　　）にしなさい。	□
147	わたしは精進料理が（　　　　）です。	□
148	（　　　　）な料理はありません。	□
149	この町はあまり（　　　　）ありません。	□
150	中村君はとても（　　　　）人です。	□

MP3 Track 014

step.1 >>> **認識單字**：請邊聽音檔邊練習開口說，完成請在□打✓。

形容詞		讀音／原文	意思
⑮1 有名	□	ゆうめい 0	有名
⑮2 元気	□	げんき 1	有精神
⑮3 得意	□	とくい 2	（自己的能力之中）擅長
⑮4 苦手	□	にがて 0	不擅長
⑮5 上手	□	じょうず 3	擅長
⑮6 下手	□	へた 2	不擅長
⑮7 近い	□	ちかい 2	近
⑮8 遠い	□	とおい 0	遠
⑮9 悲しい	□	かなしい 3	悲傷
⑯0 忙しい	□	いそがしい 4	忙

單字小教室

⑮7～⑮8「近い」、「遠い」：使用這兩個形容詞時，要注意助詞的用法。遠近的對象是主詞時用「が」，例：「ゴールが遠い」，表示兩個地方之間距離的遠近時，要用「に」，如⑮7 的例句。

step2 >>> **讀音練習**：對照左頁，邊唸邊寫上讀音。（若為外來語，則寫假名）

step3 >>> **例句練習**：每日背誦 10 個例句，能順暢説完即可在 □ 打 ✓ 。

	讀音練習	表記練習	
151		この寺は（　　　　）です。	□
152		（　　　　）子供が走っています。	□
153		わたしは数学が（　　　　）ありません。	□
154		スポーツが（　　　　）。	□
155		バスケットが全然（　　　　）ありません。	□
156		私の姉はゴルフが少し（　　　　）。	□
157		私のうちは学校に（　　　　）です。	□
158		2時間かかりました。（　　　　）ですね。	□
159		もう（　　　　）歌は歌わないでください。	□
160		昨日はとても（　　　　）かったです。	□

單字小教室

日本地名有些是從人名來的，例如：道頓堀（どうとんぼり，取自安井道頓）、有楽町（ゆうらくちょう，取自織田有楽斎）。

日檢不會考地名、人名，但可當作補充知識知道一下，日本的人名地名中，念法特殊的不在少數，有些甚至是除了當地人或本人以外，一般日本人也不會念呢！例如：御手洗（みたらい）、東雲（しののめ）、狩留賀（かるが）；一個詞有多種念法的，例如：新宿（しんじゅく、にいじゅく、あらじゅく）、角田（かどた、かくた、つのだ）等，雖然感覺有點麻煩跟難，但有興趣的人可對這方面深入研究一下，或許會覺得很有趣也不一定。

MP3 *Track 015*

step.1 >>> **認識單字**：請邊聽音檔邊練習開口説，完成請在□打✓。

形容詞		讀音／原文	意思
161 いい	□	いい 1	好
162 悪い	□	わるい 2	壞
163 若い	□	わかい 2	年輕
164 柔らかい	□	やわらかい 4	軟
165 硬い	□	かたい 2	硬
166 正しい	□	ただしい 3	正確
167 長い	□	ながい 2	長
168 短い	□	みじかい 3	短
169 素敵	□	すてき 0	極好、絕妙
170 平和	□	へいわ 0	和平
171 平等	□	びょうどう 0	平等
172 偉大	□	いだい 0	偉大
173 安全	□	あんぜん 0	安全
174 危険	□	きけん 0	危險

step.2 >>> **讀音練習**：對照左頁，邊唸邊寫上讀音。（若為外來語，則寫假名）

step.3 >>> **例句練習**：每日背誦 10 個例句，能順暢說完即可在 □ 打✓。

	讀音練習	表記練習	
161		木村（きむら）さんは（　　　）人（ひと）です。	□
162		この村（むら）には（　　　）人（ひと）はいません。	□
163		（　　　）人（ひと）はこの歌（うた）を知（し）りません。	□
164		（　　　）靴（くつ）を買（か）いたいです。	□
165		この牛肉（ぎゅうにく）はとても（　　　）です。	□
166		（　　　）答（こた）えがわかりますか。	□
167		姉は髪の毛が（　　　）です。	□
168		会社（かいしゃ）の昼休（ひるやす）みは（　　　）ないです。	□
169		そのネクタイ、（　　　）ですね。	□
170		この村（むら）はとても（　　　）村（むら）です。	□
171		先輩（せんぱい）も後輩（こうはい）も（　　　）に会費（かいひ）を払（はら）いましょう。	□
172		エジソンは（　　　）科学者（かがくしゃ）です。	□
173		この車（くるま）は（　　　）です。	□
174		深（ふか）い川（かわ）は（　　　）ですから泳（およ）がないでください。	□

MP3 *Track 016*

step.1 ››› **認識單字**：請邊聽音檔邊練習開口說，完成請在□打✓。

形容詞		讀音／原文	意思
175 自由	□	じゆう 2	自由
176 元気	□	げんき 1	有精神、健康
177 簡単	□	かんたん 0	簡單
178 大切	□	たいせつ 0	重要
179 変	□	へん 1	奇怪
180 弱い	□	よわい 2	弱
181 強い	□	つよい 2	強
182 難しい	□	むずかしい 4	難
183 重い	□	おもい 0	重
184 軽い	□	かるい 0	輕

單字小教室

180「弱い」與 181「強い」除了強弱的意思以外，還有擅長不擅長的意思，這時助詞用「に」。例：あの子は計算に弱い／小林さんは酒に強い

step.2 >>> **讀音練習**：對照左頁，邊唸邊寫上讀音。（若為外來語，則寫假名）

step.3 >>> **例句練習**：每日背誦 10 個例句，能順暢說完即可在 □ 打✓。

讀音練習	表記練習	
175	（　　　）に意見を言ってください。	□
176	私の夫はとても（　　　）です。	□
177	昨日の試験は（　　　）でした。	□
178	健康は一番（　　　）です。	□
179	吉田さんの服は（　　　）じゃないです。	□
180	さつきのお母さんは体が（　　　）です。	□
181	去年、あのチームはとても（　　　）です。	□
182	日本語５級のテストは（　　　）ないです。	□
183	このコート、少し（　　　）ですね。	□
184	（　　　）靴を買いたいです。	□

單字小教室

小知識

某些「な形容詞」可以作為名詞使用，例：おばあさんは今日元気がありません。

MP3 *Track 017*

step.1 >>> **認識單字**：請邊聽音檔邊練習開口說，完成請在□打✓。

形容詞		讀音／原文	意思
185 美しい	□	うつくしい 4	美
186 深い	□	ふかい 2	深
187 素晴らしい	□	すばらしい 4	極優秀、絕佳
188 明るい	□	あかるい 0	明亮
189 眠い	□	ねむい 2	想睡
190 早い	□	はやい 2	早
191 速い	□	はやい 2	快
192 遅い	□	おそい 2	遲、晚
193 可愛い	□	かわいい 3	可愛
194 怖い	□	こわい 2	可怕、恐怖

單字小教室

な形容詞

	禮貌形	普通形
肯定	です	だ
否定	ではありません	ではない
過去式	でした	だった
過去否定式	ではありませんでした	ではなかった
後面接名詞時	な	な

step.2 >>> **讀音練習**：對照左頁，邊唸邊寫上讀音。（若為外來語，則寫假名）

step.3 >>> **例句練習**：每日背誦 10 個例句，能順暢説完即可在□打✓。

讀音練習	表記練習	
185	淡水の夕日は（　　　）ですよ。	□
186	このスープは（　　　）味がします。	□
187	あなたのアイディアは（　　　）。	□
188	この部屋はあまり（　　　）ないです。	□
189	春の朝はとても（　　　）です。	□
190	黄さんのおじいさんは毎朝（　　　）起きます。	□
191	高速鉄道はとても（　　　）です。	□
192	（　　　）なってすみません。	□
193	劉さんの子猫は大変（　　　）です。	□
194	暗い道はちょっと（　　　）です。	□

單字小教室

表示變化的「なります」的用法

い形容詞	な形容詞	名詞
把最後的「い」變成「く」再加「なります」 すずしい→すずしく +なります ＝すずしくなります	先加上「に」後，再加上「なります」 元気 ＋ に ＋ なります 元気になります	先加上「に」後，再加上「なります」 春 ＋ に ＋ なります

MP3 *Track 018*

step.1 >>> **認識單字**：請邊聽音檔邊練習開口說，完成請在□打✓。

形容詞		讀音／原文	意思
195 太い	□	ふとい 2	粗
196 細い	□	ほそい 2	細
197 うるさい	□	うるさい 3	吵鬧、嚴格
198 苦しい	□	くるしい 3	痛苦

單字小教室

195「太い」的用法，例：木が太い、腕が太い、太い柱、要用來形容人時，則是使用動詞，例如：「太っている」。

step.2 >>> **讀音練習**：對照左頁，邊唸邊寫上讀音。（若為外來語，則寫假名）

step.3 >>> **例句練習**：每日背誦 10 個例句，能順暢説完即可在□打✓。

讀音練習	表記練習	
195	うどんは（　　　）です。	□
196	ラーメンは（　　　）です。	□
197	土曜日(どようび)の夜(よる)、この町(まち)は（　　　）です。	□
198	先月(せんげつ)はお金(かね)がなくて生活(せいかつ)が（　　　）です。	□

單字小教室

197「うるさい」不論是形容人或物的聲音皆可，例：車の音がうるさい、母はいつもうるさい 。另外，「うるさい」還有「挑剔、嚴格」的意思。 例：野村さんは中華料理にうるさい 。

【動詞篇】 MP3 *Track 019*

step.1 >>> **認識單字：** 請邊聽音檔邊練習開口説，完成請在□打✓。

動詞		讀音／原文	意思
199 いる	□	いる 0	（自）在、有
200 乗る	□	のる 0	（自）上（交通工具）～に
201 降りる	□	おりる 2	（他）下（交通工具）～を
202 降る	□	ふる 1	（自）下（雨、雪）
203 歌う	□	うたう 0	（他）唱
204 書く	□	かく 1	（他）寫
205 飲む	□	のむ 1	（他）喝
206 食べる	□	たべる 2	（他）吃
207 聞く	□	きく 0	（他）聽、問
208 話す	□	はなす 2	（他）説

單字小教室

自動詞與他動詞

本書動詞的部分有特別標示出（自）（他）動詞，這對學習有什麼幫助呢？簡單來説，就是幫助大家判斷動詞前面能不能用「を」這個助詞。只不過日文裡的自他動詞的區別，跟中文、英文、甚至其他語言不盡相同，所以希望大家不要用別的語言裡的分法硬帶入日文中，這樣很容易造成文法錯誤喔。

例：（日）結婚する　自動詞　　（中）結婚　自動詞　　（英）marry　他動詞
　　（日）遊ぶ　自動詞　　（中）玩　他動詞　　（英）play　他動詞

step2 >>> **讀音練習**：對照左頁，邊唸邊寫上讀音。（若為外來語，則寫假名）

step3 >>> **例句練習**：每日背誦 10 個例句，能順暢説完即可在□打✓。

讀音練習	表記練習	
199	わたしは今（いま）、図書館（としょかん）に（　　　）。	□
200	バスに（　　　）友達（ともだち）のうちに行（い）きました。	□
201	駅（えき）でバスを（　　　）ください。	□
202	今朝（けさ）雨（あめ）が（　　　）。	□
203	カラオケに行（い）って（　　　）ましょう。	□
204	鉛筆（えんぴつ）で（　　　）てもいいですよ。	□
205	一日（いちにち）３回（かい）薬（くすり）を（　　　）でください。	□
206	木村（きむら）さんは肉（にく）を（　　　）ません。	□
207	わたしの話（はなし）を（　　　）ください。	□
208	ゆっくり（　　　）ください。	□

單字小教室

動詞的種類

第Ⅰ類	第Ⅱ類	第Ⅲ類
例： 乗る　降る　歌う　書く 飲む　聞く　話す入る もらう　送る　切る	例： いる　降りる　食べる 見る　出る　生まれる あげる　くれる　着る	例： 来る　する　結婚する 散歩する　電話する

MP3 *Track 020*

step.1 >>> **認識單字**：請邊聽音檔邊練習開口説，完成請在□打✓。

動詞		讀音／原文	意思
209 見る	□	みる 1	（他）看
210 出る	□	でる 1	（他）出來 / 出去　～を　～から
211 入る	□	はいる 1	（自）進來 / 進去　～に
212 生まれる	□	うまれる 0	（自）出生
213 結婚する	□	けっこんする 0	（自）結婚　～と
214 散歩する	□	さんぽする 0	（自）散步　～を
215 電話する	□	でんわする 0	（他）打電話
216 あげる	□	あげる 0	（他）給
217 くれる	□	くれる 0	（他）給（我）
218 もらう	□	もらう 0	（他）收到

單字小教室

214, 226, 233, 286的動詞是「移動動詞」。表示場所的助詞有：表示存在的場所的「に」，跟表示動作的場所的「で」，但移動動詞則是使用「を」，雖然是使用「を」，但並不是他動詞。

例：公園を散歩する
鳥は空を飛ぶ
高速道路を走る
川を泳いで渡る

step.2 >>> 讀音練習：對照左頁，邊唸邊寫上讀音。（若為外來語，則寫假名）
step.3 >>> 例句練習：每日背誦 10 個例句，能順暢說完即可在 □ 打✓。

	讀音練習	表記練習	
209		面白（おもしろ）い映画（えいが）が（　　　）たいです。	□
210		会社（かいしゃ）を（　　　）レストランに行（い）きました。	□
211		あの喫茶店（きっさてん）に（　　　）ましょう。	□
212		去年（きょねん）女（おんな）の赤（あか）ちゃんが（　　　）。	□
213		田中（たなか）さんはまだ（　　　）いません。	□
214		毎朝（まいあさ）公園（こうえん）を（　　　）。	□
215		あした（　　　）てください。	□
216		3年前（ねんまえ）のクリスマスにプレゼントを（　　　）。	□
217		母（はは）はゆうべ私（わたし）にお金（かね）を（　　　）。	□
218		これは祖母（そぼ）に（　　　）お守（まも）りです。	□

單字小教室

て形變化

第Ⅰ類　將「ます」前面的字母，依照下面的方式變換，這稱為「音便」。
き→い＋て　　ぎ→い＋で　　例外：行きます→行って
り→っ＋て　　い→っ＋て　　ち→っ＋て
み→ん＋で　　び→ん＋で　　に→ん＋で
し→不變，直接加て

第Ⅱ類　不變，直接加て

第Ⅲ類　きます→きて　　します→して

MP3 *Track 021*

step.1 >>> 認識單字：請邊聽音檔邊練習開口説，完成請在□打✓。

	動詞		讀音／原文	意思
219	送る	□	おくる 0	（他）送
220	切る	□	きる 1	（他）剪、切
221	着る	□	きる 0	（他）穿
222	掃除する	□	そうじする 0	（他）打掃
223	踊る	□	おどる 0	（他）跳舞
224	運転する	□	うんてんする 0	（他）開車
225	楽しむ	□	たのしむ 3	（他）享受
226	飛ぶ	□	とぶ 0	（自）飛
227	聞こえる	□	きこえる 0	（自）聽得到
228	手伝う	□	てつだう 3	（他）幫忙

224「運転する」單純是開車的意思，但從英文 drive 來的「ドライブする」卻解釋為兜風，有享樂的意思，所以不能説每朝ドライブして会社に行く。

step2 >>> **讀音練習**：對照左頁，邊唸邊寫上讀音。（若為外來語，則寫假名）

step3 >>> **例句練習**：每日背誦 10 個例句，能順暢說完即可在□打✓。

讀音練習	表記練習	
219	あとでメールを（　　　）。	□
220	明日（あした）髪（かみ）を（　　　）に美容院（びょういん）へ行（い）きます。	□
221	サンタは赤（あか）い服（ふく）を（　　　）います。	□
222	教室（きょうしつ）を（　　　）ください。	□
223	今晩（こんばん）は一緒（いっしょ）にワルツを（　　　）ましょう。	□
224	もっとゆっくり（　　　）ください。	□
225	ドライブを（　　　）ましょう。	□
226	ほら、あそこ、飛行機（ひこうき）が（　　　）います。	□
227	波（なみ）の音（おと）が（　　　）ます。	□
228	何（なに）か（　　　）ましょうか。	□

單字小教室

ない形

第Ⅰ類　將「ます」前的字母變成あ段，再加上「ない」
　　のみます　→　のま　＋　ない

第Ⅱ類　直接把「ます」變成「ない」
　　たべます　→　たべない

第Ⅲ類　只有こない　／　しない

MP3 Track 022

step.1 >>> **認識單字**：請邊聽音檔邊練習開口説，完成請在□打✓。

動詞		讀音／原文	意思
229 知る	□	しる 0	（他）知道
230 開ける	□	あける 0	（他）開
231 閉める	□	しめる 2	（他）關
232 遊ぶ	□	あそぶ 0	（自）玩
233 走る	□	はしる 2	（自）跑
234 座る	□	すわる 0	（自）坐
235 立つ	□	たつ 1	（自）站
236 始まる	□	はじまる 0	（自）開始
237 始める	□	はじめる 0	（他）開始
238 勉強する	□	べんきょうする 0	（他）念書、學習

單字小教室

「動詞て形＋います（いる）」是現在進行形，「話しています」「食べています」等等表示現在正在進行該動作，但是以下幾個動詞的「～ている形」並非表示現在進行，而是表示現在的狀態及職業、身分等。例：「岡さんは結婚しています。」「弟は広島に住んでいます。」「学校の住所を知っていますか。」「橋本先生は台北で日本語を教えています。」

step2 >>> **讀音練習**：對照左頁，邊唸邊寫上讀音。（若為外來語，則寫假名）

step3 >>> **例句練習**：每日背誦 10 個例句，能順暢説完即可在 □ 打✓。

讀音練習	表記練習	
229	先生(せんせい)の電話番号(でんわばんごう)を（　　　）いますか。	□
230	窓(まど)を（　　　）ください。	□
231	鍋のふたを（　　　）ましょう。	□
232	昨日(きのう)友達(ともだち)と一緒(いっしょ)に（　　　）ました。	□
233	危(あぶ)ないですから、（　　　）ないでください。	□
234	どうぞ（　　　）ください。	□
235	見(み)えません。（　　　）ないでください。	□
236	運動会(うんどうかい)が（　　　）ました。	□
237	皆(みな)さん、会議(かいぎ)を（　　　）ます。	□
238	東京で日本語を（　　　）います。	□

單字小教室

動詞與助詞

即使動詞的前面有目的語，也不代表都可以使用「を」。

例：ブラジルチームに勝つ　　友達に会う　　エリーと結婚する

每個助詞都有它的意義，為什麼這個動詞要搭配這個助詞，也都各有理由，一開始想要全部理解需要很多的時間和精力，建議大家可以先成對記起來，再慢慢理解。

MP3 Track 023

step.1 >>> 認識單字：請邊聽音檔邊練習開口説，完成請在□打✓。

動詞		讀音／原文	意思
239 泳ぐ	□	およぐ 2	（自）游泳
240 思う	□	おもう 2	（他）認為、預料、覺得
241 使う	□	つかう 0	（他）使用
242 洗う	□	あらう 0	（他）洗
243 働く	□	はたらく 0	（自）工作
244 考える	□	かんがえる 4	（他）思考
245 起きる	□	おきる 2	（自）起床
246 寝る	□	ねる 0	（自）睡覺
247 答える	□	こたえる 3	（他）回答
248 信じる	□	しんじる 3	（他）相信
249 壊す	□	こわす 2	（他）弄壞
250 建てる	□	たてる 2	（他）建設
251 運ぶ	□	はこぶ 0	（他）搬運
252 変える	□	かえる 0	（他）改變

step.2 >>> **讀音練習**：對照左頁，邊唸邊寫上讀音。（若為外來語，則寫假名）

step.3 >>> **例句練習**：每日背誦 10 個例句，能順暢說完即可在 □ 打 ✓ 。

讀音練習	表記練習	
239	私は深い川では（　　　　）ません。	□
240	明日は雨が降ると（　　　　）ます。	□
241	この部屋は、古いですから（　　　　）ません。	□
242	食べる前は手を（　　　　）ましょう。	□
243	父は郵便局で（　　　　）います。	□
244	いい方法を（　　　　）ましょう。	□
245	あなたは何時に（　　　　）ますか。	□
246	ソファで祖母が（　　　　）います。	□
247	私の質問に（　　　　）ください。	□
248	私はあの人の言葉を（　　　　）いません。	□
249	友達は私のCDプレイヤーを（　　　　）ました。	□
250	アパートの裏にデパートを（　　　　）います。	□
251	あの船は何を（　　　　）いますか。	□
252	テレビのチャンネルを（　　　　）ましょう。	□

MP3 *Track 024*

step.1 >>> **認識單字**：請邊聽音檔邊練習開口説，完成請在□打✓。

動詞		讀音／原文	意思
253 泣く	□	なく 0	（自）哭泣
254 笑う	□	わらう 0	（他）笑
255 決める	□	きめる 0	（他）決定
256 育つ	□	そだつ 2	（自）成長
257 急ぐ	□	いそぐ 2	（自）急
258 招待する	□	しょうたいする 1	（他）招待
259 習う	□	ならう 2	（他）學習
260 置く	□	おく 0	（他）放置
261 売る	□	うる 0	（他）賣
262 待つ	□	まつ 1	（他）等待
263 勝つ	□	かつ 1	（自）贏
264 負ける	□	まける 0	（自）輸
265 浴びる	□	あびる 0	（他）沐浴
266 終わる	□	おわる 0	（他）結束

step.2 >>> **讀音練習**：對照左頁，邊唸邊寫上讀音。（若為外來語，則寫假名）

step.3 >>> **例句練習**：每日背誦 10 個例句，能順暢說完即可在 □ 打 ✓ 。

讀音練習	表記練習	
253	あの人(ひと)はどうして（　　　）いますか。	□
254	私の絵を（　　　）ないでくださいね。	□
255	出発(しゅっぱつ)の時間(じかん)を（　　　）ましょう。	□
256	娘(むすめ)は立派(りっぱ)に（　　　）ました。	□
257	そんなに（　　　）でどこへ行(い)くのですか。	□
258	来週(らいしゅう)のパーティーに加藤(かとう)さんも（　　　）ましょう。	□
259	息子(むすこ)は剣道(けんどう)を（　　　）います。	□
260	時計(とけい)はその棚(たな)の上(うえ)に（　　　）ください。	□
261	コンビニで寿司弁当(すしべんとう)を（　　　）いますか。	□
262	明日(あした)６時(じ)に駅(えき)の前(まえ)で（　　　）います。	□
263	日曜日(にちようび)のサッカーの試合(しあい)に（　　　）ました。	□
264	絶対(ぜったい)に（　　　）ないでください。	□
265	あの人は夕日を（　　　）て顔が赤いです。	□
266	今日(きょう)の営業(えいぎょう)はもう（　　　）ました。	□

MP3 *Track 025*

step.1 >>> 認識單字：請邊聽音檔邊練習開口説，完成請在□打✓。

動詞		讀音／原文	意思
267 会う	□	あう 1	（自）見面
268 要る	□	いる 0	（自）要
269 押す	□	おす 0	（他）按、推
270 引く	□	ひく 0	（他）拉
271 弾く	□	ひく 0	（他）彈、拉
272 思い出す	□	おもいだす 4	（他）想起
273 返す	□	かえす 2	（他）歸還
274 かぶる	□	かぶる 2	（他）戴
275 履く	□	はく 0	（他）穿（下半身）
276 消す	□	けす 0	（他）關、消除

單字小教室

221「着る」與 275「履く」的差異：「着る」是穿上半身的衣物時使用，也就是T恤、外套等，基本上從上往下穿的衣物；「履く」則是穿褲子、裙子、襪子等下半身、由下往上穿的衣物時使用。

step2 >>> **讀音練習**：對照左頁，邊唸邊寫上讀音。（若為外來語，則寫假名）

step3 >>> **例句練習**：每日背誦 10 個例句，能順暢説完即可在☐打✓。

讀音練習	表記練習	
267	パーティーで斉藤（さいとう）さんに（　　　）ました。	☐
268	パスポートが（　　　）ますか。	☐
269	このボタンを（　　　）ください。	☐
270	このドアを（　　　）ください。	☐
271	弟（おとうと）はピアノを（　　　）ました。	☐
272	電話番号（でんわばんごう）を（　　　）ました。	☐
273	図書館（としょかん）に本（ほん）を（　　　）ましょう。	☐
274	部屋（へや）では帽子（ぼうし）を（　　　）ないでください。	☐
275	妹（いもうと）は赤（あか）い靴（くつ）を（　　　）います。	☐
276	勉強中（べんきょうちゅう）ですから、テレビを（　　　）ください。	☐

單字小教室

270と271「引く」與「弾く」發音相同，但意思不同。另外，279 的「治す」，也有同音字「直す」，需根據上下文，來判斷選擇哪個漢字才是正確的。

MP3 *Track 026*

step.1 >>> **認識單字**：請邊聽音檔邊練習開口說，完成請在□打✓。

動詞		讀音／原文	意思
277 觸る	□	さわる 0	（他）觸碰
278 着く	□	つく 1	（自）抵達
279 治す	□	なおす 2	（他）治療
280 なくす	□	なくす 0	（他）弄丟
281 なる	□	なる 1	（自）成為
282 脱ぐ	□	ぬぐ 1	（他）脫
283 登る	□	のぼる 0	（自）攀爬
284 曲がる	□	まがる 0	（自）彎曲
285 役に立つ	□	やくにたつ 2	（自）有用
286 渡る	□	わたる 0	（自）過
287 集める	□	あつめる 3	（他）收集
288 かける	□	かける 2	（他）打電話
289 調べる	□	しらべる 3	（他）調查
290 捨てる	□	すてる 0	（他）丟

step.2 »» **讀音練習**：對照左頁，邊唸邊寫上讀音。（若為外來語，則寫假名）

step.3 »» **例句練習**：每日背誦 10 個例句，能順暢説完即可在□打✓。

讀音練習	表記練習	
277	この機械(きかい)に（　　　）ないでください。	□
278	何時(なんじ)に駅(えき)に（　　　）ますか。	□
279	医者(いしゃ)は病気(びょうき)を（　　　）ます。	□
280	パスポートを（　　　）ないでください。	□
281	私(わたし)は先生(せんせい)に（　　　）たいです。	□
282	ここで靴(くつ)を（　　　）ください。	□
283	去年(きょねん)の夏(なつ)、富士山(ふじさん)に（　　　）ました。	□
284	あの交差点(こうさてん)を右(みぎ)に（　　　）ください。	□
285	この辞書(じしょ)はとても（　　　）ます。	□
286	海(うみ)を（　　　）て外国(がいこく)へ行(い)く。	□
287	母(はは)は切手(きって)を（　　　）います。	□
288	吉田(よしだ)さんに電話(でんわ)を（　　　）ましたか。	□
289	パソコンの値段(ねだん)を（　　　）ください。	□
290	道(みち)にごみを（　　　）ないでください。	□

【副詞・接続詞・その他篇】 MP3 Track 027

step.1 >>> **認識單字**：請邊聽音檔邊練習開口説，完成請在□打✓。

副詞・接続詞・その他篇		讀音／原文	意思
291 よく	□	よく 1	好好地、常常、能力好
292 いつも	□	いつも 1	總是
293 時々	□	ときどき 0	有時
294 たいてい	□	たいてい 0	大致上、大概
295 とても	□	とても 0	很
296 大変	□	たいへん 0	非常（副）、辛苦（形）
297 あまり	□	あまり 0	不太
298 全然	□	ぜんぜん 0	完全不
299 そして	□	そして 0	然後
300 それから	□	それから 0	接著、之後、而且

單字小教室

關於副詞的漢字使用

由於有些副詞和接續詞的漢字不包含在 2010 年文部科學省文化審議會所回覆的常用漢字 2136 字中，或是雖然有該漢字，卻限制它的念法，例如：自然（しぜん）〇／然し（しかし）X 。因此原則上副詞和接續詞以平假名書寫，但是也有幾個例外是可以漢字書寫的。 例：特に、例えば

step.2 »» **讀音練習**：對照左頁，邊唸邊寫上讀音。（若為外來語，則寫假名）

step.3 »» **例句練習**：每日背誦 10 個例句，能順暢說完即可在□打✓。

	讀音練習	表記練習	
291		（　　　）わかりません。	□
292		私は夜（　　　）テレビを見ます。	□
293		休みの時は（　　　）プールに行きます。	□
294		朝ごはんは（　　　）うちで食べます。	□
295		今日は（　　　）寒いですね。	□
296		（　　　）おいしかったです。ごちそうさま。	□
297		外国の音楽は（　　　）聞きません。	□
298		タイ語は（　　　）わかりません。	□
299		楊さんはきれいです。（　　　）とても親切な人です。	□
300		明日銀行へ行って、（　　　）会社に行きます。	□

單字小教室

297、298 文法上「あまり」「全然」一定要跟否定型一起使用，現在日本有些年輕人會故意說「これは全然おいしいです。」，其實是不正確的說法。另外，想使用「あまり」來表示「太好吃」的意思時，要用「あまりにも」，例：この料理はあまりにもおいしいです。

MP3 Track 028

step.1 >>> **認識單字**：請邊聽音檔邊練習開口說，完成請在□打✓。

副詞・接続詞・その他篇		讀音／原文	意思
301 しかし	□	しかし 2	但是
302 でも	□	でも 1	可是
303 ですが	□	ですが 1	但是
304 が	□	が	但是
305 或いは	□	あるいは 2	或
306 または	□	または 2	或
307 それとも	□	それとも 3	還是
308 ところで	□	ところで 3	那個、對了（換話題時用）
309 ですから	□	ですから 1	因為，所以

單字小教室

305～307 都是或的意思，但 307 的「それとも」是用在問句。

step.2 >>> **讀音練習**：對照左頁，邊唸邊寫上讀音。（若為外來語，則寫假名）

step.3 >>> **例句練習**：每日背誦 10 個例句，能順暢說完即可在□打✓。

讀音練習	表記練習	
301	1 年勉強(ねんべんきょう)しました。（　　　）まだよくわかりません。	□
302	かばんを買いたいです。（　　　）ちょっと高いです。	□
303	安いです。ですが買いません。	□
304	韓国語(かんこくご)は難(むずか)しいです（　　　）、面白(おもしろ)いです。	□
305	青(あお)、（　　　）黒(くろ)のボールペンで書(か)いてください。	□
306	2階(かい)、（　　　）3階(かい)の入(い)り口(ぐち)から入(はい)ってください。	□
307	ビーフにしますか。（　　　）チキンにしますか。	□
308	（　　　）お父様(とうさま)はお元気(げんき)ですか。	□
309	時間(じかん)がありません。（　　　）タクシーで行(い)きましょう。	□

單字小教室

312 的「ゆっくり」除了慢以外，還有放輕鬆的意思。

MP3 *Track 029*

step.1 >>> **認識單字**：請邊聽音檔邊練習開口說，完成請在□打✓。

副詞・接続詞・その他篇		讀音／原文	意思
310 だから	□	だから 1	所以
311 けれども	□	けれども 1	可是
312 ゆっくり	□	ゆっくり 3	慢慢地
313 すぐ	□	すぐ 1	馬上
314 ちょっと	□	ちょっと 1	一點、一下
315 必ず	□	かならず 0	一定
316 どうぞ	□	どうぞ 1	請
317 ちっとも	□	ちっとも 3	一點也不
318 もし	□	もし 1	如果
319 まだ	□	まだ 1	還沒
320 たくさん	□	たくさん 0	很多
321 もっと	□	もっと 1	更

step.2 >>> **讀音練習**：對照左頁，邊唸邊寫上讀音。（若為外來語，則寫假名）

step.3 >>> **例句練習**：每日背誦 10 個例句，能順暢說完即可在□打✓。

	讀音練習	表記練習	
310		雨(あめ)が降(ふ)っています。（　　　）どこへも行(い)きません。	□
311		コーヒーを飲(の)みました（　　　　），まだ眠(ねむ)いです。	□
312		お正月(しょうがつ)は（　　　　）休(やす)みたいです。	□
313		（　　　　）行(い)きます。	□
314		（　　　　）待(ま)ってください。	□
315		冷蔵庫(れいぞうこ)のドアは（　　　　）閉(し)めてください。	□
316		（　　　　）おあがりください。	□
317		今日(きょう)は（　　　　）寒(さむ)くありません。	□
318		（　　　　）雨(あめ)が降(ふ)ったら行(い)きません。	□
319		もう晩(ばん)ご飯(はん)を食(た)べましたか。いいえ、(　　　　　)です。	□
320		どうぞ（　　　　）食(た)べてください。	□
321		（　　　　）大(おお)きいシャツはありませんか。	□

【外來語篇】 MP3 *Track 030*

step.1 >>> **認識單字**：請邊聽音檔邊練習開口說，完成請在□打✓。

外來語		讀音／原文	意思
322 レストラン 1	□	restaurant	餐廳
323 ボールペン 0	□	ball-point pen	原子筆
324 バイク 1	□	bike	摩托車
325 ノート 1	□	notebook	筆記本
326 ズボン 2	□	jupon	褲子
327 パン 1	□	pão	麵包
328 エレベーター 3	□	elevator	電梯
329 パソコン 0	□	personal computer	電腦
330 アパート 2	□	apartment	大樓
331 デパート 2	□	department store	百貨公司
332 チーズ 1	□	cheese	起司
333 ジャム 1	□	jam	果醬
334 ハム 1	□	ham	火腿
335 バター 1	□	butter	奶油

step.2 >>> 讀音練習：對照左頁，邊唸邊寫上讀音。（若為外來語，則寫假名）

step.3 >>> 例句練習：每日背誦 10 個例句，能順暢說完即可在 □ 打 ✓ 。

讀音練習	表記練習	
322	きのう（　　　）で食事（しょくじ）をしました。	□
323	（　　　）で書（か）いてください。	□
324	台北（たいぺい）は（　　　）が多（おお）いです。	□
325	（　　　）を２冊（さつ）ください。	□
326	黒（くろ）い（　　　）がほしいです。	□
327	（　　　）と牛乳（ぎゅうにゅう）をください。	□
328	（　　　）で２階（かい）に上（あ）がりましょう。	□
329	学校（がっこう）に（　　　）がたくさんあります。	□
330	木村（きむら）さんは（　　　）に住（す）んでいます。	□
331	（　　　）でこの靴（くつ）を買（か）いました。	□
332	冷蔵庫（れいぞうこ）に（　　　）があります。	□
333	私（わたし）は（　　　）が好（す）きではありません。	□
334	（　　　）サンドをください。	□
335	（　　　）はどこにありますか。	□

MP3 *Track 031*

step.1 >>> **認識單字**：請邊聽音檔邊練習開口說，完成請在□打✓。

外來語		讀音／原文	意思
336 ハンバーガー 3	□	hamburger	漢堡
337 サンドイッチ 4	□	sandwich	三明治
338 トマト 1	□	tomato	番茄
339 サラダ 1	□	salad	沙拉
340 ジュース 1	□	juice	果汁
341 コーヒー 3	□	coffee	咖啡
342 ミルク 1	□	milk	牛奶
343 スプーン 2	□	spoon	湯匙
344 ナイフ 1	□	knife	刀
345 フォーク 1	□	fork	叉子
346 コップ 2	□	kop	杯子（冷飲、漱口）
347 カップ 1	□	cup	杯子（熱飲、湯）
348 ドア 1	□	door	門
349 シャワー 1	□	shower	沖澡

step.2 >>> **讀音練習**：對照左頁，邊唸邊寫上讀音。（若為外來語，則寫假名）

step.3 >>> **例句練習**：每日背誦 10 個例句，能順暢說完即可在□打✓。

讀音練習	表記練習	
336	今日のお昼は（　　　　）にします。	□
337	公園で（　　　　）を食べましょう。	□
338	（　　　　）を３つ買いました。	□
339	肉と一緒に（　　　　）も食べましょう。	□
340	あの店のマンゴー（　　　　）はとてもおいしいです。	□
341	毎朝（　　　　）を一杯飲みます。	□
342	赤ちゃんに（　　　　）をあげましょう。	□
343	カレーライスは（　　　　）で食べます。	□
344	（　　　　）で肉を切ります。	□
345	（　　　　）でスパゲティを食べます。	□
346	（　　　　）に冷たい水が入っています。	□
347	（　　　　）に熱い紅茶を入れてください。	□
348	静かに（　　　　）を閉めましょう。	□
349	姉は毎朝（　　　　）を浴びます。	□

MP3 *Track 032*

step.1 >>> **認識單字**：請邊聽音檔邊練習開口說，完成請在☐打✓。

外來語		讀音／原文	意思
350 リビング 1	☐	living room	客廳
351 ダイニング 1	☐	dining room	餐廳
352 トイレ 1	☐	toilet	廁所
353 スーパー 1	☐	supermarket	超市
354 コンビニ 0	☐	convenience store	超商
355 ホテル 1	☐	hotel	飯店
356 ライオン 0	☐	lion	獅子
357 オレンジ 2	☐	orange	柳橙
358 レモン 1	☐	lemon	檸檬
359 メロン 1	☐	melon	哈密瓜
360 バナナ 1	☐	banana	香蕉
361 パイナップル 3	☐	pineapple	鳳梨
362 キャベツ 1	☐	cabbage	高麗菜
363 ラッキー 1	☐	lucky	幸運

step.2 >>> **讀音練習**：對照左頁，邊唸邊寫上讀音。（若為外來語，則寫假名）

step.3 >>> **例句練習**：每日背誦 10 個例句，能順暢説完即可在 ☐ 打 ✓ 。

讀音練習	表記練習	
350	祖父(そふ)は（　　　　）でテレビを見(み)ています。	☐
351	このうちの（　　　　）は広(ひろ)いですね。	☐
352	すみません、（　　　　）はどこですか。	☐
353	私(わたし)は毎日(まいにち)近(ちか)くの（　　　　）で買(か)い物(もの)します。	☐
354	（　　　　）でビールを買(か)いました。	☐
355	高雄(たかお)の（　　　　）を予約(よやく)しました。	☐
356	木(き)の下(した)で（　　　　）が寝(ね)ています。	☐
357	私(わたし)はいつも（　　　　）を食(た)べます。	☐
358	紅茶(こうちゃ)に（　　　　）を入(い)れて飲(の)みます。	☐
359	日本(にほん)の（　　　　）は高(たか)いです。	☐
360	（　　　　）でパイを作(つく)りました。	☐
361	料理(りょうり)に（　　　　）を使(つか)います。	☐
362	とんかつといっしょに（　　　　）も食(た)べましょう。	☐
363	先週(せんしゅう)の試合(しあい)は（　　　　）でした。	☐

MP3 *Track 033*

step.1 »» **認識單字**：請邊聽音檔邊練習開口說，完成請在□打✓。

外來語		讀音／原文	意思
364 ハンサム 1	□	handsome	帥
365 ロマンチック 4	□	romantic	浪漫
366 クール 1	□	cool	酷

單字小教室

外來語的來源

外來語不只來自英文，例如326號的ズボン是源自法文，327號的パン則是源自葡萄牙語。

step.2 >>> **讀音練習**：對照左頁，邊唸邊寫上讀音。（若為外來語，則寫假名）

step.3 >>> **例句練習**：每日背誦 10 個例句，能順暢説完即可在 ☐ 打✓。

	讀音練習	表記練習	
364		佐藤（さとう）さんのお兄（にい）さんは（　　　　）人（ひと）です。	☐
365		（　　　　）レストランで食事（しょくじ）をしましょう。	☐
366		郭（かく）さんは（　　　　）人（ひと）です。	☐

單字小教室

外來語有省略的情形。

323的ボールペン (ball-point pen)、325的ノート (notebook)、329的パソコン (personal computer)、330、331的アパート (apartment) 與デパート (department store)

注意意思的差異

324號的バイク不是腳踏車的意思。

【数量詞篇】 MP3 *Track 034*

step.1 >>> **認識單字**：請邊聽音檔邊練習開口説，完成請在□打✓。

数量詞		讀音／原文	意思
367 一人	□	ひとり 2	一個人
368 二人	□	ふたり 3	兩個人
369 三人	□	さんにん 3	三個人
370 四人	□	よにん 2	四個人
371 五人	□	ごにん 2	五個人
372 一つ	□	ひとつ 2	一個
373 二つ	□	ふたつ 3	二個
374 三つ	□	みっつ 3	三個
375 四つ	□	よっつ 3	四個
376 五つ	□	いつつ 2	五個
377 六つ	□	むっつ 3	六個
378 七つ	□	ななつ 2	七個
379 八つ	□	やっつ 3	八個
380 九つ	□	ここのつ 2	九個

step.2 >>> **讀音練習**：對照左頁，邊唸邊寫上讀音。（若為外來語，則寫假名）

step.3 >>> **例句練習**：每日背誦 10 個例句，能順暢説完即可在 □ 打 ✓ 。

讀音練習	表記練習	
367	クラスにイギリス人(じん)が（　　　）います。	□
368	公園(こうえん)を（　　　）が散歩(さんぽ)しています。	□
369	兄弟(きょうだい)が（　　　）います。	□
370	（　　　）でタクシーに乗(の)りました。	□
371	（　　　）でバスケットボールをします。	□
372	部屋(へや)に机(つくえ)が（　　　）あります。	□
373	冷蔵庫(れいぞうこ)にたまごが（　　　）あります。	□
374	私(わたし)のうちに部屋(へや)が（　　　）あります。	□
375	四国(しこく)に県(けん)が（　　　）あります。	□
376	幸子(さちこ)は（　　　）のお店(みせ)に行(い)きました。	□
377	お弁当(べんとう)を（　　　）買(か)いました。	□
378	星(ほし)が（　　　）見(み)えます。	□
379	新北市(しんほくし)に大(おお)きな病院(びょういん)が（　　　）あります。	□
380	たまごを（　　　）食(た)べました。	□

MP3 Track 035

step.1 >>> **認識單字**：請邊聽音檔邊練習開口說，完成請在□打✓。

	数量詞		讀音／原文	意思
381	十	□	とお 1	十個
382	一枚	□	いちまい 2	一片、一張、一件（薄的物品）
383	二枚	□	にまい 1	兩片、兩張、兩件
384	三枚	□	さんまい 1	三片、三張、三件
385	一台	□	いちだい 2	一台
386	二台	□	にだい 1	兩台
387	三台	□	さんだい 1	三台
388	一冊	□	いっさつ 3	一本
389	二冊	□	にさつ 1	兩本
390	三冊	□	さんさつ 1	三本
391	一足	□	いっそく 4	一雙
392	二足	□	にそく 1	兩雙
393	三足	□	さんそく 1	三雙
394	一個	□	いっこ 1	一個

step.2 >>> 讀音練習：對照左頁，邊唸邊寫上讀音。（若為外來語，則寫假名）

step.3 >>> 例句練習：每日背誦 10 個例句，能順暢説完即可在□打✓。

讀音練習	表記練習	
381	教室(きょうしつ)に窓(まど)が（　　　　）あります。	□
382	シャツを（　　　　）もらいました。	□
383	ラーメンに海苔(のり)が（　　　　）入(はい)っています。	□
384	私(わたし)はクレジットカードを（　　　　）持(も)っています。	□
385	車(くるま)が（　　　　）あります。	□
386	うちにテレビが（　　　　）あります。	□
387	学校(がっこう)は新(あたら)しいパソコンを（　　　　）買(か)いました。	□
388	韓国語(かんこくご)の辞書(じしょ)を（　　　　）もらいました。	□
389	ノートを（　　　　）買(か)いました。	□
390	小説(しょうせつ)を（　　　　）書(か)きました。	□
391	厚(あつ)い靴下(くつした)が（　　　　）ほしいです。	□
392	革靴(かわぐつ)を（　　　　）持(も)っています。	□
393	スリッパが（　　　　）あります。	□
394	テニスボールを（　　　　）もらいました。	□

MP3 *Track 036*

step.1 >>> **認識單字**：請邊聽音檔邊練習開口説，完成請在 □ 打✓。

	数量詞		讀音／原文	意思
395	二個	□	にこ 1	兩個人
396	三個	□	さんこ 1	三個
397	一本	□	いっぽん 1	一條、一根、一瓶、一罐（細長的東西）
398	二本	□	にほん 1	兩條、兩根、兩瓶、兩罐
399	三本	□	さんぼん 1	三條、三根、三瓶、三罐
400	一杯	□	いっぱい 1	一杯
401	二杯	□	にはい 1	兩杯
402	三杯	□	さんばい 1	三杯
403	一匹	□	いっぴき 4	一隻
404	二匹	□	にひき 1	兩隻

單字小教室

は行的數量詞（杯、匹、本、分等）的發音需要特別注意。

1，6，8，10→促音＋半濁音，例：いっぽん、ろっぽん、はっぽん、じゅっぽん
3，何→濁音　例：さんばい、なんばい
另外，「本」不能用來數書本。「匹」是用來數小動物及昆蟲。

step.2 >>> **讀音練習**：對照左頁，邊唸邊寫上讀音。（若為外來語，則寫假名）

step.3 >>> **例句練習**：每日背誦 10 個例句，能順暢說完即可在 □ 打 ✓。

讀音練習	表記練習	
395	友達にお土産を（　　　）あげました。	□
396	机の上に消しゴムが（　　　）あります。	□
397	ホームランを（　　　）打ちました。	□
398	去年、注射を（　　　）打ちました。	□
399	この町に川が（　　　）あります。	□
400	今晩（　　　）飲みませんか。	□
401	ウーロン茶を（　　　）飲みました。	□
402	ご飯を（　　　）食べました。	□
403	黒い犬が（　　　）います。	□
404	動物園にパンダが（　　　）います。	□

單字小教室

不管是中文還是日文，要把所有的數量詞背起來都不是件簡單的事，連母語者也會常弄錯。以下分享一些日檢不會考的冷門數量詞知識，「兎」「いか」「かに」是小型生物，所以可以用「匹」來數，但其實「兎」最正確應該要用數鳥的「羽」，而「いか」和「かに」應該要用「杯」來數。

MP3 *Track 037*

step.1 >>> 認識單字：請邊聽音檔邊練習開口説，完成請在□打✓。

数量詞		讀音／原文	意思
405 三匹	□	さんびき 1	三隻
406 一階	□	いっかい 0	一樓
407 二階	□	にかい 0	二樓
408 三階	□	さんがい 0	三樓
409 一着	□	いっちゃく 3	一件
410 二着	□	にちゃく 1	兩件
411 三着	□	さんちゃく 1	三件
412 一羽	□	いちわ 2	一隻（飛禽類）
413 二羽	□	にわ 1	兩隻
414 三羽	□	さんわ 1	三隻
415 円	□	えん 1	日圓
416 ドル	□	dollar 1	美金
417 ユーロ	□	uero 1	歐元
418 元	□	げん 1	新台幣

step.2 >>> **讀音練習**：對照左頁，邊唸邊寫上讀音。（若為外來語，則寫假名）

step.3 >>> **例句練習**：每日背誦 10 個例句，能順暢說完即可在☐打✓。

讀音練習	表記練習	
405	部屋（へや）に蟻（あり）が（　　　　）います。	☐
406	コンビニはあのビルの（　　　　）にあります。	☐
407	母（はは）は（　　　　）にいます。	☐
408	1年生（ねんせい）の教室（きょうしつ）は（　　　　）です。	☐
409	背広（せびろ）を（　　　　）持（も）っています。	☐
410	春（はる）のコートを（　　　　）持（も）っています。	☐
411	父（ちち）はスーツを（　　　　）買（か）いました。	☐
412	木（き）の上（うえ）にすずめが（　　　　）います。	☐
413	庭（にわ）に（　　　　）ニワトリがいます。	☐
414	からすが（　　　　）飛（と）んでいます。	☐
415	今（いま）、1ドルは108（　　　　）です。	☐
416	1（　　　　）は台湾元（たいわんげん）でいくらですか。	☐
417	ヨーロッパでは（　　　　）を使（つか）います。	☐
418	台北（たいぺい）のバスは15（　　　　）です。	☐

【時点詞篇】 MP3 *Track 038*

step.1 >>> **認識單字**：請邊聽音檔邊練習開口説，完成請在□打✓。

時点詞		讀音／原文	意思
419 一昨日	□	おととい 3	前天
420 昨日	□	きのう 2	昨天
421 今日	□	きょう 1	今天
422 明日	□	あした 3	明天
423 明後日	□	あさって 2	後天
424 一昨年	□	おととし 2	前年
425 去年	□	きょねん 1	去年
426 今年	□	ことし 0	今年
427 来年	□	らいねん 0	明年
428 再来年	□	さらいねん 0	後年
429 先々月	□	せんせんげつ 3	上上個月
430 先月	□	せんげつ 1	上個月
431 今月	□	こんげつ 0	這個月
432 来月	□	らいげつ 1	下個月

step2 >>> 讀音練習：對照左頁，邊唸邊寫上讀音。（若為外來語，則寫假名）

step3 >>> 例句練習：每日背誦 10 個例句，能順暢説完即可在 □ 打 ✓ 。

	讀音練習	表記練習	
419		（　　　）英語（えいご）を勉強（べんきょう）しました。	□
420		宿題（しゅくだい）は（　　　）やりました。	□
421		（　　　）は何曜日（なんようび）ですか。	□
422		父（ちち）は（　　　）帰（かえ）ってきます。	□
423		（　　　）サッカーの試合（しあい）があります。	□
424		（　　　）孫（まご）が生（う）まれました。	□
425		（　　　）はとてもいい年（とし）でした。	□
426		私（わたし）は（　　　）60 歳（さい）になります。	□
427		（　　　）の夏休（なつやす）みはタイへ行（い）きたいです。	□
428		子供（こども）は（　　　）小学校（しょうがっこう）を卒業（そつぎょう）します。	□
429		野村（のむら）さんは（　　　）台湾（たいわん）へ来（き）ました。	□
430		（　　　）家族（かぞく）で温泉（おんせん）へ行（い）きました。	□
431		大（おお）きなデパートが（　　　）オープンします。	□
432		私（わたし）は（　　　）日本（にほん）へ帰（かえ）ります。	□

MP3 *Track 039*

step.1 ≫ **認識單字：**請邊聽音檔邊練習開口説，完成請在□打✓。

時点詞		讀音／原文	意思
433 再来月	□	さらいげつ 2	下下個月
434 先々週	□	せんせんしゅう 0	上上週
435 先週	□	せんしゅう 0	上週
436 今週	□	こんしゅう 0	本周
437 来週	□	らいしゅう 0	下周
438 再来週	□	さらいしゅう 0	下下周
439 毎日	□	まいにち 1	每天
440 毎年	□	まいとし 0	每年
441 毎月	□	まいつき 0	每月
442 毎週	□	まいしゅう 0	每週
443 毎朝	□	まいあさ 1	每天早上
444 毎晩	□	まいばん 1	每晚
445 ４月	□	しがつ 3	四月（念法特殊）
446 ７月	□	しちがつ 4	七月

step.2 >>> **讀音練習**：對照左頁，邊唸邊寫上讀音。（若為外來語，則寫假名）

step.3 >>> **例句練習**：每日背誦 10 個例句，能順暢説完即可在 □ 打 ✓。

	讀音練習	表記練習	
433		姉は（　　　　）結婚します。	□
434		（　　　　）から日本語を習っています。	□
435		（　　　　）デジカメを買いました。	□
436		（　　　　）の水曜日は休みです。	□
437		（　　　　）一緒に食事しませんか。	□
438		（　　　　）中国に出張します。	□
439		母は（　　　　）午前中にスーパーへ行きます。	□
440		竹内会長は（　　　　）台湾へ遊びに来ます。	□
441		（　　　　）一回会議があります。	□
442		私は（　　　　）金曜日にプールへ行きます。	□
443		（　　　　）コーヒーを飲みます。	□
444		（　　　　）シャワーを浴びてから寝ます。	□
445		日本の学校は（　　　　）に始まります。	□
446		（　　　　）7日は七夕です。	□

MP3 *Track 040*

step.1 >>> **認識單字**：請邊聽音檔邊練習開口說，完成請在□打✓。

	時点詞		讀音／原文	意思
447	９月	□	くがつ 1	九月
448	４時	□	よじ 1	四點
449	９時	□	くじ 1	九點
450	１分	□	いっぷん 1	一分
451	２分	□	にふん 1	二分
452	３分	□	さんぷん 1	三分
453	４分	□	よんぷん 1	四分
454	５分	□	ごふん 1	五分
455	６分	□	ろっぷん 1	六分
456	７分	□	ななふん 2	七分
457	８分	□	はっぷん 1	八分
458	９分	□	きゅうふん 1	九分
459	１０分	□	じっぷん 1	十分

step.2 >>> **讀音練習**：對照左頁，邊唸邊寫上讀音。（若為外來語，則寫假名）

step.3 >>> **例句練習**：每日背誦 10 個例句，能順暢說完即可在□打✓。

讀音練習	表記練習	
447	日本（にほん）の（　　　）はもう涼（すず）しいです。	□
448	台湾（たいわん）の小学校（しょうがっこう）は（　　　）に終（お）わります。	□
449	毎晩（まいばん）（　　　）にテレビでニュースを見（み）ます。	□
450	朝（あさ）の（　　　）はとても大切（たいせつ）です。	□
451	時計（とけい）が（　　　）進（すす）んでいます。	□
452	お湯（ゆ）を入（い）れて（　　　）待（ま）ってください。	□
453	この電車（でんしゃ）は（　　　）遅（おく）れています。	□
454	あと（　　　）寝（ね）たいです。	□
455	今（いま）3時（じ）（　　　）です。	□
456	あと（　　　）で駅（えき）に着（つ）きます。	□
457	柴田（しばた）さんは800m（メートル）を（　　　）で泳（およ）ぎます。	□
458	今（いま）、午後（ごご）11時（じ）5（　　　）です。	□
459	映画（えいが）は2時（じ）（　　　）に始（はじ）まります。	□

【地名・国篇】 MP3 Track 041

step.1 >>> **認識單字**：請邊聽音檔邊練習開口說，完成請在□打✓。

	地名・国		讀音／原文	意思
460	日本	□	にほん 2	日本
461	台湾	□	たいわん 3	台灣
462	アメリカ 0	□	America	美國
463	カナダ 1	□	Canada	加拿大
464	オーストラリア 5	□	Australia	澳洲
465	中国	□	ちゅうごく 1	中國
466	韓国	□	かんこく 1	韓國
467	インド 1	□	India	印度
468	タイ 1	□	Thailand	泰國
469	ロシア 1	□	Russia	俄羅斯
470	イギリス 0	□	England	英國
471	フランス 0	□	France	法國
472	スペイン 2	□	Spain	西班牙
473	ドイツ 1	□	Germany	德國

step.2 >>> **讀音練習**：對照左頁，邊唸邊寫上讀音。（若為外來語，則寫假名）

step.3 >>> **例句練習**：每日背誦 10 個例句，能順暢説完即可在 □ 打✓。

讀音練習	表記練習	
460	春休(はるやす)みは（　　　）で桜(さくら)が見(み)たいです。	□
461	（　　　）の人口(じんこう)は二千三百万人(にせんさんびゃくまんにん)です	□
462	トランプは（　　　）の大統領(だいとうりょう)です。	□
463	妹(いもうと)は（　　　）の大学(だいがく)で勉強(べんきょう)しました。	□
464	（　　　）の面積(めんせき)は日本(にほん)の 20 倍(ばい)です。	□
465	（　　　）の面積(めんせき)は日本(にほん)の 25 倍以上(ばいいじょう)です。	□
466	サムソンは（　　　）の会社(かいしゃ)です。	□
467	（　　　）の夏(なつ)はとてもとても暑(あつ)いです。	□
468	（　　　）の人(ひと)はみんな親切(しんせつ)です。	□
469	世界(せかい)で一番大(いちばんおお)きい国(くに)は（　　　）です。	□
470	ロンドンは（　　　）の首都(しゅと)です。	□
471	1789 年(ねん)に（　　　）で革命(かくめい)が起(お)きました。	□
472	（　　　）は闘牛(とうぎゅう)が有名(ゆうめい)です。	□
473	（　　　）はビールがおいしいです。	□

MP3 *Track 042*

step.1 >>> **認識單字**：請邊聽音檔邊練習開口說，完成請在□打✓。

	地名・国		讀音／原文	意思
474	スイス 1	□	Switzerland	瑞士
475	トルコ 1	□	Turkey	土耳其
476	エジプト 0	□	Egypt	埃及
477	東京	□	とうきょう 0	東京
478	大阪	□	おおさか 0	大阪
479	名古屋	□	なごや 1	名古屋
480	福岡	□	ふくおか 2	福岡
481	札幌	□	さっぽろ 0	札幌
482	ニューヨーク 3	□	New York	紐約
483	サンフランシスコ 6	□	San Fransisco	舊金山
484	ロサンジェルス 4	□	Los Angeles	洛杉磯
485	ロンドン 1	□	London	倫敦
486	パリ 1	□	Paris	巴黎

step.2 >>> **讀音練習**：對照左頁，邊唸邊寫上讀音。（若為外來語，則寫假名）

step.3 >>> **例句練習**：每日背誦 10 個例句，能順暢説完即可在□打✓。

讀音練習	表記練習	
474	（　　　）に高い山がたくさんあります。	□
475	（　　　）はアジアとヨーロッパの間にあります。	□
476	（　　　）の首都はカイロです。	□
477	1868年9月に江戸が（　　　）になりました。	□
478	（　　　）は日本で一番食べ物がおいしいです。	□
479	織田信長は（　　　）で生まれました。	□
480	（　　　）は博多の隣にあります。	□
481	味噌ラーメンは（　　　）で始まりました。	□
482	（　　　）はアメリカで一番にぎやかな都市です。	□
483	（　　　）の夏は涼しくて気持ちがいいです。	□
484	（　　　）の人口は380万人です。	□
485	（　　　）は雨が多いです。	□
486	フランスの首都は（　　　）です。	□

MP3 *Track 043*

step.1 >>> **認識單字**：請邊聽音檔邊練習開口說，完成請在□打✓。

地名・国		讀音／原文	意思
487 ベルリン 3	□	Berlin	柏林
488 マドリード 4	□	Madrid	馬德里
489 モスクワ 4	□	Moskva	莫斯科
490 カイロ 1	□	Cairo	開羅

拿手的漢字不一定有用！？

日本語能力試驗 N5 雖然難度是最低的，但不代表就不用注意喔！因為漢字對其他國家甚至是日文母語者來說相對較為困難，所以在最簡單的 N5 考試中漢字比例並不會太高，很多字都會選擇以平假名來表示。這對習慣使用漢字的中文母語者反而是個考驗，日文中有很多同音異義的詞，請考生一定要在背單字及寫考題的時候多加注意喔！

step.2 ≫ **讀音練習**：對照左頁，邊唸邊寫上讀音。（若為外來語，則寫假名）

step.3 ≫ **例句練習**：每日背誦 10 個例句，能順暢說完即可在 □ 打✓。

讀音練習	表記練習	
487	（　　　）は約（やく）800 年（ねん）の歴史（れきし）があります。	□
488	（　　　）はスペインの首都（しゅと）です。	□
489	（　　　）はロシアで一番人口（いちばんじんこう）が多（おお）いです。	□
490	（　　　）は歴史（れきし）の古（ふる）い都市（とし）です。	□

片假名的功用？

片假名除了常用在外來語，像是外國的地名、人名的原文發音之外，其實還有一個功用，你們知道是什麼嗎？答案就是還有「強調」的作用！日文中想強調某個字時也會選擇使用片假名，常見的情況有動植物專有名詞、商品名稱及擬聲擬態語……等等，所以若在考試中見到片假名並不一定是外來語的專利喔！你們記住了嗎？

日本語能力試驗5級
言語知識（文字・語彙）練習

背完單字了嗎？那還不快來試試這裡的練習題！

A. 正しい読み方はどれですか。

（　　）❶ 駅の　まえに　銀行が　あります。
1. きんこ　　2. ぎんこう
3. きんごう　　4. ぎんごう

（　　）❷ えんぴつを　３本　かいました。
1. さんほん　　2. さんぽん
3. さっぽん　　4. さんぼん

B. 正しい書き方はどれですか。

（　　）❸ 母は　だいどころで　料理を　つくって　います。
1. 台所　　2. 大所
3. 代処　　4. 大処

（　　）❹ 太郎君は　こんびにへ　行きました。
1. コソビニ　　2. ニソビコ
3. コンビニ　　4. コンビリ

C. 適切な語を選びましょう。

（　　）❺ デパートで　くつを　（　　　　）。
1. かいました　　2. たべました
3. はいりました　　4. いきました

(　　) ❻ けいこさんは　とても　（　　　　　）　子どもです。

1. ながい　　　　2. とくいな

3. ほそい　　　　4. げんきな

(　　) ❼ れいぞうこに　（　　　　　）と　ハムを　いれましょう。

1. バイク　　　　2. チーズ

3. ノート　　　　4. ズボン

D. 同じ意味の語はどれですか。

(　　) ❽ わたしは　レストランに　つとめています。

1. わたしは　レストランで　たべています。

2. わたしは　レストランで　あそんでいます。

3. わたしは　レストランで　はたらいています。

4. わたしは　レストランで　のんでいます。

(　　) ❾ おとといは　きんようびです。

1. きょうは　にちようびです。

2. きのうは　もくようびです。

3. きょうは　かようびです。

4. きのうは　すいようびです。

(　　) ❿ すずきさんは　テニスが　じょうずではありません。

1. すずきさんは　テニスが　きらいです。

2. すずきさんは　テニスが　とくいです。

3. すずきさんは　テニスが　すきです。

4. すずきさんは　テニスが　へたです。

解說與答案

A. 是唸法的問題，不只要注意濁音、半濁音、促音、拗音、長音，也要注意發音多變的數量詞。

❶（2）「銀行」的唸法是「ぎんこう」。

❷（4）數量詞發音時常變化，特別是は行，需要特別注意。

B. 是寫法的問題，這個是台灣人比較擅長的題型，可是還是有跟中文不同的寫法，會成為陷阱，例：日「制限」中「限制」；日「運命」中「命運」等

❸（1）「台所」是廚房的意思。

❹（3）片假名也要記正確，特別是「リ」和「ソ」、「ソ」和「ン」、「シ」和「ツ」、「ユ」和「コ」等很相近，要特別留意。

C. 是選擇正確單字的題型，只要有把單字意思記住，就不會困難。要先讀懂句子再來選。

❺（1）1買　2吃　3進去　4去

❻（4）1長　2拿手　3細　4有精神

❼（2）1摩托車　2起司　3筆記本　4褲子

D. 是選相同意思的句子的題型。

❽（3）「つとめる」是上班，所以正確答案是「働く」。其他是1吃　2玩　4喝。

❾（1）日子、星期幾的題目常出現，前天是星期五，所以今天是星期日。

❿（4）「上手ではありません」是不擅長，所以要選相反詞「へた」。

Note

日檢 **N5** 的單字你都已經記到滾瓜爛熟了嗎？
如果沒有，試著把你還不那麼熟悉的單字寫下來，下次再看到它時，就能輕鬆攻克！

絕對合格一擊必殺！

在報考以前，你覺得自己夠了解新日檢嗎？

▼ 新日檢測驗科目 & 測驗時間

級數	測驗科目	測驗時間		F.Y.I. 舊制測驗時間
N1	言語知識 (文字 ・ 語彙 ・ 文法)・ 讀解	110 分鐘	170 分鐘	180 分鐘
	聽解	60 分鐘		
N2	言語知識 (文字 ・ 語彙 ・ 文法)・ 讀解	105 分鐘	155 分鐘	145 分鐘
	聽解	50 分鐘		
N3	言語知識 (文字 ・ 語彙)	30 分鐘	140 分鐘	
	言語知識 (文法)・ 讀解	70 分鐘		
	聽解	40 分鐘		
N4	言語知識 (文字 ・ 語彙)	25 分鐘	115 分鐘	140 分鐘
	言語知識 (文法)・ 讀解	55 分鐘		
	聽解	35 分鐘		
N5	言語知識 (文字 ・ 語彙)	20 分鐘	90 分鐘	100 分鐘
	言語知識 (文法)・ 讀解	40 分鐘		
	聽解	30 分鐘		

▼ 新日檢 N4 認證基準

【讀】	能看懂以基本語彙及漢字描述的貼近日常生活相關話題的文章。
【聽】	能大致聽懂速度稍慢的日常會話。

▼ 新日檢 N4 題型摘要

測驗科目（測驗時間）		題型			題數	內容
言語知識（25分鐘）	文字・語彙	1	漢字讀音	◇	9	選出底線部分的正確讀音
		2	漢字寫法	◇	6	選出底線平假名的正確漢字
		3	文脈規定	◇	10	根據句意選出適當的詞彙
		4	近義語句	○	5	選出與底線句子意思相近的句子
		5	詞彙用法	○	5	選出主題詞彙的正確用法
言語知識・讀解（55分鐘）	文法	1	句子的文法 1（判斷文法形式）	○	15	選出符合句意的文法
		2	句子的文法 2（組合文句）	◆	5	組合出文法與句意皆正確的句子
		3	文章文法	◆	5	根據文章結構填入適當的詞彙
	讀解	4	內容理解（短篇文章）	○	4	閱讀 100 ～ 200 字左右、內容與【生活、學習、工作】相關的簡單短文，並理解其內容
		5	內容理解（中篇文章）	○	4	閱讀 450 字左右、內容與【日常生活的話題與場面】相關的簡單短文，並理解其內容
		6	資訊檢索	◆	2	從 400 字左右的【導覽、公告通知】等資料中，找出答題的關鍵資訊
聽解（35分鐘）		1	課題理解	◇	8	聽完一段完整文章，並理解其內容（聽取解決具體課題的關鍵資訊，以選出之後應當採取的行動）
		2	重點理解	◇	7	聽完一段完整文章，並理解其內容（事先提示應聽取的部分，從聽取內容中鎖定重點）
		3	發言表現	◆	5	看著插圖聽取狀況的説明，並選出箭頭指定人物的適當發言
		4	即時應答	◆	8	聽提問等簡短的發言，然後選出適當的回應

⊙題型符號説明：◆ 全新題型　◇ 舊制原有題型，稍做變化　○ 舊制原有題型
⊙題數為每次出題的參考值，實際考試時題數可能有所變動。
⊙「讀解」科目可能出現一篇文章搭配數小題的測驗方式。

日本語能力試驗 4 級語彙

【名詞篇】 MP3 *Track 044*

step.1 >>> **認識單字**：請邊聽音檔邊練習開口說，完成請在□打✓。

名詞		讀音／原文	意思
範例　野菜	□	やさい 0	蔬菜
❶　父親	□	ちちおや 0	父親
❷　母親	□	ははおや 0	母親
❸　両親	□	りょうしん 1	雙親、父母
❹　祖父	□	そふ 1	爺爺、外公
❺　祖母	□	そぼ 1	奶奶、外婆
❻　息子	□	むすこ 0	兒子
❼　娘	□	むすめ 3	女兒
❽　兄弟	□	きょうだい 1	兄弟
❾　姉妹	□	しまい 1	姊妹

單字小教室

日文中，如果被詢問到「家族は何人ですか？」（家族有幾個人呢？）問的是家庭的總人數，所以記得要把自己加進去喔！例如家裡有爸媽、兩個姊姊時要回答的就是：5人です。父、母、姉が2人と私です。5人家族です。且若已經表示了總人數的話，就可以省略說出「私」（自己）了。

N4 單字考題出現在「言語知識（文字・語彙）」測驗當中，此測驗共計約 25 分鐘，日檢想過關，就靠單字吧！

step.2 >>> **讀音練習**：對照左頁，邊唸邊寫上讀音。（若為外來語，則寫假名）

step.3 >>> **例句練習**：每日背誦 10 個例句，能順暢說完即可在 □ 打 ✓。

讀音練習	表記練習	
範例　やさい	（　野菜（やさい）　）がおいしいです。	□
❶	（　　　）は科学者（かがくしゃ）です。	□
❷	（　　　）は専業主婦（せんぎょうしゅふ）です。	□
❸	私の（　　　）は広島（ひろしま）にいます。	□
❹	（　　　）は今年（ことし）60 歳（さい）になります。	□
❺	（　　　）は料理（りょうり）が得意（とくい）です。	□
❻	（　　　）は大学（だいがく）1 年生（ねんせい）です。	□
❼	（　　　）は去年結婚（きょねんけっこん）しました。	□
❽	（　　　）ですし屋（や）をしています。	□
❾	園田（そのだ）さんは（　　　）が 4 人（にん）います。	□

單字小教室

❼表示家人關係的日文漢字，大部分跟中文一樣，需要特別注意的是「娘」，娘不是母親，是女兒的意思。另外補充「新娘」是「花嫁（はなよめ）」、「娘家」是「実家（じっか）」。
❽と❾的說明：日文的「兄弟」一詞，有時候包含了姊妹的意思。例：
Q:「兄弟がいますか。」（你有兄弟姊妹嗎？）
A:「はい、妹が一人います。」（我有一個妹妹。）

MP3 *Track 045*

step.1 »» **認識單字**：請邊聽音檔邊練習開口說，完成請在□打✓。

名詞		讀音／原文	意思
⑩ 声	□	こえ 1	聲音
⑪ 音	□	おと 2	聲音
⑫ 石	□	いし 2	石頭
⑬ 岩	□	いわ 2	岩石
⑭ 黒板	□	こくばん 0	黑板
⑮ お土産	□	おみやげ 0	土產、伴手禮
⑯ 予定	□	よてい 0	預定計畫
⑰ 島	□	しま 2	島
⑱ 小学校	□	しょうがっこう 4	小學
⑲ 中学校	□	ちゅうがっこう 4	國中

單字小教室

⑩和⑪音的區別：「声」是人或其他動物為了溝通而從口中發出的説話聲或鳴叫聲；除此之外的聲音都屬於「音」的範圍。因此，日本人吃麵時發出的ズルズル（斯斯）聲是「音」而非「声」。

step.2 >>> **讀音練習**：對照左頁，邊唸邊寫上讀音。（若為外來語，則寫假名）

step.3 >>> **例句練習**：每日背誦 10 個例句，能順暢說完即可在□打✓。

讀音練習	表記練習	
⑩	もっと大(おお)きい（　　　　）でお願(ねが)いします。	□
⑪	波(なみ)の（　　　　）が聞(き)こえます。	□
⑫	靴(くつ)の中(なか)に（　　　　）が入(はい)っています。	□
⑬	あの（　　　　）に登(のぼ)りましょう。	□
⑭	日直(にっちょく)は（　　）をきれいに消(け)してください。	□
⑮	これはハワイで買った（　　　）です。どうぞ。	□
⑯	土曜日の午後は（　　　　）が入(はい)っている。	□
⑰	瀬戸内海(せとないかい)には700以上(いじょう)の（　　　　）があります。	□
⑱	うちから（　　　　）まで歩いて20分かかります。	□
⑲	姉は広島(ひろしま)の（　　　　）の先生になりました。	□

單字小教室

⑮「お土產」是去拜訪客戶及朋友時帶去的伴手禮，為慶祝生日及聖誕節等而送人的物品是「プレゼント」。

MP3 *Track 046*

step.1 >>> **認識單字**：請邊聽音檔邊練習開口説，完成請在□打✓。

名詞		讀音／原文	意思
⑳ 高校	□	こうこう 0	高中
㉑ 大学	□	だいがく 0	大學
㉒ 大学院	□	だいがくいん 3	研究所
㉓ 夢	□	ゆめ 2	夢
㉔ 一日中	□	いちにちじゅう 0	一整天
㉕ 天気予報	□	てんきよほう 4	天氣預報
㉖ お店	□	おみせ 3	店
㉗ 用事	□	ようじ 3	事情
㉘ 先輩	□	せんぱい 0	前輩、學長姐
㉙ 後輩	□	こうはい 0	後輩、學弟妹
㉚ 生活	□	せいかつ 0	生活
㉛ 最近	□	さいきん 0	最近
㉜ 問題	□	もんだい 0	問題
㉝ 字	□	じ 1	字

step.2 >>> **讀音練習**：對照左頁，邊唸邊寫上讀音。（若為外來語，則寫假名）

step.3 >>> **例句練習**：每日背誦 10 個例句，能順暢説完即可在□打✓。

讀音練習	表記練習	
⑳	私は（　　　）でブラスバンドをしていました。	□
㉑	来週（　　　）の入学試験（にゅうがくしけん）があります。	□
㉒	私は（　　　）で日本文学（にほんぶんがく）を勉強したいです。	□
㉓	息子（むすこ）の（　　　）は野球選手（やきゅうせんしゅ）になることです。	□
㉔	夏休み（なつやすみ）、彼は（　　　）野球の練習（れんしゅう）をしています。	□
㉕	（　　　）によると明日名古屋（なごや）は雨だそうです。	□
㉖	妹（いもうと）は故郷（こきょう）に帰ってケーキの（　　　）を出（だ）しました。	□
㉗	家の（　　　）が終（お）わったら会社（かいしゃ）に電話ください。	□
㉘	会社の面接試験（めんせつしけん）で大学（だいがく）の（　　　）に会（あ）いました。	□
㉙	昨夜（ゆうべ）は（　　　）と一緒にお酒を飲みに行きました。	□
㉚	日本の（　　　）にもう慣（な）れましたか。	□
㉛	先生、（　　　）寒い日が続（つづ）きますが、お元気ですか。	□
㉜	最初（さいしょ）にお金の（　　　）を解決（かいけつ）しましょう。	□
㉝	母はとてもきれいな（　　　）を書きます。	□

MP3 *Track 047*

step.1 >>> **認識單字**：請邊聽音檔邊練習開口説，完成請在□打✓。

名詞		讀音／原文	意思
34 仕方	□	しかた 0	方法
35 係り	□	かかり 1	負責人
36 資料	□	しりょう 1	資料
37 部長	□	ぶちょう 0	部長、經理
38 音楽	□	おんがく 1	音樂
39 八百屋	□	やおや 0	蔬果店
40 果物	□	くだもの 2	水果
41 昼寝	□	ひるね 0	午睡
42 海鮮	□	かいせん 0	海鮮
43 お見舞い	□	おみまい 0	探病
44 留学生	□	りゅうがくせい 3	留學生
45 写真	□	しゃしん 0	照片
46 国	□	くに 0	國家
47 故郷	□	こきょう 1	故鄉

step.2 >>> **讀音練習**：對照左頁，邊唸邊寫上讀音。（若為外來語，則寫假名）

step.3 >>> **例句練習**：每日背誦 10 個例句，能順暢說完即可在 □ 打✓。

讀音練習	表記練習	
㉞	タイヤ交換（こうかん）の（　　　）を覚（おぼ）えてください。	□
㉟	照明（しょうめい）の（　　　）の人がまだ来ていません。	□
㊱	会議（かいぎ）の前にこの（　　　）を読んでおいてください。	□
㊲	（　　　）と一緒に上海（しゃんはい）に出張（しゅっちょう）しました。	□
㊳	毎晩寝（ね）る前に（　　　）を聞きます。	□
㊴	（　　　）はいろいろな野菜や果物を売っています。	□
㊵	食事（しょくじ）の後（あと）はいつも（　　　）を食べます。	□
㊶	日本の小学校（しょうがっこう）には（　　　）の習慣（しゅうかん）がありません。	□
㊷	築地市場（つきじしじょう）の（　　　）料理（りょうり）は安くておいしいです。	□
㊸	友達の（　　　）に花（はな）を買いました。	□
㊹	東京のコンビニは（　　　）のアルバイトが多いです。	□
㊺	パソコンに（　　　）を保存（ほぞん）しましょう。	□
㊻	夏休（なつやす）みは（　　）へ帰らないで日本を旅行（りょこう）したいです。	□
㊼	この音楽（おんがく）を聞くといつも（　　　）を思（おも）い出（だ）します。	□

MP3 Track 048

step.1 >>> **認識單字**：請邊聽音檔邊練習開口說，完成請在□打✓。

名詞		讀音／原文	意思
㊽ 近所	□	きんじょ 1	附近、近處
㊾ 授業	□	じゅぎょう 1	上課
㊿ 美術館	□	びじゅつかん 3	美術館
51 博物館	□	はくぶつかん 4	博物館
52 看護師	□	かんごし 3	護理師
53 警察官	□	けいさつかん 4	警察
54 ただ	□	ただ 1	免費
55 紹介文	□	しょうかいぶん 3	介紹文
56 説明文	□	せつめいぶん 3	説明文
57 受け付け	□	うけつけ 0	櫃台、收付處

單字小教室

㊾「授業」是上課的意思，做為學生的時候，使用「授業があります」的説法；做為老師則是説「授業をします」。

step.2 >>> **讀音練習**：對照左頁，邊唸邊寫上讀音。（若為外來語，則寫假名）

step.3 >>> **例句練習**：每日背誦 10 個例句，能順暢説完即可在□打✓。

讀音練習	表記練習	
48	昨夜（ゆうべ）（　　　）で火事（かじ）がありました。	□
49	（　　　）が終（お）わってから飲みに行きましょう。	□
50	パリの（　　　）はとても有名です。	□
51	横浜にラーメンの（　　　）があります。	□
52	私は専門学校で（　　　）の勉強をしたいです。	□
53	ハロウィーンの夜は渋谷に（　　　）がたくさんいます。	□
54	板橋の庭園は（　　　）で入場できます。	□
55	先生の経歴は本の最後の（　　　）に書いてあります。	□
56	上手に（　　　）をかくのは難しいです。	□
57	会場の部屋番号は（　　　）で聞いてください。	□

單字小教室

57「受け付け」:「うけつけ」的寫法有「受け付け」、「受付け」、「受付」。

MP3 Track 049

step.1 >>> **認識單字**：請邊聽音檔邊練習開口說，完成請在□打✓。

名詞		讀音／原文	意思
(58) 試合	□	しあい 0	比賽
(59) 物語	□	ものがたり 3	故事
(60) 都合	□	つごう 0	方便
(61) 次	□	つぎ 2	下一個
(62) 入口	□	いりぐち 0	入口
(63) 出口	□	でぐち 1	出口
(64) 非常口	□	ひじょうぐち 2	緊急出口
(65) 文学	□	ぶんがく 1	文學
(66) 医学	□	いがく 1	醫學
(67) 科学	□	かがく 1	科學

單字小教室

(58)「試合」：一般使用在運動競技上，但相撲及柔道比賽是用「取り組み」，鋼琴及演講比賽則是用「コンテスト」或「コンクール」。

step.2 >>> **讀音練習**：對照左頁，邊唸邊寫上讀音。（若為外來語，則寫假名）

step.3 >>> **例句練習**：每日背誦 10 個例句，能順暢說完即可在□打✓。

讀音練習	表記練習	
58	毎週日曜日に（　　　　）があって休みことができない。	□
59	西遊記は孫悟空と三蔵法師の（　　　　）です。	□
60	すみません、今晩はちょっと（　　　　）が悪いです。	□
61	この資料を（　　　　）の人に回してください。	□
62	アパートの（　　　　）に車を停めてはいけません。	□
63	（　　　　）でお金を払ってください。	□
64	パーティー会場の（　　　　）は前と後ろにあります。	□
65	夏目漱石は日本の（　　　　）を代表する作家です。	□
66	羅大佑は（　　　　）を勉強して、歌手になりました。	□
67	（　　　　）が発展すると生活が便利になります。	□

單字小教室

62～64「口」單一個字的時候唸「くち」，但前面連著別的詞時唸「ぐち」，這種現象稱為「連濁」，其他的例子：歯（は）→入れ歯（いれば：假牙）、合戦（かっせん）→歌合戦（うたがっせん）。

MP3 *Track 050*

step.1 >>> **認識單字**：請邊聽音檔邊練習開口說，完成請在□打✓。

名詞		讀音／原文	意思
68 化学	□	かがく 1	化學
69 数学	□	すうがく 0	數學
70 小包	□	こづつみ 2	包裹
71 書留	□	かきとめ 0	掛號
72 速達	□	そくたつ 0	限時
73 万年筆	□	まんねんひつ 3	鋼筆
74 一員	□	いちいん 0	一員
75 蕎麦	□	そば 1	蕎麥麵
76 うどん	□	うどん 0	烏龍麵
77 池	□	いけ 2	池塘
78 湖	□	みずうみ 3	湖
79 海	□	うみ 1	海
80 空気	□	くうき 1	空氣
81 景色	□	けしき 1	景色

step.2 >>> **讀音練習**：對照左頁，邊唸邊寫上讀音。（若為外來語，則寫假名）

step.3 >>> **例句練習**：每日背誦 10 個例句，能順暢說完即可在 □ 打 ✓ 。

讀音練習	表記練習	
68	高校の時(とき)、（　　　　）が苦手(にがて)でした。	□
69	田口君(たぐちくん)は毎晩 1 時間（　　　　）の勉強をする。	□
70	郵便局(ゆうびんきょく)に（　　　　）を取(と)りに行った。	□
71	大切な郵便(ゆうびん)は（　　　　）で送(おく)ったほうがいい。	□
72	時間がありませんから、（　　　　）で出(だ)してください。	□
73	入学(にゅうがく)のお祝(いわ)いに祖父(そふ)から（　　　　）をもらいました。	□
74	遠藤(えんどう)さんは選考委員会(せんこういいんかい)の（　　　　）です。	□
75	お昼(ひる)は会社の近くで（　　　　）を食べました。	□
76	夜遅(よるおそ)く、（　　　　）に卵(たまご)を入(い)れて食べました。	□
77	田中さんのうちの庭に立派(りっぱ)な（　　　　）があります。	□
78	春休(はるやす)みは（　　　　）の近くのホテルに泊(と)まります。	□
79	（　　　　）は青(あお)くて広(ひろ)くて気持(きも)ちがよくて大好きです。	□
80	北京(ぺきん)の（　　　　）がきれいになりました。	□
81	日本アルプスの壮大(そうだい)な（　　　　）を忘れないだろう。	□

MP3 *Track 051*

step.1 >>> **認識單字**：請邊聽音檔邊練習開口説，完成請在□打√。

	名詞		讀音／原文	意思
82	風景	□	ふうけい 1	風景
83	大人	□	おとな 0	大人
84	交番	□	こうばん 0	派出所
85	お巡りさん	□	おまわりさん 2	警察（口語）
86	警官	□	けいかん 0	警察（正式）
87	交差点	□	こうさてん 0	十字路口
88	紅茶	□	こうちゃ 0	紅茶
89	歌	□	うた 2	歌
90	向こう	□	むこう 2	對面、另一邊、那邊
91	話	□	はなし 3	話
92	皆	□	みんな 3	大家
93	甘口	□	あまくち 0	甘口、甘甜的
94	村	□	むら 2	村
95	花	□	はな 0	花

step.2 >>> **讀音練習**：對照左頁，邊唸邊寫上讀音。（若為外來語，則寫假名）

step.3 >>> **例句練習**：每日背誦 10 個例句，能順暢説完即可在□打✓。

讀音練習	表記練習	
82	午後の公園では仲（なか）がいい親子（おやこ）の（　　　）が見られる。	□
83	入場料（にゅうじょうりょう）は（　　　）1000円、子供500円です。	□
84	町（まち）の（　　　）に新人（しんじん）のお巡（まわ）りさんが来ました。	□
85	（　　　）、道（みち）に 100 円落（お）ちていました。	□
86	学校に（　　　）が来て交通安全（こうつうあんぜん）の話（はなし）をしました。	□
87	デパート前の（　　　）は事故（じこ）が多いです。	□
88	私は（　　　）にレモンを入（い）れて飲むのが好きです。	□
89	由香里（ゆかり）さんは中国語の（　　　）が歌（うた）えます。	□
90	天気がいいときは海の（　　　）に四国（しこく）が見えます。	□
91	校長先生（こうちょうせんせい）はいつも（　　　）が長い。	□
92	お正月（しょうがつ）は家族が（　　　）で祝（いわ）います。	□
93	私は辛口より（　　　）のお酒が好きです。	□
94	海（うみ）の近くの（　　　）でおいしい料理を食べました。	□
95	誕生日に恋人（こいびと）からきれいな（　　　）をもらいました。	□

MP3 *Track 052*

step.1 >>> **認識單字**：請邊聽音檔邊練習開口説，完成請在□打✓。

	名詞		讀音／原文	意思
96	手紙	□	てがみ 0	信
97	番号	□	ばんごう 3	號碼
98	上	□	うえ 2	上面
99	下	□	した 2	下面
100	右	□	みぎ 0	右邊
101	左	□	ひだり 0	左邊
102	中	□	なか 1	裡面
103	外	□	そと 1	外面
104	前	□	まえ 1	前面
105	後ろ	□	うしろ 0	後面
106	斜め	□	ななめ 2	傾斜
107	隣り	□	となり 0	隔壁
108	近く	□	ちかく 2	附近
109	間	□	あいだ 0	中間

step.2 >>> **讀音練習**：對照左頁，邊唸邊寫上讀音。（若為外來語，則寫假名）

step.3 >>> **例句練習**：每日背誦 10 個例句，能順暢說完即可在 □ 打 ✓ 。

讀音練習	表記練習	
96	彼からお別(わか)れの（　　　　）が来て私は泣(な)きました。	□
97	名前(なまえ)と（　　　　）を大きな声で言ってください。	□
98	銀行の（　　　　）に中華レストランがあります。	□
99	旅行(りょこう)のバッグはベッドの（　　　　）にあります。	□
100	テープは（　　　　）の引(ひ)き出(だ)しに入(はい)っています。	□
101	スーパーの（　　　　）に電気屋(でんきや)があります。	□
102	冷蔵庫(れいぞうこ)の（　　　　）にビールがたくさん入(はい)っています。	□
103	ちょっと（　　　　）で話をしましょう。	□
104	黒板の字(じ)が見えない人は（　　　　）の席(せき)に座(すわ)りましょう。	□
105	運転(うんてん)するときは（　　　　）の車にも注意(ちゅうい)しましょう。	□
106	カレンダーが（　　　　）になっていますよ。	□
107	私の部屋の（　　　　）には大学生(だいがくせい)が住んでいます。	□
108	すみません。この（　　　　）にコンビニはありますか。	□
109	トイレは事務室(じむしつ)と会議室(かいぎしつ)の（　　　　）にあります。	□

MP3 *Track 053*

step.1 >>> **認識單字**：請邊聽音檔邊練習開口說，完成請在□打✓。

名詞		讀音／原文	意思
110 表	□	おもて 3	外表
111 裏	□	うら 2	背面、後面
112 横	□	よこ 0	橫向、寬度、旁邊
113 縦	□	たて 1	縱向、長度
114 席	□	せき 1	座位
115 東	□	ひがし 0	東
116 西	□	にし 0	西
117 南	□	みなみ 0	南
118 北	□	きた 0	北
119 映画館	□	えいがかん 3	電影院

單字小教室

111 日文的「裏」不是中文「裡（裏）面」的意思，需要特別注意。

115～118「東西南北」：表示方向時，先說南、北，再說東、西，表示地區時則相反。例：北東の風、沖縄の南西海上、東北地方、東南アジア等。

step.2 >>> **讀音練習**：對照左頁，邊唸邊寫上讀音。（若為外來語，則寫假名）

step.3 >>> **例句練習**：每日背誦 10 個例句，能順暢說完即可在 □ 打 ✓。

讀音練習	表記練習	
110	毎朝店の（　　　）を掃除します。	□
111	ヒルトンホテルの（　　　）にYMCAがあります。	□
112	英語やフランス語は必（かなら）ず（　　　）に書きます。	□
113	日本語や中国語は（　　　）に書いてもいいです。	□
114	後（あと）ですぐ行くから、（　　　）を取（と）っておいてください。	□
115	成田空港（なりたくうこう）は東京の（　　　）にあります。	□
116	西門町（せいもんちょう）は台北の（　　　）にあります。	□
117	福岡（ふくおか）の（　　　）のほうで地震（じしん）がありました。	□
118	岡山県（おかやまけん）の（　　　）でスキーができます。	□
119	西門町（せいもんちょう）には古（ふる）い（　　　）がたくさんあります。	□

單字小教室

119「映画館」，其他「～館」的詞：「本館（ほんかん）」、「写真館（しゃしんかん）」、「洋館（ようかん）」等。

MP3 *Track 054*

step.1 >>> **認識單字**：請邊聽音檔邊練習開口説，完成請在□打✓。

名詞		讀音／原文	意思
⑫⓪ 絵	□	え 1	圖、畫
⑫① 上着	□	うわぎ 0	上衣
⑫② 眼鏡	□	めがね 1	眼鏡
⑫③ 半分	□	はんぶん 3	一半
⑫④ 門	□	もん 1	門
⑫⑤ 物	□	もの 2	東西
⑫⑥ 新聞	□	しんぶん 0	報紙
⑫⑦ 煙草	□	たばこ 0	香菸
⑫⑧ 名前	□	なまえ 0	姓名
⑫⑨ 鉛筆	□	えんぴつ 0	鉛筆

單字小教室

122 補充跟「眼鏡」相關的詞，夏天用的是「サングラス」，老父親看報紙用「老眼鏡（ろうがんきょう）」。

step.2 >>> **讀音練習**：對照左頁，邊唸邊寫上讀音。（若為外來語，則寫假名）

step.3 >>> **例句練習**：每日背誦 10 個例句，能順暢說完即可在 ☐ 打✓。

讀音練習	表記練習	
120	徳川慶喜（とくがわよしのぶ）の趣味（しゅみ）は（　　　　）を描（か）くことでした。	☐
121	暑ければ（　　　　）を脱（ぬ）いでもいいですよ。	☐
122	父は（　　　　）をかけて新聞を読みます。	☐
123	このケーキ、（　　　　）千春（ちはる）ちゃんにあげる。	☐
124	東京大学の（　　　　）は赤門（あかもん）と呼ばれています。	☐
125	キャンプには高い（　　）は持（も）ってこないでください。	☐
126	陳さんは日本の（　　　　）で日本語を勉強しました。	☐
127	私は５年前に（　　　　）をやめました。	☐
128	本の裏（うら）に（　　　　）を書いてください。	☐
129	息子（むすこ）の（　　　　）は全部短（ぜんぶみじか）くなりました。	☐

單字小教室

126「新聞」：是報紙的意思，此詞並沒有電視新聞的意思。而電視新聞日文叫「ニュース」，常有學習者弄錯，需要特別注意。

MP3 *Track 055*

step.1 >>> **認識單字**：請邊聽音檔邊練習開口説，完成請在□打✓。

名詞		讀音／原文	意思
130 冷蔵庫	□	れいぞうこ 3	冰箱
131 誰	□	だれ 1	誰
132 誰か	□	だれか 1	某個人
133 夏休み	□	なつやすみ 3	暑假
134 お姉さん	□	おねえさん 2	姊姊
135 お兄さん	□	おにいさん 2	哥哥
136 すし屋	□	すしや 2	壽司店
137 等	□	など 1	等
138 地下鉄	□	ちかてつ 0	地下鐵
139 女の子	□	おんなのこ 3	女孩子
140 外国	□	がいこく 0	外國
141 鍵	□	かぎ 2	鑰匙、鎖
142 傘	□	かさ 1	傘
143 地図	□	ちず 1	地圖

step.2 >>> **讀音練習**：對照左頁，邊唸邊寫上讀音。（若為外來語，則寫假名）

step.3 >>> **例句練習**：每日背誦 10 個例句，能順暢説完即可在 □ 打 ✓ 。

讀音練習	表記練習	
130	これは（　　　　）で保存(ほぞん)してください。	□
131	冬休(ふゆやす)み、（　　　　）と一緒にスキーに行きますか。	□
132	一人では寂(さび)しいので、（　　　　）と一緒に行きます。	□
133	北海道(ほっかいどう)の学校は（　　　　）が短いです。	□
134	あつ子さんはNHKで歌の（　　　　）をしています。	□
135	坂上君(さかがみくん)の（　　　　）は大学で何を勉強していますか。	□
136	弟は2年間大阪の（　　　　）で働いていました。	□
137	かばんの中に本や鉛筆（　　　　）が入(はい)っています。	□
138	1925年、仙台(せんだい)に日本で初(はじ)めての（　　　　）ができました。	□
139	この店は若(わか)い（　　　　）に人気(にんき)のある店です。	□
140	兄は4年間（　　　　）に住んでいました。	□
141	昨夜(ゆうべ)家の（　　　　）を忘(わす)れて大変でした。	□
142	梅雨(つゆ)の季節(きせつ)は電車に（　　　　）の忘(わす)れ物(もの)が多いです。	□
143	部屋に台湾(たいわん)の（　　　　）が貼(は)ってあります。	□

MP3 Track 056

step.1 >>> **認識單字**：請邊聽音檔邊練習開口説，完成請在□打✓。

名詞		讀音／原文	意思
144 顔	□	かお 0	臉
145 飴	□	あめ 0	糖
146 町	□	まち 2	城鎮
147 買い物	□	かいもの 0	購物
148 意味	□	いみ 1	意思
149 奥さん	□	おくさん 1	太太
150 父	□	ちち 2	父親
151 宿題	□	しゅくだい 0	作業
152 椅子	□	いす 0	椅子
153 いくつ	□	いくつ 1	幾歲、幾個
154 いくら	□	いくら 1	多少 (錢)
155 山	□	やま 2	山
156 医者	□	いしゃ 0	醫生
157 食堂	□	しょくどう 0	食堂、餐廳

step.2 >>> **讀音練習**：對照左頁，邊唸邊寫上讀音。（若為外來語，則寫假名）

step.3 >>> **例句練習**：每日背誦 10 個例句，能順暢説完即可在☐打✓。

	讀音練習	表記練習	
144		大丈夫(だいじょうぶ)ですか。（　　　）が赤いですよ。	☐
145		妹(いもうと)が泣(な)いていると、母はいつも（　　）をあげます。	☐
146		母は１週間に３回（　　　）へ買い物に行きます。	☐
147		今日の午後はデパートで（　　　）します。	☐
148		「お湯(ゆ)」は中国語(ちゅうごくご)でどういう（　　　）ですか。	☐
149		西田(にしだ)さんの（　　　）は料理(りょうり)がとても上手(じょうず)です。	☐
150		私は子供のとき（　　　）が怖(こわ)かった。	☐
151		今日は（　　　）がたくさんあるから一緒に遊べない。	☐
152		10 年使っている（　　　）が壊(こわ)れた。	☐
153		可愛(かわい)い子供さんですね。お（　　　）ですか。	☐
154		台北(たいぺい)から高雄(たかお)まで飛行機で（　　　）かかりますか。	☐
155		部屋の窓(まど)からきれいな緑(みどり)の（　　　）が見えます。	☐
156		頭が痛(いた)いときは（　　　）に診(み)てもらいます。	☐
157		会社の（　　　）のうどんはとてもおいしいです。	☐

MP3 *Track 057*

step.1 >>> 認識單字：請邊聽音檔邊練習開口説，完成請在□打✓。

名詞		讀音／原文	意思
⑮⑧ 醬油	□	しょうゆ 3	醬油
⑮⑨ 洋服	□	ようふく 0	西洋服飾
⑯⓪ 叔父	□	おじ 0	叔叔、舅舅
⑯① 叔母	□	おば 0	叔母、舅媽
⑯② 男の子	□	おとこのこ 3	男孩子
⑯③ 体	□	からだ 0	身體
⑯④ 飛行機	□	ひこうき 2	飛機
⑯⑤ 川	□	かわ 2	河川
⑯⑥ 牛乳	□	ぎゅうにゅう 0	牛乳
⑯⑦ 荷物	□	にもつ 1	行李

單字小教室

157「食堂」：公司及學校裡面的餐廳，以前都稱為食堂，現在有些地方也改稱レストラン了。

158「醬油」：其他調味料的例子，有酢（す）、ソース、ドレッシング、ポン酢（ず）、こしょう、七味（しちみ）、ラー油（ゆ）等。

step2 >>> **讀音練習**：對照左頁，邊唸邊寫上讀音。（若為外來語，則寫假名）

step3 >>> **例句練習**：每日背誦 10 個例句，能順暢説完即可在 □ 打 ✓ 。

	讀音練習	表記練習	
158		（　　　　）は日本料理の基本（きほん）です。	□
159		娘の誕生日に赤いかわいい（　　　　）を買いました。	□
160		青森（あおもり）に住んでいる（　　）にしばらく会っていません。	□
161		店が忙しいので（　　　　）に手伝（てつだ）ってもらいました。	□
162		（　　　　）に人気の職業（しょくぎょう）はサッカー選手（せんしゅ）です。	□
163		（　　　　）は大きくなったが勉強はまだまだだ。	□
164		（　　　　）は南（みなみ）の空（そら）に飛（と）んで行（い）った。	□
165		（　　　　）の向（む）こうから大きな桃（もも）が流（なが）れてきました。	□
166		朝ごはんは（　　　　）だけでしたからお腹（なか）がすきました。	□
167		妻（つま）は（　　　　）をまとめて家を出て行きました。	□

單字小教室

159「洋服」：除款式外，衣服還有以下種類，例：和服（わふく）、中国服（ちゅうごくふく）、作業服（さぎょうふく）、正装（せいそう）、普段着（ふだんぎ）、私服（しふく）、制服（せいふく）、部屋着（へやぎ）等。

MP3 *Track 058*

step.1 >>> **認識單字**：請邊聽音檔邊練習開口説，完成請在□打√。

	名詞		讀音／原文	意思
168	本棚	□	ほんだな 1	書櫃
169	角	□	かど 1	轉角
170	病気	□	びょうき 0	疾病
171	花瓶	□	かびん 0	花瓶
172	家族	□	かぞく 1	家人
173	鶏肉	□	とりにく 0	雞肉
174	牛肉	□	ぎゅうにく 0	牛肉
175	豚肉	□	ぶたにく 0	豬肉
176	方	□	かた 2	人的尊稱
177	平仮名	□	ひらがな 3	平假名
178	片仮名	□	かたかな 3	片假名
179	ローマ字	□	Rome じ 3	羅馬字
180	漢字	□	かんじ 3	漢字
181	切手	□	きって 0	郵票

step.2 >>> **讀音練習**：對照左頁，邊唸邊寫上讀音。（若為外來語，則寫假名）

step.3 >>> **例句練習**：每日背誦 10 個例句，能順暢說完即可在 □ 打✓。

讀音練習	表記練習	
168	彼女のうちの（　　　）には人形が飾ってあります。	□
169	あの（　　　）を右に曲がるとコンビニがあります。	□
170	木村君は（　　　）で学校を 1 週間休んだ。	□
171	テーブルの（　　　）を割ったのは私です。	□
172	連休は（　　　）でディズニーランドへ行きました。	□
173	（　　　）とシーフードとどちらがよろしいですか。	□
174	日本人が（　　　）を食べ始めたのは150年前です。	□
175	みそ汁に（　　　）を入れたものをトン汁と言います。	□
176	チケットを持っていない（　　　）は入場できない。	□
177	（　　　）は奈良時代にできました。	□
178	動物の鳴き声は（　　　）で書くことが多いです。	□
179	ヘボン博士は外国人のために（　　　）を作りました。	□
180	中国と台湾は（　　　）が少し違います。	□
181	手紙に（　　　）を貼るのを忘れました。	□

MP3 *Track 059*

step.1 >>> **認識單字**：請邊聽音檔邊練習開口說，完成請在□打✓。

名詞		讀音／原文	意思
182 薬	□	くすり 0	藥
183 靴	□	くつ 2	鞋子
184 靴下	□	くつした 4	襪子
185 風邪	□	かぜ 0	感冒
186 紙	□	かみ 2	紙
187 言葉	□	ことば 3	語言
188 子供	□	こども 0	小孩
189 喫茶店	□	きっさてん 0	茶館、咖啡店
190 飲み物	□	のみもの 2	飲料
191 家庭	□	かてい 0	家庭
192 灰皿	□	はいざら 0	菸灰缸
193 背	□	せ 1	身高
194 大使館	□	たいしかん 3	大使館
195 文章	□	ぶんしょう 1	文章

step.2 >>> **讀音練習**：對照左頁，邊唸邊寫上讀音。（若為外來語，則寫假名）

step.3 >>> **例句練習**：每日背誦 10 個例句，能順暢説完即可在 □ 打 ✓ 。

讀音練習	表記練習	
182	食事の後と寝る前に（　　　）を飲んでください。	□
183	玄関で（　　　）を脱ぐのは日本だけじゃないです。	□
184	サンタは（　　　）の中にプレゼントを入れます。	□
185	先週から（　　　）をひいて学校を休んでいます。	□
186	（　　　）の辞書がだんだん少なくなりました。	□
187	海外旅行に行く前にその国の（　　　）を勉強します。	□
188	黄さんのうちは（　　　）が9人、孫が27人います。	□
189	台北では毎晩（　　　）で日本語を勉強しました。	□
190	明日はお弁当と（　　　）を忘れないでください。	□
191	娘はアメリカ人（　　　）教師から英語を習っています。	□
192	（　　　）がないところでタバコを吸わないでください。	□
193	弟は中学生になって急に（　　　）が伸びました。	□
194	町の中心に新しい（　　　）ができました。	□
195	長い（　　　）は少し読みにくいです。	□

MP3 *Track 060*

step.1 >>> **認識單字**：請邊聽音檔邊練習開口説，完成請在□打✓。

	名詞		讀音／原文	意思
196	仕事	□	しごと 0	工作
197	作文	□	さくぶん 0	作文
198	石鹸	□	せっけん 3	肥皂
199	天気	□	てんき 1	天氣
200	自転車	□	じてんしゃ 2	腳踏車
201	背広	□	せびろ 0	西裝
202	側	□	そば 1	旁邊
203	塩	□	しお 2	鹽
204	砂糖	□	さとう 2	糖
205	生徒	□	せいと 1	學生
206	帽子	□	ぼうし 0	帽子
207	電気	□	でんき 1	電、電燈
208	箱	□	はこ 0	盒子、箱子
209	質問	□	しつもん 0	問題

step.2 >>> 讀音練習：對照左頁，邊唸邊寫上讀音。（若為外來語，則寫假名）

step.3 >>> 例句練習：每日背誦 10 個例句，能順暢說完即可在 □ 打✓。

讀音練習	表記練習	
196	お父さんはどんな（　　　　）をしていますか。	□
197	小学校（しょうがっこう）で（　　　　）の書（か）き方（かた）を習（なら）いました。	□
198	食事前（しょくじまえ）は（　　　　）で手（て）を洗（あら）いましょう。	□
199	名古屋（なごや）は今日から（　　　　）が悪くなるそうです。	□
200	私たちはみんな（　　　　）で学校に行きます。	□
201	（　　　　）が古（ふる）くなったので新しいのを買った。	□
202	私はいつもあなたの（　　　　）にいたいです。	□
203	天（てん）ぷらに（　　　　）をつけて食べるとおいしいです。	□
204	私はコーヒーに（　　　　）を入（い）れて飲みます。	□
205	あの島（しま）の学校は（　　　　）が３人だけです。	□
206	夏は必（かなら）ず（　　　　）をかぶって外出（がいしゅつ）しましょう。	□
207	暗（くら）いので（　　　　）をつけてください。	□
208	あの（　　　　）の中には冬の服（ふく）が入（はい）っています。	□
209	商品（しょうひん）について（　　　　）がある方はメールをください。	□

MP3 *Track 061*

step.1 >>> 認識單字：請邊聽音檔邊練習開口説，完成請在□打✓。

	名詞		讀音／原文	意思
210	戸	□	と 0	門
211	他	□	ほか 0	其他
212	空	□	そら 1	天空
213	先	□	さき 0	先
214	後	□	あと 1	後
215	全部	□	ぜんぶ 1	全部
216	端	□	はし 0	邊緣
217	橋	□	はし 2	橋
218	動物	□	どうぶつ 0	動物
219	時間	□	じかん 0	時間
220	葉書	□	はがき 0	明信片

step.2 >>> **讀音練習**：對照左頁，邊唸邊寫上讀音。（若為外來語，則寫假名）

step.3 >>> **例句練習**：每日背誦 10 個例句，能順暢說完即可在 □ 打✓。

讀音練習	表記練習	
210	外がうるさいですから（　　）を閉めて仕事しました。	□
211	先生は忙（いそが）しいから（　　）の人に頼（たの）みましょう。	□
212	東（ひがし）の（　　）が明（あか）るくなりました。	□
213	この道の（　　）に何があるか見てきましょう。	□
214	試験（しけん）の（　　）はみんなで遊びに行きましょう。	□
215	注文（ちゅうもん）したものは（　　）食べましょう。	□
216	危ないですから（　　）を歩いてください。	□
217	あの（　　）を渡（わた）って左に曲（ま）がると公園があります。	□
218	隆夫（たかお）くんは小さい（　　）が大好きです。	□
219	弟は風呂（ふろ）の（　　）が短いです。	□
220	友達から久（ひさ）しぶりに（　　）が来てうれしかった。	□

【形容詞篇】 MP3 *Track 062*

step.1 >>> **認識單字**：請邊聽音檔邊練習開口説，完成請在□打✓。

形容詞		讀音／原文	意思
221 重要	□	じゅうよう 0	重要
222 大事	□	だいじ 0	重要
223 熱心	□	ねっしん 3	熱心
224 丁寧	□	ていねい 1	有禮、周到、細心
225 汚い	□	きたない 3	髒
226 うまい	□	うまい 2	高超、好吃
227 苦い	□	にがい 2	苦
228 甘い	□	あまい 0	甜
229 辛い	□	からい 0	辣
230 温かい	□	あたたかい 4	溫暖
231 暖かい	□	あたたかい 4	溫暖
232 危ない	□	あぶない 3	危險
233 痛い	□	いたい 2	痛
234 おいしい	□	おいしい 3	好吃、好喝

step.2 >>> 讀音練習：對照左頁，邊唸邊寫上讀音。（若為外來語，則寫假名）

step.3 >>> 例句練習：每日背誦 10 個例句，能順暢説完即可在□打✓。

讀音練習	表記練習	
221	明日（　　　）な会議があるから遅れないでください。	□
222	お父さん、ちょっと来て。（　　　）な話があるの。	□
223	彼女は（　　　）に福原（ふくはら）の弱点（じゃくてん）を研究（けんきゅう）した。	□
224	劉（りゅう）さんからの手紙は（　　　）な日本語で書いてある。	□
225	くつが（　　　）なったので、洗（あら）った。	□
226	あの5歳の女の子はバイオリンがとても（　　　）。	□
227	（　　　）薬（くすり）は効果（こうか）がすごくよい。	□
228	父は病気なので（　　　）ものが食べられません。	□
229	このカレーは（　　　）ので子供は食べないほうがいい。	□
230	寒い日はうちへ帰って（　　　）スープを飲みたい。	□
231	2月なのに（　　　）日が続（つづ）きます。	□
232	（　　　）ですから高いところに登（のぼ）ってはいけません。	□
233	古いものを食べておなかがすごく（　　　）。	□
234	この店の親子丼（おやこどん）は（　　　）のにラーメンはまずい。	□

MP3 *Track 063*

step.1 >>> **認識單字**：請邊聽音檔邊練習開口說，完成請在□打✓。

形容詞		讀音／原文	意思
235 多い	□	おおい 1	多
236 薄い	□	うすい 0	薄
237 暗い	□	くらい 0	暗
238 遅い	□	おそい 0	遲
239 同じ	□	おなじ 3	相同
240 少ない	□	すくない 3	少
241 涼しい	□	すずしい 3	涼爽
242 狭い	□	せまい 2	窄
243 ない	□	ない 1	沒有
244 ぬるい	□	ぬるい 2	溫的
245 広い	□	ひろい 2	寬廣的
246 ほしい	□	ほしい 2	想要
247 まずい	□	まずい 2	難吃、難喝、不合適的
248 丸い	□	まるい 0	圓的

step.2 >>> **讀音練習**：對照左頁，邊唸邊寫上讀音。（若為外來語，則寫假名）

step.3 >>> **例句練習**：每日背誦 10 個例句，能順暢説完即可在 □ 打✓。

讀音練習	表記練習	
235	冬の札幌（さっぽろ）は雪（ゆき）まつりを見に来る人が（　　　　）。	□
236	この店のステーキ、値段（ねだん）は高いのに肉は（　　　　）。	□
237	夏（なつ）は7時ごろ、冬（ふゆ）は5時ごろ空が（　　　　）なります。	□
238	亀（かめ）は走るのは（　　　　）けど、先にゴールしました。	□
239	県知事（けんちじ）と私は（　　　　）大学を出ています。	□
240	お正月（しょうがつ）、東京は人が（　　　　）なります。	□
241	山の上では（　　　　）風が吹（ふ）いています。	□
242	大学の寮（りょう）は（　　　　）て汚いです。	□
243	申告（しんこく）するものが（　　　　）人はこちらに並（なら）んでください。	□
244	朝作ったみそ汁が（　　　　）なった。	□
245	浅野（あさの）さんはとても（　　　　）庭（にわ）がある家に住んでいます。	□
246	僕たち、結婚したら子供は何人（　　　　）ですか。	□
247	彼女、怒（おこ）ってしまった。（　　　　）こと言ったかなあ。	□
248	林さんのうちに（　　　　）形の充電器（かたちじゅうでんき）があります。	□

MP3 *Track 064*

step.1 >>> **認識單字**：請邊聽音檔邊練習開口説，完成請在□打✓。

形容詞		讀音／原文	意思
249 易しい	□	やさしい 0	容易
250 立派	□	りっぱ 0	優秀、雄偉
251 大丈夫	□	だいじょうぶ 3	沒問題
252 いや	□	いや 2	討厭
253 丈夫	□	じょうぶ 0	堅固、強健
254 色々	□	いろいろ 0	各種
255 にぎやか	□	にぎやか 2	熱鬧
256 暇	□	ひま 0	閒
257 便利	□	べんり 1	便利

step.2 >>> **讀音練習**：對照左頁，邊唸邊寫上讀音。（若為外來語，則寫假名）

step.3 >>> **例句練習**：每日背誦 10 個例句，能順暢説完即可在□打✓。

讀音練習	表記練習	
249	日本語を読むのは（　　　）が、話すのは難しい。	□
250	父は頑張(がんば)って（　　　）な会社を建(た)てた。	□
251	その言葉(ことば)、辞書を調(しら)べなくても（　　　）ですか。	□
252	トイレを掃除(そうじ)するのは（　　　）だ。	□
253	私はもっと（　　　）なかばんがほしいです。	□
254	この店には（　　　）なパソコンがあります。	□
255	友達がたくさん来て（　　　）です。	□
256	父は（　　　）なとき、いつも寝ています。	□
257	コンビニは何でも売っていてとても（　　　）です。	□

【動詞篇】 MP3 *Track 065*

step.1 >>> **認識單字**：請邊聽音檔邊練習開口説，完成請在□打✓。

動詞		讀音／原文	意思
258 拾う	□	ひろう 0	（他）撿
259 止まる	□	とまる 0	（自）停下
260 迎える	□	むかえる 0	（他）迎接
261 間違える	□	まちがえる 4	（他）弄錯
262 辞める	□	やめる 0	（他）辭職
263 乾く	□	かわく 2	（自）乾
264 冷える	□	ひえる 2	（自）變涼
265 洗濯する	□	せんたくする 0	（他）洗衣
266 直る	□	なおる 2	（自）修好
267 濡れる	□	ぬれる 0	（自）淋濕
268 選ぶ	□	えらぶ 2	（他）選擇
269 気をつける	□	きをつける 4	（自）小心
270 折る	□	おる 1	（他）折斷、折
271 落とす	□	おとす 2	（他）降低、弄丟、去除、使落下

step.2 >>> **讀音練習**：對照左頁，邊唸邊寫上讀音。（若為外來語，則寫假名）

step.3 >>> **例句練習**：每日背誦 10 個例句，能順暢說完即可在 □ 打 ✓ 。

讀音練習	表記練習	
258	会社から帰る道（みち）で財布（さいふ）を（　　　）ました。	□
259	この時計は１か月前（げつまえ）から（　　　）ています。	□
260	傘（かさ）を持って駅（えき）まで（　　　）に行きましょうか。	□
261	ごめんなさい。時間を（　　　）ました。	□
262	仕事（しごと）で失敗（しっぱい）して会社を（　　　）ました。	□
263	今朝（けさ）ほした洗濯物（せんたくもの）がもう（　　　）ました。	□
264	うちに帰（かえ）ってよく（　　　）たビールを飲みたい。	□
265	おばあさんは川（かわ）で（　　　）ました。	□
266	バイクの故障（こしょう）が（　　　）ました。	□
267	雨が降（ふ）ってくつが（　　　）ました。	□
268	サラダかスープか（　　　）でください。	□
269	夜道（よみち）を渡（わた）るときは（　　　）ましょう。	□
270	祖母は階段（かいだん）で転（ころ）んで足（あし）の骨（ほね）を（　　　）ました。	□
271	彼女は化粧（けしょう）を（　　　）ないで寝てしまった。	□

MP3 *Track 066*

step.1 >>> **認識單字**：請邊聽音檔邊練習開口説，完成請在□打✓。

	動詞		讀音／原文	意思
272	かかる	□	かかる 2	（他）費金錢 / 時間
273	説明する	□	せつめいする 0	（他）説明
274	約束する	□	やくそくする 0	（他）約定
275	利用する	□	りようする 0	（他）利用
276	用意する	□	よういする 1	（他）準備
277	賛成する	□	さんせいする 0	（自）贊成
278	反対する	□	はんたいする 0	（自）反對
279	挨拶する	□	あいさつする 1	（自）打招呼
280	相談する	□	そうだんする 0	（他）商量
281	返事する	□	へんじする 3	（自）回覆
282	出発する	□	しゅっぱつする 0	（自）出發
283	寝坊する	□	ねぼうする 0	（自）睡過頭
284	遅刻する	□	ちこくする 0	（自）遲到
285	野球する	□	やきゅうする 0	（自）打棒球

step.2 >>> 讀音練習：對照左頁，邊唸邊寫上讀音。（若為外來語，則寫假名）

step.3 >>> 例句練習：每日背誦 10 個例句，能順暢説完即可在 □ 打 ✓ 。

	讀音練習	表記練習	
272		基隆(キールン)から沖縄(おきなわ)まで船(ふね)で17時間（　　　）ます。	□
273		今度の旅行について（　　　）ましょう。	□
274		誰にも言わないことを（　　　）ます。	□
275		来週の連休(れんきゅう)を（　　　）て部屋(へや)を掃除(そうじ)しよう。	□
276		今晩友達が来ますから、ビールを（　　　）ておきます。	□
277		中学生(ちゅうがくせい)が携帯電話(けいたいでんわ)を持つことに（　　　）ますか。	□
278		私は合同(ごうどう)チームを作ることに（　　　）ます。	□
279		大きな声ではっきり（　　　）ましょう。	□
280		結婚のことを母と（　　　）つもりです。	□
281		高校生(こうこうせい)の息子(むすこ)は怒(おこ)って何も（　　　）ませんでした。	□
282		明日は朝５時に（　　　）ましょう。	□
283		すみません。（　　　）て遅(おく)れました。	□
284		明日は5時出発(しゅっぱつ)ですから（　　　）ないでください。	□
285		日曜日の午前中(ごぜんちゅう)、私は（　　　）ています。	□

MP3 *Track 067*

step.1 >>> 認識單字：請邊聽音檔邊練習開口說，完成請在□打✓。

動詞		讀音／原文	意思
286 行く	□	いく 0	（自）去
287 教える	□	おしえる 0	（他）教
288 開く	□	あく 0	（自）開
289 覚える	□	おぼえる 3	（他）記得
290 困る	□	こまる 2	（自）困擾
291 言う	□	いう 0	（他）說
292 死ぬ	□	しぬ 0	（自）死亡
293 出す	□	だす 1	（他）拿出
294 閉まる	□	しまる 2	（自）關
295 歩く	□	あるく 2	（自）走路
296 吸う	□	すう 0	（他）吸
297 掛かる	□	かかる 2	（自）掛
298 入れる	□	いれる 0	（他）放入
299 作る	□	つくる 2	（他）製造

step.2 >>> **讀音練習**：對照左頁，邊唸邊寫上讀音。（若為外來語，則寫假名）

step.3 >>> **例句練習**：每日背誦 10 個例句，能順暢説完即可在□打✓。

	讀音練習	表記練習	
286		去年趙（ちょう）さんと一緒にタイへ（　　　　）ました。	□
287		すみませんが、メールアドレスを（　　　　）てください。	□
288		うーん、この瓶（びん）のふた、なかなか（　　　　）ない。	□
289		小さいころに別（わか）れた母の顔（かお）をまだ（　　　　）ています。	□
290		道がわからなくて（　　　　）ている人を助（たす）けた。	□
291		肉が食べられない人は（　　　　）てください。	□
292		去年の10月飼（か）っていた黒（くろ）い犬（いぬ）が（　　　　）だ。	□
293		今朝（けさ）社長に辞表（じひょう）を（　　　　）た。	□
294		電車のドアが（　　　　）ますから注意（ちゅうい）してください。	□
295		風が気持ちいいのでもう少し（　　　　）ませんか。	□
296		子供のいる部屋（へや）でタバコを（　　　　）ないで。	□
297		壁（かべ）に（　　　　）ている絵はピカソの絵ですか。	□
298		最後（さいご）にシチューに少しミルクを（　　　　）ましょう。	□
299		この本棚（ほんだな）も机も宮下（みやした）さんが自分（じぶん）で（　　　　）ました。	□

MP3 Track 068

step.1 >>> **認識單字**：請邊聽音檔邊練習開口說，完成請在□打✓。

	動詞		讀音／原文	意思
300	出かける	□	でかける 0	（自）外出
301	忘れる	□	わすれる 0	（他）忘記
302	頼む	□	たのむ 2	（他）委託、拜託
303	疲れる	□	つかれる 3	（自）疲勞
304	住む	□	すむ 1	（自）住
305	貸す	□	かす 0	（他）借出
306	借りる	□	かりる 0	（他）借入
307	呼ぶ	□	よぶ 0	（他）叫
308	違う	□	ちがう 0	（自）不對、不一樣
309	差す	□	さす 1	（他）撐傘

單字小教室

303「疲れる」：使用時要注意時態，形容現在的疲勞感→「疲れた」、「疲れている」；「疲れる」是未来形。

step.2 >>> **讀音練習**：對照左頁，邊唸邊寫上讀音。（若為外來語，則寫假名）

step.3 >>> **例句練習**：每日背誦 10 個例句，能順暢説完即可在□打✓。

讀音練習	表記練習	
300	お母さんは今ちょっと（　　　　）ています。	□
301	わたしはパスワードをよく（　　　　）ます。	□
302	先週中井君（なかいくん）に（　　　　）だ報告書（ほうこくしょ）、もうできましたか。	□
303	昨日はテニスを 3 試合（しあい）もしてとても（　　　　）ました。	□
304	僕は 15 歳まで彰化（しょうか）に（　　　　）でいた。	□
305	ちょっと手を（　　　　）てくださいませんか。	□
306	深田（ふかだ）さんは図書館で本をたくさん（　　　　）た。	□
307	やめてください。警察（けいさつ）を（　　　　）ますよ。	□
308	あなたの言っていることは（　　　　）ます。	□
309	イギリス人は雨でも傘（かさ）を（　　　　）ない人が多い。	□

單字小教室

305 ~ 306 「貸す」與「借りる」:「貸す」的方向是從主詞離開的方向，「借りる」的方向是向主詞接近的方向。「請借我」的主詞是「你」不是我，方向是離開主詞的方向，所以正確的日語要選擇「貸す」，也就是「貸してください」。

MP3 Track 069

step.1 >>> **認識單字**：請邊聽音檔邊練習開口說，完成請在□打✓。

動詞		讀音／原文	意思
310 失礼する	□	しつれいする 2	（自）失禮
311 消える	□	きえる 0	（自）消失
312 する	□	する 0	（他）做
313 やる	□	やる 0	（他）做
314 練習する	□	れんしゅうする 0	（他）練習
315 わかる	□	わかる 2	（自）理解、知道
316 読む	□	よむ 1	（他）讀、念
317 旅行する	□	りょこうする 0	（自）旅行
318 出来る	□	できる 2	（自）建立、建設
319 吹く	□	ふく 1	（自）吹

單字小教室

310 日本人常説「失礼する」，要進房間前、要碰別人的物品前説「失礼します」，要出房間前、弄錯事情道歉時説「失礼しました」。另外，「失礼」也可作為な形容詞使用，是沒禮貌的意思，例：「女性に年齢を聞くのは失礼な質問です。」

step.2 >>> 讀音練習：對照左頁，邊唸邊寫上讀音。（若為外來語，則寫假名）

step.3 >>> 例句練習：每日背誦 10 個例句，能順暢説完即可在□打✓。

讀音練習	表記練習	
310	昨日はお礼（れい）も言わないで大変（　　　）ました。	□
311	トイレの電気（でんき）が（　　）ているので交換（こうかん）してください。	□
312	鰻丼（うなどん）と穴子丼（あなごどん）、どちらに（　　　）ようかな。	□
313	今晩、一杯（いっぱい）（　　　）ませんか。	□
314	毎日ピアノを（　　　）ているが全然（ぜんぜん）上手にならない。	□
315	元気を出して。あなたの気持ちはよく（　　　）ます。	□
316	観光案内（かんこうあんない）の本をよく（　　　）だのに道（みち）に迷（まよ）った。	□
317	4年生（ねんせい）のとき一人（ひとり）でアジアを（　　　）ました。	□
318	台北（たいぺい）の南に新しい空港（くうこう）が（　　　）ました。	□
319	今日は北（きた）から冷たい風が（　　　）てとても寒いです。	□

單字小教室

312 ~ 313「する」與「やる」：單獨使用時兩者都是做的意思，但「やる」比較口語，通常是男性使用。這兩者接在動作性名詞後使用，可將該名詞動詞化，例：テニスする、野球やる等。「する」有「選擇、決定」的意思。例：勉強は明日にする。另一方面，「やる」有吃喝的意思，如「一杯やる」，除此之外還有「給」的意思，例：花に水をやる。

MP3 *Track 070*

step.1 >>> 認識單字：請邊聽音檔邊練習開口説，完成請在□打✓。

動詞		讀音／原文	意思
320 並ぶ	□	ならぶ 0	（自）排列
321 見せる	□	みせる 2	（他）給……看
322 貼る	□	はる 0	（他）貼
323 務める	□	つとめる 3	（他）擔任
324 摂る	□	とる 1	（他）攝取
325 取る	□	とる 1	（他）拿取

單字小教室

323「務める」的同音異義詞：「努める」「勤める」。

step.2 >>> **讀音練習**：對照左頁，邊唸邊寫上讀音。（若為外來語，則寫假名）

step.3 >>> **例句練習**：每日背誦 10 個例句，能順暢說完即可在 □ 打 ✓。

讀音練習	表記練習	
320	あの店は朝10時にはもう客（きゃく）が（　　　）でいる。	□
321	すみません。免許証（めんきょしょう）を（　　　）てください。	□
322	おばあちゃんは肩（かた）に湿布（しっぷ）をたくさん（　　　）ている。	□
323	彼の奥（おく）さんに案内役（あんないやく）を（　　　）てもらった。	□
324	スポーツをしているときは水分（すいぶん）をたくさん（　　　）う。	□
325	すみません。塩（しお）を（　　　）てください。	□

單字小教室

325「取る」有很多同音異義詞：「摂る」「採る」「摂る」「撮る」「盗る」等。

【副詞・接続詞・会話・その他篇】 MP3 *Track 071*

step.1 >>> **認識單字**：請邊聽音檔邊練習開口説，完成請在□打✓。

副詞・接続詞・会話・その他篇		讀音／原文	意思
326 如何	□	いかが 2	如何
327 どう	□	どう 1	如何
328 それでは	□	それでは 3	那麼(正式)
329 じゃあ	□	じゃあ 1	那麼(口語)
330 だんだん	□	だんだん 0	漸漸
331 大勢	□	おおぜい 0	很多(用於人)
332 頃	□	ころ 1	時候
333 位	□	くらい 1	大約、左右
334 いちいち	□	いちいち 2	逐一
335 大きな	□	おおきな 1	大
336 小さな	□	ちいさな 1	小
337 どうも	□	どうも 1	實在、太
338 一番	□	いちばん 0	最
339 だけ	□	だけ 1	僅

step.2 >>> **讀音練習**：對照左頁，邊唸邊寫上讀音。（若為外來語，則寫假名）

step.3 >>> **例句練習**：每日背誦 10 個例句，能順暢說完即可在 □ 打 ✓。

讀音練習	表記練習	
326	去年の旅行は（　　　　）でしたか。	□
327	先週買ったバイクの調子(ちょうし)は（　　　　）ですか。	□
328	忙しいですか。（　　　　）今晩は来(こ)られないのですね。	□
329	（　　　　）、また来週会いましょう。	□
330	秋(あき)になって（　　　　）涼(すず)しくなりました。	□
331	中国から来た留学生(りゅうがくせい)が（　　　　）います。	□
332	妹は子供の（　　　　）、とてもかわいかったです。	□
333	東京から大阪まで新幹線(しんかんせん)で 3 時間（　　　　）かかります。	□
334	（　　　　）部長に確認(かくにん)するのは面倒(めんどう)です。	□
335	若い人はみんな（　　　　）夢を持って頑張っています。	□
336	二人の間に（　　　　）愛が生(う)まれました。	□
337	昨日は色々と（　　　　）ありがとうございました。	□
338	琵琶湖(びわこ)は日本で（　　　　）大きな湖(みずうみ)です。	□
339	野菜がきらいですから、肉（　　　　）食べました。	□

MP3 *Track 072*

step.1 >>> **認識單字**：請邊聽音檔邊練習開口說，完成請在□打✓。

副詞・接続詞・会話・その他篇		讀音／原文	意思
340 一体	□	いったい 0	到底
341 どんな	□	どんな 1	怎樣的
342 ちょうど	□	ちょうど 0	剛好
343 中	□	ちゅう 0	中
344 もう	□	もう 1	已經
345 ながら	□	ながら 1	一邊…一邊…
346 まっすぐ	□	まっすぐ 3	筆直、直接
347 本当	□	ほんとう 0	真的
348 さあ	□	さあ 1	表示催促、決心
349 どうして	□	どうして 1	為什麼
350 なぜ	□	なぜ 1	為什麼
351 もしもし	□	もしもし 1	喂
352 ご馳走様でした	□	ごちそうさまでした 7	謝謝款待 (飲食)
353 ごめんなさい	□	ごめんなさい 5	對不起

step.2 >>> **讀音練習**：對照左頁，邊唸邊寫上讀音。（若為外來語，則寫假名）

step.3 >>> **例句練習**：每日背誦 10 個例句，能順暢說完即可在 □ 打 ✓。

讀音練習	表記練習	
340	（　　　）どうしてそんなことを言ったのですか。	□
341	新しい社長は（　　　）人ですか。	□
342	あっ、社長（しゃちょう）が（　　　）帰って来ました。	□
343	すみません。杉田（すぎた）は今電話（　　　）です。	□
344	（　　　）大人（おとな）だから、自分（じぶん）で解決（かいけつ）しよう。	□
345	林（はやし）さんは昼（ひる）働き（　　　）、夜（よる）大学で勉強している。	□
346	この道（みち）を（　　　）行くと大きな公園があります。	□
347	お願いですから、（　　　）のことを言ってください。	□
348	時間です。（　　　）、はじめましょう。	□
349	こんな大事（だいじ）な会議（かいぎ）に（　　　）遅刻（ちこく）したんですか。	□
350	私はこの歌が（　　　）人気（にんき）があるのかわからない。	□
351	（　　　）、小百合（さゆり）さんいますか。	□
352	ああ、おいしかったです。（　　　）。	□
353	今朝（けさ）寝坊（ねぼう）しました。（　　　）。	□

MP3 *Track 073*

step.1 >>> **認識單字**：請邊聽音檔邊練習開口説，完成請在□打✓。

副詞・接続詞・会話・その他篇		讀音／原文	意思
354 いらっしゃいませ	□	いらっしゃいませ 6	歡迎光臨
355 お願いします	□	おねがいします 6	委託、拜託
356 お休みなさい	□	おやすみなさい 6	（睡前）晚安
357 結構です	□	けっこうです 1	好／不要

善用考古題

N4 與 N5 皆屬於較為簡單的級數，單字以及文法考的是基礎中的基礎，這也意味著考試中會出現的單字及文法種類也不會像高級數一樣這麼多，這時候歷年日本語能力試驗的考古題就派上用場啦！練習大量考古題雖然不是快捷迅速的撇步，但卻是打好基礎的有效方法，邊寫邊記起單字和文法，正式考試如魚得水！

step2 >>> **讀音練習**：對照左頁，邊唸邊寫上讀音。（若為外來語，則寫假名）

step3 >>> **例句練習**：每日背誦 10 個例句，能順暢說完即可在□打✓。

讀音練習	表記練習	
354	（　　　　）。何名様（なんめいさま）ですか。	□
355	北海道（ほっかいどう）のおじにカニを（　　　　）ました。	□
356	もう寝ます。（　　　　）。	□
357	お酒（さけ）は？いいえ、（　　　　）。	□

漢字上的假名

想必有很多人會想：我會念的漢字就不用看上方標記的假名了吧？但其實不是這樣的喔！在背單字的漢字部分時對著上方的假名發音來看，不僅能快速了解念法，對單一漢字的發音也會有更詳盡的知識，以後若是遇到不太熟悉的詞語，便可以用這些知識大致猜中念法喔！這也是學習單字不可小看的基本功之一！

【外來語篇】 MP3 *Track 074*

step.1 >>> **認識單字**：請邊聽音檔邊練習開口說，完成請在 □ 打 ✓。

外來語		讀音／原文	意思
358 ホワイトボード 5	□	white board	白板
359 デジカメ 0	□	digital camera	數位相機
360 ビン 1	□	瓶（中文）	瓶子
361 チケット 2	□	ticket	票
362 タオル 1	□	towel	毛巾
363 ピアニスト 3	□	pianist	鋼琴家
364 スイッチ 2	□	switch	開關
365 グループ 2	□	group	團體
366 コピー 1	□	copy	影印
367 オフィス 1	□	office	辦公室

單字小教室

358「ホワイトボード」，補充其他「ホワイト～」的詞：「ホワイト（修正液）」、「ホワイトデー（3月14日）」。

step.2 >>> 讀音練習：對照左頁，邊唸邊寫上讀音。（若為外來語，則寫假名）

step.3 >>> 例句練習：每日背誦 10 個例句，能順暢説完即可在□打✓。

讀音練習	表記練習	
358	教室(きょうしつ)の（　　　　）に明日の計画(けいかく)が書いてあります。	□
359	（　　　　）は小さくて便利(べんり)です。	□
360	箱(はこ)に（　　　　）が入(はい)っていますから気(き)を付(つ)けてください。	□
361	インターネットで（　　　　）を買いました。	□
362	石鹸(せっけん)と（　　　　）はここに置(お)いておきます。	□
363	徹子さんの恋人は（　　　　）でした。	□
364	コーヒーができたらこの（　　　　）を切ってください。	□
365	キャンプでは（　　　　）に分かれてカレーを作ります。	□
366	CD を（　　　　）して売るのはよくないです。	□
367	あなたの（　　　　）にパソコンが何台ありますか。	□

單字小教室

363 其他改變外來語的語尾用來表示人的詞：「フリーランス→フリーランサー」、「バイオリン→バイオリニスト」、「プレイ→プレイヤー」、「テロリズム→テロリスト」。

MP3 *Track 075*

step.1 >>> **認識單字**：請邊聽音檔邊練習開口説，完成請在□打√。

	外來語		讀音／原文	意思
368	メール [0]	□	mail	電子郵件
369	シャープペンシル [4]	□	sharp-pencil	自動筆
370	ハンカチ [0]	□	handkerchief	手帕
371	テープ [1]	□	tape	錄音帶
372	テーブル [0]	□	table	桌子
373	シャツ [1]	□	shirt	襯衫
374	ワイシャツ [0]	□	white shirt	西裝襯衫
375	ラジオ [1]	□	radio	廣播
376	マッチ [1]	□	match	火柴
377	カレンダー [2]	□	calendar	日、月、年曆

單字小教室

368「メール」：沒有紙本的信和明信片的意思，還可寫成 E メール、電子メール。

step.2 >>> **讀音練習**：對照左頁，邊唸邊寫上讀音。（若為外來語，則寫假名）

step.3 >>> **例句練習**：每日背誦 10 個例句，能順暢說完即可在 □ 打 ✓ 。

讀音練習	表記練習	
368	秘書は毎日たくさんの（　　）をチェックしています。	□
369	青（あお）い（　　　）は私のです。	□
370	ズボンのポケットに（　　　）が入（はい）っています。	□
371	箱に本を入（い）れたら（　　　）でとめてください。	□
372	レストランに（　　　）が８つあります。	□
373	雨で（　　　）が濡（ぬ）れました。	□
374	出張（しゅっちょう）に（　　　）を３枚持って行きます。	□
375	昔（むかし）の学生は（　　　）を聞きながら勉強していました。	□
376	少女（しょうじょ）は（　　　）を売りながら生活（せいかつ）している。	□
377	来年の（　　　）はもう買いましたか。	□

單字小教室

370「ハンカチ」是簡短的說法，省略前是「ハンカチーフ」。

371「紙テープ」、「セロハンテープ」也可以省略只說「テープ」。

MP3 *Track 076*

step.1 »» **認識單字**：請邊聽音檔邊練習開口說，完成請在□打✓。

外來語		讀音／原文	意思
378 コート 1	□	coat	外套
379 カレー 0	□	curry	咖哩
380 ポスト 1	□	post	郵筒
381 プール 1	□	pool	游泳池
382 カメラ 1	□	camera	照相機
383 クラス 1	□	class	班級
384 ニュース 1	□	news	新聞
385 ポケット 2	□	pocket	口袋
386 フィルム 1	□	film	薄膜、膠捲
387 ネクタイ 1	□	necktie	領帶
388 ギター 1	□	guitar	吉他
389 スリッパ 2	□	slipper	拖鞋
390 ペット 1	□	pet	寵物
391 ストーブ 2	□	stove	暖爐

step.2 >>> **讀音練習**：對照左頁，邊唸邊寫上讀音。（若為外來語，則寫假名）

step.3 >>> **例句練習**：每日背誦 10 個例句，能順暢說完即可在□打✓。

讀音練習	表記練習	
378	その赤い（　　　）、とても素敵ですね。	□
379	この近くに（　　　）がおいしい店がありますか。	□
380	アメリカでは（　　　）は青いが日本では赤い。	□
381	私は毎朝（　　　）で1000メートル泳いでいます。	□
382	新宿で新しい（　　　）を買いました。	□
383	日本語初級（　　　）には留学生が20人います。	□
384	九州の台風の（　　　）を聞いて驚きました。	□
385	男の人は（　　　）に何でも入れる。	□
386	（　　　）を使ったカメラは今はほとんどありません。	□
387	石原先生は授業中（　　　）をしていません。	□
388	兄は今音楽教室で（　　　）を習っています。	□
389	どうぞ（　　　）をはいてお入りください。	□
390	このアパートでは（　　　）を飼ってはいけません。	□
391	台湾の小学校には（　　　）はありません。	□

MP3 *Track 077*

step.1 >>> **認識單字**：請邊聽音檔邊練習開口說，完成請在□打✓。

外來語		讀音／原文	意思
392 テスト 1	□	test	測驗、試用
393 ページ 0	□	page	頁
394 スカート 2	□	skirt	裙子
395 ベッド 1	□	bed	床
396 ゼロ 1	□	zero	零
397 セーター 1	□	sweater	毛衣
398 タクシー 1	□	taxi	計程車
399 スポーツする 2	□	sport する	（自）運動
400 バスケットする 4	□	basket(ball) する	（自）打籃球
401 ジョギングする 0	□	jogging する	（自）慢跑
402 サッカーする 1	□	soccer する	（自）踢足球
403 テニスする 1	□	tennis する	（自）打網球
404 バドミントンする 3	□	badminton する	（自）打羽球
405 ピンポンする 1	□	Ping pong する	（自）打乒乓球

step2 >>> **讀音練習**：對照左頁，邊唸邊寫上讀音。（若為外來語，則寫假名）

step3 >>> **例句練習**：每日背誦 10 個例句，能順暢說完即可在 □ 打 ✓ 。

讀音練習	表記練習	
392	あー、あー、マイクの（　　　　）中（ちゅう）。	□
393	すみません。何（　　　　）に書いてありますか。	□
394	明日一緒（いっしょ）に（　　　　）を買いに行きましょう。	□
395	（　　　　）が堅（かた）かったので寝られませんでした。	□
396	豊田（とよた）さんは（　　　　）から会社を作った。	□
397	彼女から暖かい（　　　　）をもらいました。	□
398	時間がありませんから（　　　　）で行きましょう。	□
399	息子（むすこ）さんはどんな（　　　　）ていますか。	□
400	昼ごはんの後（あと）でちょっと（　　　　）よう。	□
401	夜になると公園の中を（　　　　）ている人が多い。	□
402	高校生（こうこうせい）になったら（　　　　）ようと思います。	□
403	休みの日は（　　　　）たり本を読んだりしています。	□
404	三重（みえ）の体育館（たいいくかん）で友達と（　　　　）ます。	□
405	旅館（りょかん）の一階（いっかい）でちょっと（　　　　）ましょう。	□

日本語能力試驗4級
言語知識（文字・語彙）練習

背完單字了嗎？那還不快來試試這裡的練習題！

A. 正しい読み方はどれですか。

（　　）❶ 今日は　宿題が　たくさん　あります。
1. しゃくだい　　2. しゅくたい
3. しゅくだい　　4. しゃくたい

（　　）❷ 妹は　赤い　帽子を　かぶって　います。
1. ぼし　　2. ぼうし　　3. ぽし　　4. ぽうし

B. 正しい書き方はどれですか。

（　　）❸ すみませんが、ちょっと　消しゴムを　かして　ください。
1. 借して　　2. 買して　　3. 貸して　　4. 給して

（　　）❹ 寒いですから、うわぎを　着ます。
1. 上着　　2. 外着　　3. 厚着　　4. 綿着

C. 適切な語を選びましょう。

（　　）❺ 1000円　入った（　　　）を　落として　しまいました。
1. スリッパ　　2. さいふ
3. きって　　4. ポスト

（　　）❻ 10月に　なると　とても　（　　　）、気持ちが　いいです。
1. せまくて　　2. きたなくて
3. ひろくて　　4. すずしくて

D. 同じ意味の語はどれですか。

(　　) ❼ 昨日　せんたくした　服が　もう　かわきました。

1. 昨日　あらった　服が　もう　かわきました。
2. 昨日　ぬいだ　服が　もう　かわきました。
3. 昨日　もらった　服が　もう　かわきました。
4. 昨日　かった　服が　もう　かわきました。

(　　) ❽ 午後　道で　田中さんに　会って　あいさつしました。

1. 午後　道で　田中さんに　会って　「おやすみなさい」と　言いました。
2. 午後　道で　田中さんに　会って　「ごちそうさま」と　言いました。
3. 午後　道で　田中さんに会って　「いらっしゃいませ」と　言いました。
4. 午後　道で　田中さんに　会って　「こんにちは」と　言いました。

E. 正しい使い方は同じ意味の文はどれですか。

(　　) ❾ ようい は　できましたか。さあ、出発しましょう。

1. 私は　毎日　よういを　もって　学校に　行きます。
2. 使い終わった　コップは　台所で　よういして　ください。
3. 姉は　明日の　旅行の　よういで　忙しそうです。
4. 先週　デパートで　買った　よういは　とても　使いやすいです。

(　　) ❿ この　ホテルの　部屋から　見る　けしき は　とても　素晴らしいです。

1. 家族で　けしきに　行って　一日中　遊びました。
2. 広い　けしきの　中で　犬が　楽しそうに　走って　います。
3. 私は　町の　けしきの　写真を　撮るのが　好きです。
4. きれいな　鯉が　けしきの　中に　たくさん　います。

解說與答案

A. 是唸法的問題，清音較不容易弄錯，但濁音、半濁音、促音、拗音、長音等都需要特別的注意。

❶（3）「宿題」唸做「しゅくだい」，需要注意拗音和濁音，不是たい。

❷（2）除了外來語以外，幾乎沒有單字是以半濁音パ行開始的。

B. 是寫法的問題，要小心不要被中文漢字的意思給騙到了。

❸（3）「貸す」與「借りる」這兩個動詞，包含意思在內一定要記清楚。

❹（1）「上（うわ）」和「上（うえ）」の發音相似，有助於猜題。

C. 是選擇正確單字的題型，只要有把單字意思記住，就不會困難。要先讀懂句子再來選。

❺（2）1拖鞋　2錢包　3郵票　4郵筒

❻（4）1窄小　2髒污　3寬廣　4涼爽

D. 是選相同意思的句子的題型。

❼（1）1洗的衣服　2脫的衣服　3收到的衣服　4買的衣服。

❽（4）4是跟打招呼有關，趕快把日文的各種打招呼的說法記熟吧。
1晚安　2謝謝招待　3歡迎光臨　4午安

E. 是選擇正確用法的題型。這個跟 C 一樣，只要有把單字意思記住就不難。

❾（3）「ようい」(用意)，是準備的意思。

❿（2）「けしき」(景色)，是風景的意思。

Note

日檢 N4 的單字你都已經記到滾瓜爛熟了嗎？
如果沒有，試著把你還不那麼熟悉的單字寫下來，下次再看到它時，就能輕鬆攻克！

絕對合格一擊必殺！

在報考以前，你覺得自己夠了解新日檢嗎？

▼ 新日檢測驗科目 & 測驗時間

級數	測驗科目	測驗時間		F.Y.I. 舊制測驗時間
N1	言語知識（文字 · 語彙 · 文法）· 讀解	110 分鐘	170 分鐘	180 分鐘
	聽解	60 分鐘		
N2	言語知識（文字 · 語彙 · 文法）· 讀解	105 分鐘	155 分鐘	145 分鐘
	聽解	50 分鐘		
N3	言語知識（文字 · 語彙）	30 分鐘	140 分鐘	
	言語知識（文法）· 讀解	70 分鐘		
	聽解	40 分鐘		
N4	言語知識（文字 · 語彙）	25 分鐘	115 分鐘	140 分鐘
	言語知識（文法）· 讀解	55 分鐘		
	聽解	35 分鐘		
N5	言語知識（文字 · 語彙）	20 分鐘	90 分鐘	100 分鐘
	言語知識（文法）· 讀解	40 分鐘		
	聽解	30 分鐘		

▼ 新日檢 N3 認證基準

【讀】	能看懂日常生活相關內容具體的文章。 能掌握報紙標題等概要資訊。 日常生活情境中所接觸難度稍高的文章，換個方式敘述，便可理解其大意。
【聽】	在日常生活情境中，面對稍接近常速且連貫的對話，經結合談話的具體內容及人物關係等資訊後，便可大致理解。

▼ 新日檢 N3 題型摘要

測驗科目（測驗時間）		題型			題數	內容
言語知識（30分鐘）	文字・語彙	1	漢字讀音	◇	8	選出底線部分的正確讀音
		2	漢字寫法	◇	6	選出底線平假名的正確漢字
		3	文脈規定	◇	11	根據句意選出適當的詞彙
		4	近義語句	○	5	選出與底線句子意思相近的句子
		5	詞彙用法	○	5	選出主題詞彙的正確用法
言語知識・讀解（70分鐘）	文法	1	句子的文法 1（判斷文法形式）	○	13	選出符合句意的文法
		2	句子的文法 2（組合文句）	◆	5	組合出文法與句意皆正確的句子
		3	文章文法	◆	5	根據文章結構填入適當的詞彙
	讀解	4	內容理解（短篇文章）	○	4	閱讀 150 ～ 200 字左右、內容與【生活、工作】等各種話題相關的說明文或指示文等，並理解其內容
		5	內容理解（中篇文章）	○	6	閱讀 350 字左右【解說、散文】等內容的文章，並理解其關鍵字或因果關係等
		6	內容理解（長篇文章）	○	4	閱讀 550 字左右、內容與【解說、散文、書信】相關的文章，並理解其概要或邏輯等
		7	資訊檢索	◆	2	從 600 字左右的【廣告、手冊】等資料中，找出答題的關鍵資訊
聽解（40分鐘）		1	課題理解	◇	6	聽完一段完整文章，並理解其內容（聽取解決具體課題的關鍵資訊，以選出接下來應當採取的行動）
		2	重點理解	◇	6	聽完一段完整文章，並理解其內容（事先提示應聽取的部分，從聽取內容中鎖定重點）
		3	概要理解	◇	3	聽完一段完整文章，並理解其內容（從文章整體中理解出說話者的意圖或主張等）
		4	發言表現	◆	4	看著插圖聽取狀況的說明，並選出箭頭指定人物的適當發言
		5	即時應答	◆	9	聽提問等簡短的發言，然後選出適當的回應

⊙題型符號說明：◆ 全新題型 ◇ 舊制原有題型，稍做變化 ○ 舊制原有題型
⊙題數為每次出題的參考值，實際考試時題數可能有所變動。
⊙「讀解」科目可能出現一篇文章搭配數小題的測驗方式。

日本語能力試驗 3 級語彙

【名詞篇】 MP3 *Track 078*

step.1 >>> **認識單字：**請邊聽音檔邊練習開口說，完成請在□打√。

名詞		讀音／原文	意思
範例　野菜	□	やさい 0	蔬菜
❶　選手	□	せんしゅ 1	選手
❷　首都	□	しゅと 1	首都
❸　申込書	□	もうしこみしょ 6	申請書
❹　目標	□	もくひょう 0	目標
❺　気温	□	きおん 0	氣溫
❻　温度	□	おんど 1	溫度
❼　単語	□	たんご 0	單字
❽　敬語	□	けいご 0	敬語
❾　地球	□	ちきゅう 0	地球

單字小教室

❷「日本的首都不是東京嗎？」很多人都會這麼想，但其實目前日本並沒有法定的首都！東京雖然有首都的職能，但是，在 1956 年將規定東京為日本首都的《首都建設法》廢除後，目前日本並沒有一份法律文件能夠確認東京就是日本的首都！

N3 單字考題出現在「言語知識（文字・語彙）」測驗當中，此測驗共計約 30 分鐘，日檢想過關，就靠單字吧！

step.2 »» **讀音練習**：對照左頁，邊唸邊寫上讀音。（若為外來語，則寫假名）

step.3 »» **例句練習**：每日背誦 10 個例句，能順暢說完即可在□打✓。

讀音練習	表記練習	
範例　やさい	（　野菜（やさい）　）がおいしいです。	□
❶	（　　　　）は南門（みなみもん）から入場（にゅうじょう）してください。	□
❷	（　　　　）は政治（せいじ）の中心（ちゅうしん）です。	□
❸	（　　　　）に名前（なまえ）と住所（じゅうしょ）を書（か）いてください。	□
❹	このセミナーを受（う）ける（　　　　）は何（なん）ですか。	□
❺	最近（さいきん）（　　　　）が急（きゅう）に下（さ）がりました。	□
❻	コーヒーの一番（いちばん）いい（　　　　）は８５℃（ど）です。	□
❼	高校生（こうこうせい）の時（とき）、英語（えいご）の（　　　　）をたくさん覚（おぼ）えました。	□
❽	（　　　　）の使（つか）い方（かた）がよくわかりません。	□
❾	（　　　　）は青（あお）かった。	□

單字小教室

像❾地球這樣基本的行星和衛星並沒有很多，大家可以把幾個代表性的單字記起來，例如：月（つき）、太陽（たいよう）、宇宙（うちゅう）、銀河系（ぎんがけい）等。

MP3 *Track 079*

step.1 >>> **認識單字**：請邊聽音檔邊練習開口說，完成請在□打✓。

	名詞		讀音／原文	意思
⑩	奨学金	□	しょうがくきん 0	獎學金
⑪	疑問	□	ぎもん 0	疑問
⑫	成績	□	せいせき 0	成績
⑬	秘書	□	ひしょ 2	秘書
⑭	熟語	□	じゅくご 0	成語
⑮	赤ちゃん	□	あかちゃん 1	嬰兒
⑯	不満	□	ふまん 0	不滿
⑰	目標	□	もくひょう 0	目標
⑱	我慢	□	がまん 1	忍耐
⑲	文化センター	□	ぶんかセンター 4	文化中心

單字小教室

⑩ 奨学金 其他的「～金」的例子：賞金（しょうきん）、奨励金（しょうれいきん）、保証金（ほしょうきん）、基金（ききん）、罰金（ばっきん）など

⑯ 和「不満」意思類似的詞：不平（ふへい）、文句（もんく）

step.2 >>> **讀音練習**：對照左頁，邊唸邊寫上讀音。（若為外來語，則寫假名）

step.3 >>> **例句練習**：每日背誦 10 個例句，能順暢說完即可在 □ 打 ✓。

	讀音練習	表記練習	
⑩		叔父（おじ）は国から（　　　）をもらって大学を卒業（そつぎょう）した。	□
⑪		社長が知っているかどうか（　　　）だ。	□
⑫		息子は高校生（こうこうせい）になって（　　　）がどんどん上がった。	□
⑬		社長は会議の準備を（　　　）に指示（しじ）した。	□
⑭		日本語の四字（よじ）（　　　）はほとんど中国から来たものだ。	□
⑮		（　　　）が泣いてミルクを欲しがる。	□
⑯		この旅館（りょかん）のサービスに（　　　）はない。	□
⑰		（　　　）を立てて毎日努力（どりょく）することが大事（だいじ）だ。	□
⑱		つらいことがあったら（　　　）しないで泣けばいいよ。	□
⑲		来月から（　　　）で日本文学（にほんぶんがく）の講座（こうざ）が始まる。	□

單字小教室

⑱「我」的意思：在「我が家」「我が国」是「我的」的意思，但「我慢」「怪我」（けが）則不是。

⑲ 文化センター：也可使用外來語「カルチャーセンター」表示。

MP3 *Track 080*

step.1 >>> **認識單字**：請邊聽音檔邊練習開口說，完成請在 □ 打✓。

名詞		讀音／原文	意思
⑳ 希望日	□	きぼうび [2]	希望的日期
㉑ 証明書	□	しょうめいしょ [0]	證書
㉒ 領収書	□	りょうしゅうしょ [0]	收據
㉓ 参考書	□	さんこうしょ [0]	參考書
㉔ 木綿	□	もめん [0]	棉花
㉕ 計算	□	けいさん [0]	計算
㉖ アメリカ産	□	America さん [0]	美國產
㉗ 台湾製	□	たいわんせい [0]	台灣製
㉘ 全員	□	ぜんいん [0]	全員
㉙ 訳	□	わけ [1]	理由

單字小教室

㉙「訳」と ㉚「理由」:「訳」是較為主觀的理由，常帶有藉口的意味

step.2 ››› **讀音練習**：對照左頁，邊唸邊寫上讀音。（若為外來語，則寫假名）

step.3 ››› **例句練習**：每日背誦 10 個例句，能順暢説完即可在□打✓。

讀音練習	表記練習	
⑳	受講（じゅこう）の（　　　）があったらここに書いてください。	□
㉑	卒業証書（そつぎょうしょうしょ）と検定試験合格（けんていしけんごうかく）の（　　　）が必要（ひつよう）です。	□
㉒	商品（しょうひん）の返還（へんかん）の時は（　　　）を持ってきてください。	□
㉓	去年物理（ぶつり）の（　　　）を買ったが一回も使っていない。	□
㉔	誕生日にもらった（　　　）のハンカチで汗をふく。	□
㉕	最近の子供は（　　　）が得意（とくい）な子が多い。	□
㉖	（　　　）の牛肉の輸入（ゆにゅう）は制限（せいげん）されている。	□
㉗	私のパソコンのパーツはほとんど（　　　）だ。	□
㉘	呉さんの家族は（　　　）日本語が話せる。	□
㉙	どういう（　　　）か今日母は機嫌が悪い。	□

單字小教室

㉔「木綿」以外，表示布的原料的單字：「麻」「ウール」「絹（シルク）」「ナイロン」「コットン」「レザー」等。

MP3 *Track 081*

step.1 >>> **認識單字：**請邊聽音檔邊練習開口説，完成請在□打✓。

名詞		讀音／原文	意思
㉚ 理由	□	りゆう [0]	理由
㉛ 秘密	□	ひみつ [0]	秘密
㉜ 實験	□	じっけん [0]	實驗
㉝ やり方	□	やりかた [0]	做法
㉞ 階段	□	かいだん [0]	樓梯
㉟ 電灯	□	でんとう [0]	電燈
㊱ 街灯	□	がいとう [0]	路燈
㊲ 距離	□	きょり [1]	距離
㊳ 給料	□	きゅうりょう [1]	薪水
㊴ 月給	□	げっきゅう [0]	月薪
㊵ 時給	□	じきゅう [0]	時薪
㊶ 場合	□	ばあい [0]	場合、情形、時候
㊷ お菓子	□	おかし [2]	點心、糕點
㊸ 小麦粉	□	こむぎこ [0]	麵粉

step.2 ≫ 讀音練習：對照左頁，邊唸邊寫上讀音。（若為外來語，則寫假名）

step.3 ≫ 例句練習：每日背誦 10 個例句，能順暢説完即可在 □ 打 ✓ 。

讀音練習	表記練習	
㉚	中川さんは健康上（けんこうじょう）の（　　　　）で議員（ぎいん）を辞職（じしょく）した。	□
㉛	母が病気のことはまだ（　　　　）にしておいてください。	□
㉜	動物を使った（　　　　）を批判（ひはん）する人もいる。	□
㉝	その（　　　　）じゃいつまでたっても終わらないよ。	□
㉞	私は最近急な（　　　　）をのぼるのがつらい。	□
㉟	使わない部屋の（　　　　）を消して節電（せつでん）しよう。	□
㊱	銀座通り（ぎんざどお）の（　　　　）は風情（ふぜい）があってロマンチックだ。	□
㊲	台北から高雄まではどのくらいの（　　　　）ですか。	□
㊳	（　　　　）は現金（げんきん）ではなく銀行振（ふ）り込（こ）みだ。	□
㊴	新卒（しんそつ）の（　　　　）は去年の統計（とうけい）で平均（へいきん）15 万円くらいだ。	□
㊵	僕は若いころ（　　　　）500円のアルバイトをやった。	□
㊶	けがをした（　　　　）は係（かか）りの者に連絡してください。	□
㊷	（　　　　）を食べすぎて晩ご飯が食べられなかった。	□
㊸	大阪には（　　　　）を使った料理がたくさんある。	□

MP3 *Track 082*

step.1 >>> **認識單字**：請邊聽音檔邊練習開口說，完成請在□打✓。

名詞		讀音／原文	意思
44 進学	□	しんがく 0	升學
45 進路	□	しんろ 1	前進方向
46 窓口	□	まどぐち 2	窗口
47 通学	□	つうがく 0	上學
48 通勤	□	つうきん 0	通勤
49 出勤	□	しゅっきん 0	出勤
50 汚れ	□	よごれ 0	髒污
51 人数分	□	にんずうぶん 0	人數的量
52 歓迎会	□	かんげいかい 3	歡迎會
53 送別会	□	そうべつかい 4	歡送會
54 告別式	□	こくべつしき 4	告別式
55 記念品	□	きねんひん 0	紀念品
56 本店	□	ほんてん 0	總店
57 支店	□	してん 0	分店

step.2 >>> **讀音練習**：對照左頁，邊唸邊寫上讀音。（若為外來語，則寫假名）

step.3 >>> **例句練習**：每日背誦 10 個例句，能順暢説完即可在□打✓。

讀音練習	表記練習	
44	娘は公立（こうりつ）高校へ（　　　）したいといった。	□
45	3年生の中にはまだ（　　　）が決まっていない子がいる。	□
46	申込書（もうしこみしょ）はここではなくあの（　　　）に出してください。	□
47	この町の中学生は自転車で（　　　）している。	□
48	父は毎日2時間かけて東京の会社に（　　　）している。	□
49	部長は今日は午後の（　　　）です。	□
50	洗剤（せんざい）を使ってかばんの（　　　）を落とした。	□
51	この資料（しりょう）は（　　　）コピーしておいてください。	□
52	4月7日6時から新入部員（しんにゅうぶいん）の（　　　）をします。	□
53	（　　　）は3月25日の7時からこの部屋で行（おこな）います。	□
54	27歳で亡（な）くなった歌手（かしゅ）の（　　　）に行ってきた。	□
55	成人式（せいじんしき）に行って（　　　）だけもらって帰った。	□
56	先月（　　　）の経理部長（けいりぶちょう）が交代（こうたい）した。	□
57	福屋（ふくや）デパートは全国に47の（　　　）がある。	□

MP3 *Track 083*

step.1 >>> **認識單字**：請邊聽音檔邊練習開口說，完成請在□打✓。

	名詞		讀音／原文	意思
58	翌朝	□	よくあさ 0	隔天早上
59	翌日	□	よくじつ 0	隔天
60	翌週	□	よくしゅう 0	下週
61	翌年	□	よくねん／よくとし 0	隔年
62	ゴミ	□	ごみ 2	垃圾
63	紙くず	□	かみくず 3	紙屑
64	しみ	□	しみ 0	斑點、汙垢
65	芸術家	□	げいじゅつか 0	藝術家
66	小説家	□	しょうせつか 0	小說家
67	音楽家	□	おんがくか 0	音樂家
68	評論家	□	ひょうろんか 0	評論家
69	田舎	□	いなか 0	鄉下、故鄉
70	空き地	□	あきち 0	空地
71	屋外	□	おくがい 2	室外

step2 >>> **讀音練習**：對照左頁，邊唸邊寫上讀音。（若為外來語，則寫假名）

step3 >>> **例句練習**：每日背誦 10 個例句，能順暢說完即可在 □ 打 ✓。

讀音練習	表記練習	
58	遅（おく）れた飛行機は（　　　）成田に向かって飛び立った。	□
59	お酒を飲んだ（　　　）はあっさりしたものを食べたい。	□
60	テニス大会決勝（けっしょう）の（　　　）に期末（きまつ）テストがある。	□
61	孫（まご）ができた（　　　）、彼は首相（しゅしょう）になった。	□
62	（　　　）と間違えて大切な書類（しょるい）を捨ててしまった。	□
63	（　　　）はこちらのごみ箱に入れてください。	□
64	古い部屋の壁の（　　　）が人の顔に見えて怖い。	□
65	恵美（めぐみ）さんの夫は今はまだ（　　　）の卵だ。	□
66	（　　　）になろうと思って作文セミナーに通った。	□
67	父は朝子（あさこ）が（　　　）と結婚することに大反対（だいはんたい）だった。	□
68	テレビ局は（　　　）をたくさん招（まね）いて討論番組（とうろんばんぐみ）を作る。	□
69	60歳になったら（　　　）で農業（のうぎょう）でもして暮らしたい。	□
70	子どもたちが自由に遊べる（　　　）が最近少なくなった。	□
71	5月に（　　　）プールで泳ぐとまだ寒い。	□

MP3 Track 084

step.1 >>> **認識單字**：請邊聽音檔邊練習開口說，完成請在□打✓。

名詞		讀音／原文	意思
72 室内	□	しつない 2	室內
73 遊び方	□	あそびかた 0	玩法
74 体力	□	たいりょく 1	體力
75 違い	□	ちがい 0、	差異
76 付き合い方	□	つきあいかた 5	相處法
77 人間関係	□	にんげんかんけい 5	人際關係
78 状態	□	じょうたい 0	狀態
79 自然	□	しぜん 0	大自然、自然
80 農業	□	のうぎょう 1	農業
81 漁業	□	ぎょぎょう 1	漁業
82 収入	□	しゅうにゅう 0	收入
83 支出	□	ししゅつ 0	支出
84 順番	□	じゅんばん 0	順序
85 経験者	□	けいけんしゃ 3	有經驗者

step.2 >>> **讀音練習**：對照左頁，邊唸邊寫上讀音。（若為外來語，則寫假名）

step.3 >>> **例句練習**：每日背誦 10 個例句，能順暢説完即可在□打✓。

	讀音練習	表記練習	
72		祖母(そぼ)は（　　　　）で飼(か)える小さな犬が大好きだ。	□
73		（　　　　）が書いてある説明書をなくしてしまった。	□
74		技(わざ)もパワーもある。あとは（　　　　）の問題だ。	□
75		大阪弁(おおさかべん)と京都弁(きょうとべん)の（　　　　）がわからない。	□
76		若い先生は生徒との（　　　　）がとても上手だ。	□
77		一番の悩(なや)み事(ごと)は（　　　　）だそうだ。	□
78		おじいさまは危険な（　　　　）がしばらく続きます。	□
79		神宮(じんぐう)の森(もり)にはまだ（　　　　）がたっぷり残っている。	□
80		日本の（　　　　）人口(じんこう)は年々(ねんねん)減っている。	□
81		ご主人は（　　　　）をしながら旅館を営(いとな)んでいる。	□
82		今月はいつもの２倍の（　　　　）があった。	□
83		家電(かでん)が壊れたのでいつもの3倍の（　　　　）があった。	□
84		整理券(せいりけん)の番号通(ばんごうどお)り（　　　　）に並(なら)んでお待ちください。	□
85		柔道(じゅうどう)の（　　　　）は相撲(すもう)が強い。	□

MP3 Track 085

step.1 >>> **認識單字**：請邊聽音檔邊練習開口説，完成請在□打√。

名詞		讀音／原文	意思
86 若者	□	わかもの 0	年輕人
87 旅行社	□	りょこうしゃ 2	旅行社
88 用具	□	ようぐ 1	用具
89 無料	□	むりょう 0	免費
90 貸出	□	かしだし 0	出租、出借
91 お泊り	□	おとまり 2	住宿
92 大型バス	□	おおがた bus 5	大型巴士
93 小型バス	□	こがた bus 4	小型巴士
94 多数	□	たすう 2	多數、許多
95 立食	□	りっしょく 0	立食

單字小教室

87「旅行社」，其他「～社」的例子，例：「出版社（しゅっぱんしゃ）」「新聞社（しんぶんしゃ）」「商社（しょうや）」「通信社（つうしんしゃ）」。

step.2 >>> **讀音練習**：對照左頁，邊唸邊寫上讀音。（若為外來語，則寫假名）

step.3 >>> **例句練習**：每日背誦 10 個例句，能順暢說完即可在 □ 打✓。

讀音練習	表記練習	
86	これは今（　　　）に大人気（だいにんき）のアイドルグループです。	□
87	ヨーロッパ一周（いっしゅう）ツアーを（　　　）に申（もう）し込（こ）んだ。	□
88	使い終わった野球（　　　）はみんなで片付（かたづ）けなさい。	□
89	食べ放題（ほうだい）一人 2 千円です。但（ただ）し 12 歳以下は（　　　）です。	□
90	自転車の（　　　）は6時までとなっております。	□
91	（　　　）のお客様は大浴場無料（だいよくじょうむりょう）となっております。	□
92	狭（せま）い道に（　　　）がたくさん停（と）まって迷惑（めいわく）だ。	□
93	20 人なら（　　　）で行ったほうが安いよ。	□
94	地震で（　　　）の犠牲者（ぎせいしゃ）が出たというニュースを見た。	□
95	彼女とは（　　　）パーティーで知り合った。	□

單字小教室

89 跟「無料」同意思的詞：「ただ」「フリー」。「ご自由にお取りください」也是同樣的意思。

MP3 *Track 086*

step.1 >>> 認識單字：請邊聽音檔邊練習開口說，完成請在□打✓。

名詞		讀音／原文	意思
96 食べ放題	□	たべほうだい 3	吃到飽
97 出産	□	しゅっさん 0	生產
98 安産	□	あんざん 1	順產
99 自業自得	□	じごうじとく 0	自作自受
100 仕業	□	しわざ 0	做的事、搞的鬼
101 洋菓子	□	ようがし 3	西洋糕點
102 文句	□	もんく 1	牢騷
103 古文	□	こぶん 1	古文
104 駐車場	□	ちゅうしゃじょう 0	停車場
105 明かり	□	あかり 0	燈

單字小教室

96「食べ放題」：「～放題」是自由不受限的意思，除了「食べ放題」外，還有「飲み放題」「取り放題」「使い放題」「見放題」「やり放題」等。

step.2 »» **讀音練習**：對照左頁，邊唸邊寫上讀音。（若為外來語，則寫假名）

step.3 »» **例句練習**：每日背誦 10 個例句，能順暢説完即可在 □ 打✓。

讀音練習	表記練習	
96	梨（なし）狩（が）りではとった梨（なし）は（　　　）ではない。	□
97	妻の（　　　）に立ち会う夫が増えている。	□
98	氷川神社（ひかわじんじゃ）に（　　　）のお願いに行ってきた。	□
99	客を騙（だま）して店をつぶすのは（　　　）だ。	□
100	畑（はたけ）の野菜（やさい）が食べられたのは鹿（しか）の（　　　）だ。	□
101	妹は（　　　）の店を出すために頑張（がんば）っている。	□
102	今年の新人は（　　　）ばっかり言って全然仕事をしない。	□
103	中学生の時（　　　）を勉強したが、難しかった。	□
104	地主（じぬし）さんは古いアパートを壊（こわ）して（　　　）を作った。	□
105	街（まち）に（　　　）が灯（とも）る頃（ころ）、弟はやっと学校から帰ってきた。	□

單字小教室

97～98「～産」的例子：「生産（せいさん）」、「国産（こくさん）」、「月産（げっさん）」、「広島産（ひろしまさん）」。

MP3 Track 087

step.1 >>> 認識單字：請邊聽音檔邊練習開口説，完成請在 □ 打 ✓ 。

名詞		讀音／原文	意思
106 聲援	□	せいえん 0	聲援
107 演歌	□	えんか 1	演歌
108 花火	□	はなび 1	煙火
109 出来事	□	できごと 2	發生的事
110 試着	□	しちゃく 0	試穿
111 禁物	□	きんもつ 0	忌諱、嚴禁
112 下着	□	したぎ 0	內衣
113 功名	□	こうみょう 0	功名
114 楽器	□	がっき 0	樂器
115 出身	□	しゅっしん 0	出身
116 世間	□	せけん 1	社會、世上
117 合格	□	ごうかく 0	合格
118 色気	□	いろけ 3	野心、性感
119 所持	□	しょじ 1	持有

step.2 >>> **讀音練習**：對照左頁，邊唸邊寫上讀音。（若為外來語，則寫假名）

step.3 >>> **例句練習**：每日背誦 10 個例句，能順暢説完即可在☐打✓。

讀音練習	表記練習	
106	皆様の温かいご（　　　）が心の支(ささ)えになりました。	☐
107	紅白歌合戦(こうはくうたがっせん)では年々（　　　）が少なくなっている。	☐
108	夏になると日本各地(かくち)で（　　　）大会が開かれます。	☐
109	娘は小学校で起こった（　　　）を毎日親に話す。	☐
110	何度も（　　　）して決めたのにやっぱり気に入らない。	☐
111	妊婦(にんぷ)にとって辛(から)い食べ物は（　　　）だ。	☐
112	プールの更衣室(こういしつ)には（　　　）の忘(わす)れ物(もの)が多い。	☐
113	豊臣(とよとみ)の五人の武将(ぶしょう)はお互(たが)いに（　　　）を争(あらそ)った。	☐
114	駅前で突然(とつぜん)（　　　）の演奏(えんそう)が始まってみんな驚(おどろ)いた。	☐
115	南国(なんごく)（　　　）の人にとって北海道の寒さは厳しい。	☐
116	去年（　　　）を騒(さわ)がせた事件(じけん)をいくつ覚えていますか。	☐
117	天満宮(てんまんぐう)へ大学（　　　）のお願いに行ってきた。	☐
118	小池(こいけ)さんは首相の椅子に（　　　）を示している。	☐
119	明治(めいじ)になって刀(かたな)の（　　　）は禁(きん)じられた。	☐

MP3 Track 088

step.1 >>> 認識單字：請邊聽音檔邊練習開口說，完成請在□打✓。

名詞		讀音／原文	意思
120 親友	□	しんゆう 0	摯友
121 吐き気	□	はきけ 3	噁心
122 地元	□	じもと 0	當地
123 患者	□	かんじゃ 0	患者
124 目薬	□	めぐすり 2	眼藥
125 運賃	□	うんちん 1	交通票價
126 逆転	□	ぎゃくてん 0	逆轉
127 夕焼け	□	ゆうやけ 0	晚霞
128 風習	□	ふうしゅう 0	風俗習慣
129 布団	□	ふとん 0	棉被
130 鏡	□	かがみ 0	鏡子
131 水道	□	すいどう 0	自來水
132 蛇口	□	じゃぐち 0	水龍頭
133 喧嘩	□	けんか 0	吵架、打架

step.2 >>> **讀音練習**：對照左頁，邊唸邊寫上讀音。（若為外來語，則寫假名）

step.3 >>> **例句練習**：每日背誦 10 個例句，能順暢説完即可在 □ 打 ✓。

讀音練習	表記練習	
⑫⓪	（　　　）に裏切（うらぎ）られて人間（にんげん）が信じられなくなった。	□
⑫①	3 時間も船に乗って来たから今ちょっと（　　　）がする。	□
⑫②	（　　　）の人に大人気のレストランに行ってきた。	□
⑫③	風邪（かぜ）をひいた（　　　）の診察（しんさつ）でお医者さんは忙しい。	□
⑫④	海で泳いだ後は（　　　）を差（さ）しましょう。	□
⑫⑤	大阪の地下鉄では（　　　）の値下（ねさ）げを計画している。	□
⑫⑥	夫と妻の力関係（ちからかんけい）は結婚後、（　　　）した。	□
⑫⑦	子供たちは（　　　）を見ながら家に帰って行った。	□
⑫⑧	九州（きゅうしゅう）には珍（めずら）しい（　　　）が残っている所（ところ）が多い。	□
⑫⑨	和室（わしつ）では起きた後（　　　）をたたんでください。	□
⑬⓪	服をチェックするために玄関（げんかん）に（　　　）を置いた。	□
⑬①	兄は（　　　）に口をつけて水をがぶがぶ飲んだ。	□
⑬②	水が凍（こお）っていくら（　　　）をひねっても水が出ない。	□
⑬③	あのラーメン屋の夫婦はいつも（　　　）している。	□

MP3 *Track 089*

step.1 >>> **認識單字**：請邊聽音檔邊練習開口說，完成請在 □ 打✓。

名詞		讀音／原文	意思
134 ご馳走	□	ごちそう 0	豐盛的飯菜、款待
135 時代	□	じだい 0	時代
136 贈り物	□	おくりもの 0	贈禮
137 問屋	□	とんや 0	批發商
138 封筒	□	ふうとう 0	信封
139 財布	□	さいふ 0	錢包
140 皿	□	さら 0	盤子
141 お椀	□	おわん 0	湯碗
142 歴史	□	れきし 0	歴史
143 地理	□	ちり 1	地理

單字小教室

139 「財布」的其他説法，例：小銭入れ（こぜにいれ）、札入れ（さついれ）

step2 >>> 讀音練習：對照左頁，邊唸邊寫上讀音。（若為外來語，則寫假名）

step3 >>> 例句練習：每日背誦 10 個例句，能順暢說完即可在□打✓。

讀音練習	表記練習	
134	学校の運動会のお弁当は毎年（　　　）だった。	□
135	こんなものが流行(りゅうこう)するなんて（　　　）も変わったなあ。	□
136	政治家(せいじか)への高価(こうか)な（　　　）は禁止(きんし)です。	□
137	（　　　）で布(ぬの)を買って、着物(きもの)を作って、店で売る。	□
138	現金(げんきん)を（　　　）に入れる場合は書留(かきとめ)になります。	□
139	うちに（　　　）を忘れて買い物できなかった。	□
140	学生時代、（　　　）洗いのアルバイトをした。	□
141	みそ汁(しる)やお吸(す)い物(もの)は（　　　）で飲んでください。	□
142	京都には200年以上の（　　　）がある店もある。	□
143	森田さんはこの辺の（　　　）にとても詳(くわ)しい。	□

單字小教室

141「お椀」：在現代「お椀」主要是用來裝湯汁，「茶碗」才是用來裝飯的。另外，喝茶的杯子叫「湯のみ（ゆのみ）」（無把手），裝菜的小碗叫「小鉢（こばち）」。這幾個容易混淆，需要特別留意。

MP3 *Track 090*

step.1 >>> **認識單字**：請邊聽音檔邊練習開口說，完成請在□打✓。

	名詞		讀音／原文	意思
144	廊下	□	ろうか 0	走廊
145	土	□	つち 2	土
146	砂	□	すな 0	沙、砂
147	白黒	□	しろくろ 0	是非曲直、有罪無罪
148	行列	□	ぎょうれつ 0	隊伍
149	行脚	□	あんぎゃ 1	巡遊

step.2 >>> **讀音練習**：對照左頁，邊唸邊寫上讀音。（若為外來語，則寫假名）

step.3 >>> **例句練習**：每日背誦 10 個例句，能順暢説完即可在 □ 打✓。

讀音練習	表記練習	
144	この長い（　　　　）の先（さき）に将軍（しょうぐん）の部屋がある。	□
145	春になると（　　　　）の中から芽（め）が出てくる。	□
146	猫を飼（か）うときは（　　　　）を用意（ようい）しなければならない。	□
147	君とは長い戦（たたか）いだったが、今日こそ（　　　　）つけよう。	□
148	あの店に（　　　　）ができたのは最初の半年だけだった。	□
149	彼は首相を辞（や）めた後（あと）、四国（しこく）を（　　　　）した。	□

【形容詞篇】 MP3 *Track 091*

step.1 >>> **認識單字**：請邊聽音檔邊練習開口說，完成請在□打✓。

	形容詞		讀音／原文	意思
150	おかしい	□	おかしい 3	奇怪、可疑、可笑
151	怖い	□	こわい 2	恐怖
152	恥ずかしい	□	はずかしい 4	丟臉、害臊
153	意外	□	いがい 0	意外
154	重大	□	じゅうだい 0	重大
155	複雑	□	ふくざつ 0	複雜
156	正常	□	せいじょう 0	正常
157	異常	□	いじょう 0	異常
158	正直	□	しょうじき 3	誠實、正直
159	不思議	□	ふしぎ 0	不可思議
160	体力的	□	たいりょくてき 0	體力上的
161	良好	□	りょうこう 0	良好
162	広大	□	こうだい 0	廣大
163	明らか	□	あきらか 2	顯然、明朗

step2 >>> **讀音練習**：對照左頁，邊唸邊寫上讀音。（若為外來語，則寫假名）

step3 >>> **例句練習**：每日背誦 10 個例句，能順暢說完即可在 □ 打 ✓ 。

讀音練習	表記練習	
150	2回お金を払うなんて（　　　　）ないですか。	□
151	夜遅く帰った時の妻（つま）の顔はとても（　　　　）。	□
152	初めてなんだから間違（まちが）えても（　　　　）ない。	□
153	西郷（さいごう）さんが剣道（けんどう）を知らないというのは（　　　　）だ。	□
154	8月15日のお昼、ラジオで（　　　　）な発表（はっぴょう）があった。	□
155	新しいコンピューターは（　　　　）な計算（けいさん）ができる。	□
156	事故（じこ）から1日たって新幹線（しんかんせん）は（　　　　）な運転を再開（さいかい）した。	□
157	晩年（ばんねん）の秀吉（ひでよし）は（　　　　）言動（げんどう）が多くなった。	□
158	（　　　　）人が損（そん）をする世の中じゃだめだ。	□
159	生徒たちは夜の学校で（　　　　）ものを見た。	□
160	50歳を超えると徹夜（てつや）は（　　　　）つらい。	□
161	国と国との（　　　　）関係を続けるのは簡単じゃない。	□
162	祖父（そふ）は北海道に（　　　　）土地（とち）を持っていた。	□
163	この車とあの車の（　　　　）違（ちが）いがわからない。	□

MP3 Track 092

step.1 >>> **認識單字**：請邊聽音檔邊練習開口說，完成請在□打✓。

形容詞		讀音／原文	意思
164 真剣	□	しんけん 0	認真
165 純真	□	じゅんしん 0	純真

應考 N3 心態要調整

日本語能力試驗 N3 就已經開始漸漸有難度了喔！不僅會有更多的單字、更多的文法，就連稍有難度的慣用用法也會增加，目前施行的新制 N3 範圍包含了舊制的一部份 N2 內容，請考生在準備的時候務必要確認已經將 N5、N4 的單字和文法熟練，否則級數越高，會越容易感到力不從心喔！

step.2 >>> **讀音練習**：對照左頁，邊唸邊寫上讀音。（若為外來語，則寫假名）

step.3 >>> **例句練習**：每日背誦 10 個例句，能順暢說完即可在□打✓。

讀音練習	表記練習	
164	私が（　　　　）話しているときは真面目（まじめ）に聞きなさい。	□
165	小さいころの（　　　　）心を失（うしな）わないでください。	□

形容詞轉品

看似簡單的形容詞在 N3 也開始有些需要注意的文法了！特別要跟大家介紹形容詞轉品的「～さ、～み、～め」三個用法。「～さ」用來表示「程度」，可能是計算出來的程度，也有可能是感覺的程度。可接「～み」的形容詞不多，且此用法主要是表達抽象的概念。「～め」用來表達程度「稍增」或「稍減」，最常見用於正反形容詞之後。這些形容詞轉品用法，你記住了嗎？

【動詞篇】 MP3 *Track 093*

step.1 >>> **認識單字**：請邊聽音檔邊練習開口說，完成請在□打✓。

動詞		讀音／原文	意思
166 回る	□	まわる 0	（自）旋轉、繞著轉、巡迴
167 遅れる	□	おくれる 0	（自）遲到、延遲
168 壊れる	□	こわれる 3	（自）損壞
169 倒れる	□	たおれる 3	（自）倒下
170 汚れる	□	よごれる 0	（自）變髒
171 協力する	□	きょうりょくする 0	（自）合作
172 応募する	□	おうぼする 0	（自）報名
173 募集する	□	ぼしゅうする 0	（他）募集
174 発表する	□	はっぴょうする 0	（他）發表
175 解決する	□	かいけつする 0	（他）解決
176 案内する	□	あんないする 3	（他）引導、介紹
177 主張する	□	しゅちょうする 0	（他）主張
178 貯める	□	ためる 0	（他）儲存
179 重ねる	□	かさねる 0	（他）重疊

step.2 >>> 讀音練習：對照左頁，邊唸邊寫上讀音。（若為外來語，則寫假名）

step.3 >>> 例句練習：每日背誦 10 個例句，能順暢說完即可在□打✓。

讀音練習	表記練習	
166	地球は太陽の周りを（　　　　）いる。	□
167	雪のため電車は 1 時間（　　　　）おります。	□
168	夏の暑い日にクーラーが（　　　　）しまった。	□
169	地震で木が（　　　　）山の一本道（いっぽんみち）が通行不能（つうこうふのう）になった。	□
170	服が（　　　　）ので汚（きたな）い手で触（さわ）らないでください。	□
171	みんなで（　　　　）て急病人（きゅうびょうにん）を病院に運んだ。	□
172	歌手になるためのオーディションに（　　　　）た。	□
173	洋子（ようこ）さんと一緒にダンスできる高校生を（　　　　）いる。	□
174	旅行のスケジュールを（　　　　）ます。	□
175	コナンは毎週必ず事件（じけん）を（　　　　）する。	□
176	新入社員の皆さん、今から社内（しゃない）を（　　　　）ましょう。	□
177	自分の権利（けんり）ばかり（　　　　）てはだめだ。	□
178	台風が来る前にお風呂（ふろ）に水を（　　　　）おきましょう。	□
179	壊れやすいものは（　　　　）て置かないでください。	□

MP3 *Track 094*

step.1 >>> **認識單字**：請邊聽音檔邊練習開口説，完成請在□打✓。

動詞		讀音／原文	意思
180 加える	□	くわえる 0	（他）增加
181 乗せる	□	のせる 0	（他）裝戴
182 通勤する	□	つうきんする 0	（自）通勤
183 経験する	□	けいけんする 0	（他）經驗
184 減る	□	へる 0	（自）減少
185 やり直す	□	やりなおす 4	（他）重做
186 転ぶ	□	ころぶ 0	（自）跌倒
187 指示する	□	しじする 1	（他）指示
188 見送る	□	みおくる 0	（他）送行、擱置
189 植える	□	うえる 0	（他）種植
190 いじめる	□	いじめる 0	（他）欺負
191 埋め立てる	□	うめたてる 4	（他）填土造地
192 頑張る	□	がんばる 3	（自）加油、拼命努力
193 悩む	□	なやむ 2	（他）煩惱

step.2 >>> **讀音練習**：對照左頁，邊唸邊寫上讀音。（若為外來語，則寫假名）

step.3 >>> **例句練習**：每日背誦 10 個例句，能順暢說完即可在□打✓。

讀音練習	表記練習	
180	これにちょっと塩(しお)を（　　　）ともっとおいしくなります。	□
181	バイクの後ろに彼女を（　　　）て海へ行った。	□
182	ラッシュアワーを避(さ)けて（　　　）人が増えている。	□
183	私は日本で初めて人力車(じんりきしゃ)を（　　　）た。	□
184	野菜を食べて運動もしているのに体重(たいじゅう)が（　　　）ない。	□
185	間違(まちが)いが多い。最初から（　　　）ください。	□
186	自転車で（　　　）で腕(うで)の骨(ほね)を折(お)った。	□
187	工場長(こうじょうちょう)は生産量(せいさんりょう)と生産方法(せいさんほうほう)を工員(こういん)に（　　　）た。	□
188	お金がないので社員旅行(しゃいんりょこう)は（　　　）ことにします。	□
189	ワシントンの川辺(かわべ)に桜の木をたくさん（　　　）た。	□
190	太郎は子供たちに（　　　）られていた亀を助けた。	□
191	夢の島は東京のごみで東京湾を（　　　）て作られた。	□
192	父は会社を辞めて自分の店を持とうと（　　　）てきた。	□
193	そんな暗い顔をして何を（　　　）いるのですか。	□

MP3 Track 095

step.1 >>> **認識單字**：請邊聽音檔邊練習開口說，完成請在□打✓。

動詞		讀音／原文	意思
194 似合う	□	にあう 2	（自）適合、匹配
195 話しかける	□	はなしかける 5	（自）攀談
196 育てる	□	そだてる 3	（他）養育、培養
197 混雑する	□	こんざつする 1	（自）擁擠混亂
198 付く	□	つく 1	（自）附著
199 騒ぐ	□	さわぐ 2	（自）騷動、吵鬧
200 一泊する	□	いっぱくする 0	（自）住一晚
201 見つける	□	みつける 0	（他）找到
202 ほっとする	□	ほっとする 0	（自）放心
203 整理する	□	せいりする 1	（他）整理
204 残す	□	のこす 2	（他）剩下、留下
205 伝える	□	つたえる 0	（他）傳達
206 表す	□	あらわす 3	（他）表示、表現
207 似る	□	にる 0	（自）像

step.2 >>> **讀音練習**：對照左頁，邊唸邊寫上讀音。（若為外來語，則寫假名）

step.3 >>> **例句練習**：每日背誦 10 個例句，能順暢說完即可在 □ 打 ✓ 。

讀音練習	表記練習	
194	富士には、月見草(つきみそう)がよく（　　　）。	□
195	今、単語を覚えているので（　　　）ないでください。	□
196	この学校ではあいさつのできる子を（　　　）います。	□
197	築地(つきじ)は外国人観光客(がいこくじんかんこうきゃく)でとても（　　　）ていた。	□
198	服に醤油(しょうゆ)のしみが（　　　）しまった。	□
199	渋谷の交差点で若者たちは一晩中（　　　）いた。	□
200	この山小屋(やまごや)で（　　　）て明日頂上(ちょうじょう)を目指(めざ)そう。	□
201	去年失(な)くしたイヤリングをベッドの下で（　　　）た。	□
202	失くしたイヤリングが見つかって（　　　）た。	□
203	部屋を（　　　）いたら古いアルバムが出てきた。	□
204	全部食べないで私の分(ぶん)も（　　　）ておいて。	□
205	お父さんに３時に来るよう（　　　）ください。	□
206	地図上(ちずじょう)で片仮名(かたかな)の「テ」は郵便局(ゆうびんきょく)を（　　　）ています。	□
207	娘(むすめ)さん、お父さんによく（　　　）いますね。	□

MP3 *Track 096*

step.1 >>> **認識單字**：請邊聽音檔邊練習開口說，完成請在□打✓。

動詞		讀音／原文	意思
208 削る	□	けずる 0	（他）削、刪減
209 跳ぶ	□	とぶ 0	（自）跳過、跳躍
210 投げる	□	なげる 2	（他）扔、丟
211 落ちる	□	おちる 2	（自）掉落
212 沸かす	□	わかす 0	（他）煮沸
213 受け入れる	□	うけいれる 4	（他）接納
214 学習する	□	がくしゅうする 0	（他）學習
215 過ごす	□	すごす 2	（自）渡過、生活
216 発展する	□	はってんする 0	（自）發展
217 掛ける	□	かける 2	（他）掛、蓋
218 触る	□	さわる 0	（他）觸碰
219 期待する	□	きたいする 0	（他）期待
220 晴れる	□	はれる 2	（自）放晴
221 曇る	□	くもる 2	（自）陰天

step.2 >>> 讀音練習：對照左頁，邊唸邊寫上讀音。（若為外來語，則寫假名）

step.3 >>> 例句練習：每日背誦 10 個例句，能順暢説完即可在 □ 打 ✓ 。

讀音練習	表記練習	
208	木を（　　　　）て素晴らしい熊(くま)の彫刻(ちょうこく)を作る。	□
209	測定(そくてい)の結果(けっか)、12 歳の子供の（　　　　）能力(のうりょく)が落ちてきた。	□
210	イチローはボールを 130 m（　　　　）ことができる。	□
211	床(ゆか)に（　　　　）たものを拾(ひろ)って食べてはいけません。	□
212	ラーメン食べたいからお湯を（　　　　）てくれない。	□
213	あの国は移民(いみん)を（　　　　）ことを決定(けってい)した。	□
214	ロボットは経験(けいけん)からいろいろなことを（　　　　）。	□
215	夏休みは南(みなみ)の島(しま)でゆっくり（　　　　）たい。	□
216	会社が（　　　　）ためには新しい商品(しょうひん)の開発(かいはつ)が必要だ。	□
217	テーブルの布(ぬの)を（　　　　）きれいに飾(かざ)る。	□
218	インドでは子供の頭を（　　　　）いけません。	□
219	今回は自信(じしん)がありません。（　　　　）ないでください。	□
220	もし明日（　　　　）たら、みんなでハイキングに行こう。	□
221	今年西日本(にしにほん)は（　　　　）いたので初日(はつひ)が見られなかった。	□

MP3 *Track 097*

step.1 >>> **認識單字**：請邊聽音檔邊練習開口說，完成請在☐打✓。

動詞		讀音／原文	意思
222 間に合う	☐	まにあう 3	（自）來得及
223 痩せる	☐	やせる 0	（自）瘦
224 太る	☐	ふとる 2	（自）胖
225 過ぎる	☐	すぎる 2	（他）流逝、通過
226 片づける	☐	かたずける 4	（他）整理
227 謝る	☐	あやまる 3	（他）道歉
228 行う	☐	おこなう 0	（他）實行、舉行
229 思い出す	☐	おもいだす 4	（他）想起來
230 並べる	☐	ならべる 0	（他）排列
231 遠慮する	☐	えんりょする 0	（自）客氣、謝絕
232 磨く	☐	みがく 0	（他）磨練、擦亮
233 焼く	☐	やく 0	（他）燒、烤
234 渡す	☐	わたす 0	（他）交付
235 亡くなる	☐	なくなる 3	（自）過世

step.2 ≫ **讀音練習**：對照左頁，邊唸邊寫上讀音。（若為外來語，則寫假名）

step.3 ≫ **例句練習**：每日背誦 10 個例句，能順暢説完即可在 □ 打✓。

讀音練習	表記練習	
222	寝坊(ねぼう)して７時の飛行機に（　　　　）なかった。	□
223	ダイエットに成功(せいこう)して 10 キロ（　　　　）た。	□
224	最近運動不足(うんどうぶそく)で少し（　　　　）てきた。	□
225	沖縄(おきなわ)に住み始めて３年が（　　　　）た。	□
226	彼女は部屋を（　　　　）のがとても苦手だ。	□
227	昨日の失礼(しつれい)な態度(たいど)を（　　　　）たいと思います。	□
228	毎週水曜日の夜、社員の討論会(とうろんかい)が（　　　　）れる。	□
229	アルバムを見ていたら高校時代(じだい)のことを（　　　　）た。	□
230	食堂の棚(たな)に全国(ぜんこく)の清酒(せいしゅ)が（　　　　）てある。	□
231	どうぞ（　　　　）ないで何でもご自由にお取りください。	□
232	卒業式(そつぎょうしき)の前に靴(くつ)をちゃんと（　　　　）ておきました。	□
233	宿舎(しゅくしゃ)で魚を（　　　　）と煙(けむり)がたくさん出て困(こま)る。	□
234	パスポートのコピー、あなたに（　　　　）たでしょう。	□
235	1913 年に最後(さいご)の将軍(しょうぐん)が（　　　　）た。	□

MP3 *Track 098*

step.1 >>> **認識單字**：請邊聽音檔邊練習開口說，完成請在□打✓。

	動詞		讀音／原文	意思
236	飾る	□	かざる 0	（他）裝飾
237	咲く	□	さく 0	（自）開花
238	通う	□	かよう 0	（自）往返
239	できる	□	できる 2	（他）交朋友、懷孕、植物結果
240	鳴く	□	なく 0	（自）鳴叫
241	乗り切る	□	のりきる 3	（他）克服
242	照れる	□	てれる 2	（自）害臊
243	叱る	□	しかる 0	（他）斥責
244	褒める	□	ほめる 2	（他）讚美
245	嘆く	□	なげく 2	（他）感嘆

step.2 »» **讀音練習**：對照左頁，邊唸邊寫上讀音。（若為外來語，則寫假名）

step.3 »» **例句練習**：每日背誦 10 個例句，能順暢說完即可在□打✓。

	讀音練習	表記練習	
236		教室をきれいに（　　　）てパーティーを開いた。	□
237		蓮（はす）の花は夏の早朝（そうちょう）に（　　　）、昼には閉（と）じる。	□
238		私は週３回英会話学校（えいかいわがっこう）に（　　　）いる。	□
239		母は、僕に友達が（　　　）たかどうか心配している。	□
240		家のどこかで子猫（こねこ）の（　　　）声が聞こえる。	□
241		この仕事を（　　　）たらあとは楽（らく）になる。	□
242		先生に作文を褒（ほ）められて真由美（まゆみ）さんは（　　　）た。	□
243		親に何度（　　　）も兄弟げんかをやめない。	□
244		一生懸命頑張った選手（せんしゅ）たちを（　　　）てあげてください。	□
245		昔（むかし）の失敗（しっぱい）を（　　　）も何も解決（かいけつ）しない。	□

【副詞・接続詞篇】 MP3 *Track 099*

step.1 >>> **認識單字**：請邊聽音檔邊練習開口說，完成請在□打✓。

副詞・接続詞		讀音／原文	意思
246 大量に	□	たいりょうに 0	大量
247 一生懸命	□	いっしょうけんめい 5	拼命努力
248 いつの間にか	□	いつのまにか 4	不知不覺、不知何時
249 いつでも	□	いつでも 1	隨時
250 どんなに	□	どんなに 1	如何、怎麼、多麼
251 次々	□	つぎつぎ 2	接連不斷
252 ちゃんと	□	ちゃんと 0	好好地、規矩地
253 きちんと	□	きちんと 2	準確、整齊、規矩
254 どうしても	□	どうしても 1	無論如何也要、怎麼也不
255 直ちに	□	ただちに 1	立刻
256 だいたい	□	だいたい 0	大致
257 さっき	□	さっき 1	剛才
258 ずっと	□	ずっと 0	一直
259 間もなく	□	まもなく 2	即將

step.2 >>> **讀音練習**：對照左頁，邊唸邊寫上讀音。（若為外來語，則寫假名）

step.3 >>> **例句練習**：每日背誦 10 個例句，能順暢說完即可在 □ 打 ✓。

讀音練習	表記練習	
246	新しい仕事のために名刺(めいし)を（　　　）印刷(いんさつ)した。	□
247	早く歩けるように、病院で（　　　）歩く練習をした。	□
248	気が付(つ)くと（　　　）私の本がなくなっていた。	□
249	（　　　）心に夢と希望を持とう。	□
250	（　　　）苦しくても僕と一緒に頑張っていこうよ。	□
251	（　　　）おとずれる不幸(ふこう)に彼は死にたくなった。	□
252	客(きゃく)の意見(いけん)を社長に（　　　）伝(つた)えてください。	□
253	最後だから（　　　）挨拶(あいさつ)をしてから帰ろう。	□
254	（　　　）我慢(がまん)できなくなったら帰ってきなさい。	□
255	楊さんが来たら私たちは（　　　）出発しましょう。	□
256	台湾の観光地(かんこうち)は（　　　）行った。	□
257	翔平(しょうへい)くん、（　　　）監督(かんとく)が君を探(さが)していたよ。	□
258	3 歳の時から（　　　）将棋(しょうぎ)をやって来た。	□
259	この電車は（　　　）終点博多(しゅうてんはかた)に到着(とうちゃく)します。	□

MP3 *Track 100*

step.1 >>> **認識單字**：請邊聽音檔邊練習開口說，完成請在□打✓。

副詞・接続詞		讀音／原文	意思
260 滅多に	□	めったに 1	幾乎不（沒）
261 なかなか	□	なかなか 0	相當、不輕易
262 勿論	□	もちろん 2	當然、不用説
263 例えば	□	たとえば 2	例如
264 では	□	では 1	那麼
265 けれど	□	けれど 1	但是
266 それなら	□	それなら 3	那樣的話
267 というのは	□	というのは 2	因為
268 それなのに	□	それなのに 3	儘管如此
269 及び	□	および 0	與、及

單字小教室

267 というのは＝なぜならば、268 それなのに＝なのに

step.2 >>> **讀音練習**：對照左頁，邊唸邊寫上讀音。（若為外來語，則寫假名）

step.3 >>> **例句練習**：每日背誦 10 個例句，能順暢説完即可在□打✓。

讀音練習	表記練習	
260	あの女優（じょゆう）は（　　　）笑わないけど笑うとかわいい。	□
261	散歩に出かけた祖父が（　　　）帰ってこない。	□
262	お正月には息子さんは（　　　）帰ってくるんでしょう。	□
263	辛い料理というと（　　　）何ですか。	□
264	質問ありませんね。（　　　）今日はこれで終わります。	□
265	2時間待った。（　　　）彼は来なかった。	□
266	うどん？（　　　）讃岐屋（さぬきや）に行こう。	□
267	試合に負けた。（　　　）ミスが多かったからだ。	□
268	毎日がんばった。（　　　）給料（きゅうりょう）はとても安い。	□
269	生徒、（　　　）保護者（ほごしゃ）は体育館（たいいくかん）に集合（しゅうごう）してください。	□

單字小教室

269 及び：與、及。
又は、或いは、乃至（ないし）：或。

MP3 *Track 101*

step.1 >>> **認識單字**：請邊聽音檔邊練習開口說，完成請在□打✓。

副詞・接続詞		讀音／原文	意思
270 又	□	また 1	而且
271 おまけに	□	おまけに 0	再加上
272 代わりに	□	かわりに 0	代替
273 要するに	□	ようするに 3	總之
274 ただ	□	ただ 1	只、不過
275 ちなみに	□	ちなみに 0	順道一提

單字小教室

270「又は」和「又」，兩者意思不同，需要注意

step.2 >>> **讀音練習**：對照左頁，邊唸邊寫上讀音。（若為外來語，則寫假名）

step.3 >>> **例句練習**：每日背誦 10 個例句，能順暢說完即可在□打✓。

讀音練習	表記練習	
270	石原さんはいい父でもあり、（　　　　）いい夫でもある。	□
271	試験に落ちた。（　　　　）財布（さいふ）も落とした。	□
272	母は来られない。（　　　　）祖母（そぼ）が来ることになった。	□
273	みんな忙しい。（　　　　）誰も手伝えない。	□
274	いい品物（しなもの）ですね。（　　　　）値段（ねだん）が高いです。	□
275	（　　　　）新郎新婦（しんろうしんぷ）は高校の同級生（どうきゅうせい）です。	□

單字小教室

271 おまけに＝しかも

【外來語篇】 MP3 *Track 102*

step.1 »» **認識單字**：請邊聽音檔邊練習開口說，完成請在□打✓。

外來語		讀音／原文	意思
276 スピーチ 2	□	speech	演講
277 メッセージ 1	□	message	訊息
278 インタビュー 1	□	interview	採訪
279 セミナー 1	□	seminar	小型研討會
280 ボタン 0	□	button	鈕釦、按鈕
281 ルール 1	□	rule	規則
282 クリーム 2	□	cream	乳霜、奶油
283 キロ 1	□	kilometer, kilogram	公里、公斤
284 ラッシュアワー 4	□	rush hour	尖峰時間
285 ホーム 1	□	platform	月台
286 プリンター 0	□	printer	印表機
287 マウス 1	□	mouse	滑鼠
288 ビジネスホテル 5	□	business hotel	商務旅館
289 レンタカー 3	□	rental car	租用車

step.2 >>> **讀音練習**：對照左頁，邊唸邊寫上讀音。（若為外來語，則寫假名）

step.3 >>> **例句練習**：每日背誦 10 個例句，能順暢説完即可在 □ 打✓。

	讀音練習	表記練習	
276		有名な社長の（　　　）を聞きに行きました。	□
277		（　　　）カードに何か書いてください。	□
278		昨夜テレビの（　　　）を受けました。	□
279		今度の日曜日は経済（　　　）に参加するつもりです。	□
280		黒のコートには銀の（　　　）がよく似合う。	□
281		この新しいゲームは（　　　）が複雑でつまらない。	□
282		シャワーを浴びた後、顔に（　　　）を塗る。	□
283		お相撲さんは片手で 60（　　　）の米俵を持ち上げる。	□
284		どの国にも少なくとも一日２回（　　　）がある。	□
285		次に新宿行き特急は３番（　　　）から出発します。	□
286		買ったばかりの（　　　）がもう壊れてしまった。	□
287		妹は小さくてかわいい（　　　）を使っている。	□
288		今晩は（　　　）に泊まる。	□
289		（　　　）を借りて北海道を一周した。	□

MP3 *Track 103*

step.1 >>> **認識單字**：請邊聽音檔邊練習開口說，完成請在□打✓。

	外來語		讀音／原文	意思
290	バイキング 1	□	viking	西式自助餐
291	ガソリン 0	□	gasoline	汽油
292	キャンセル 1	□	cancel	取消
293	オイル 1	□	oil	油
294	テキスト 1	□	textbook	教科書、講義
295	パートタイム 5	□	part time	打零工、兼職
296	アクセサリー 1	□	accessary	首飾、裝飾品
297	チェックアウトする 4	□	check-out する	（自）退房
298	チャレンジする 1	□	challenge する	（他）挑戰
299	シンプル 1	□	simple	簡約

單字小教室

293「オイル」：除了指車輛、機械用的油外，料理的食用油、美容保養用的油等也常用外來語「オイル」表示。

step.2 >>> **讀音練習**：對照左頁，邊唸邊寫上讀音。（若為外來語，則寫假名）

step.3 >>> **例句練習**：每日背誦 10 個例句，能順暢說完即可在 □ 打✓。

讀音練習	表記練習	
290	ホテルの（　　　）式の夕食に飽きた。	□
291	夜中に（　　　）がなくなってとても困った。	□
292	当日30人の（　　　）が出て店は大変困っていた。	□
293	1年ごとにエンジン（　　　）を交換しましょう。	□
294	動詞の活用と意味は全部（　　　）に書いてあります。	□
295	家族のため、母は（　　　）の仕事を探している。	□
296	指輪などの（　　　）を入れた箱が盗まれた。	□
297	明日の午後（　　　）もいいですか。	□
298	なんにでも（　　　）気持ちは持ち続けましょう。	□
299	もっと（　　　）デザインのほうが似合うよ。	□

單字小教室

296「アクセサリー」：除了身上的首飾裝飾品外，也有其他裝飾用的小物的意思，例：カメラアクセサリー、カーアクセサリーなど

【擬声語・擬態語篇】 MP3 *Track 104*

step.1 >>> **認識單字**：請邊聽音檔邊練習開口説，完成請在□打✓。

擬声語・擬態語		讀音／原文	意思
300 ばらばら	□	ばらばら 0	散亂
301 はらはら	□	はらはら 1	捏把冷汗
302 ぱらぱら	□	ぱらぱら 1	稀稀落落
303 からっと	□	からっと 3	晴朗
304 どんより	□	どんより 3	陰沉
305 ぽかぽか	□	ぽかぽか 1	暖和
306 しとしと	□	しとしと 1	雨靜靜地下
307 そよそよ	□	そよそよ 1	風徐徐地吹
308 かさかさ	□	かさかさ 1	沙沙作響
309 ぎゅうぎゅう	□	ぎゅうぎゅう 1	緊緊地、滿滿地
310 ふんわり	□	ふんわり 3	柔軟蓬鬆
311 ぴょんぴょん	□	ぴょんぴょん 1	活蹦亂跳
312 もぐもぐ	□	もぐもぐ 1	閉嘴咀嚼狀
313 にこにこ	□	にこにこ 1	笑嘻嘻

step.2 >>> **讀音練習**：對照左頁，邊唸邊寫上讀音。（若為外來語，則寫假名）

step.3 >>> **例句練習**：每日背誦 10 個例句，能順暢説完即可在 □ 打✓。

	讀音練習	表記練習	
300		全然練習していないので行進(こうしん)が（　　　　）だ。	□
301		赤信号(あかしんごう)で道を渡っている人を見ると（　　　　）する。	□
302		バスを待っていたら雨が（　　　　）降りだした。	□
303		今日は（　　　　）晴れて海水浴(かいすいよく)にぴったりの日だ。	□
304		朝から空が（　　　　）曇って、今にも降りそうな天気だ。	□
305		11月ごろの（　　　　）暖かい日を小春日和(こはるびより)という。	□
306		雨が（　　　　）降っている中を散歩するのは風情(ふぜい)がある。	□
307		春は風が（　　　　）吹いて気持ちいい。	□
308		秋の軽井沢(かるいざわ)で落(お)ち葉(ば)を（　　　　）踏(ふ)んで歩いた。	□
309		朝夕のラッシュ時、電車は（　　　　）詰(づ)めだ。	□
310		ケーキをどうやって（　　　　）焼(や)くか教えてください。	□
311		5歳の娘は庭を（　　　　）走り回って疲(つか)れを知らない。	□
312		頂上(ちょうじょう)で由美(ゆみ)ちゃんはおにぎりを（　　　　）食べた。	□
313		先生はいつも（　　　　）していて生徒から人気がある。	□

MP3 *Track 105*

step.1 >>> **認識單字**：請邊聽音檔邊練習開口説，完成請在□打✓。

	擬声語・擬態語		讀音／原文	意思
314	わあわあ	□	わあわあ 1	哇哇大哭、喧嘩吵鬧
315	ぶるぶる	□	ぶるぶる 1	發抖
316	たらたら	□	たらたら 1	滴滴答答
317	すやすや	□	すやすや 1	睡得香甜
318	びくびく	□	びくびく 1	畏縮、顫抖
319	あっさり	□	あっさり 3	清淡、爽快、輕易
320	ぷんぷん	□	ぷんぷん 1	味道重、氣沖沖
321	のろのろ	□	のろのろ 1	慢吞吞
322	ぐうぐう	□	ぐうぐう 1	鼾聲、肚子餓的聲音
323	ごくごく	□	ごくごく 1	咕嚕咕嚕地喝
324	ぶつぶつ	□	ぶつぶつ 1	抱怨聲、布滿細小粒狀物
325	くすくす	□	くすくす 1	竊笑、小聲地笑
326	うとうと	□	うとうと 1	打瞌睡
327	すくすく	□	すくすく 1	成長茁壯

step.2 >>> **讀音練習**：對照左頁，邊唸邊寫上讀音。（若為外來語，則寫假名）

step.3 >>> **例句練習**：每日背誦 10 個例句，能順暢説完即可在□打✓。

讀音練習	表記練習	
314	失恋（しつれん）して一晩（ひとばん）（　　　）泣いたらすっきりした。	□
315	寒くて（　　　）震（ふる）えている子にコートを貸してあげた。	□
316	記者（きしゃ）に嫌（いや）な質問（しつもん）をされて、汗（あせ）が（　　　）出た。	□
317	さっきまで泣いていた子がもう（　　　）寝ている。	□
318	犯人（はんにん）は毎日（　　　）しながら暮らしていた。	□
319	気分がよくないので（　　　）したものを食べたい。	□
320	何時間遅刻（ちこく）したの。彼（　　　）怒って帰っちゃったよ。	□
321	渋滞（じゅうたい）の先頭（せんとう）にはたいてい（　　　）運転の車だ。	□
322	朝から何も食べていないのでおなかが（　　　）鳴る。	□
323	こんな日は冷たいビールを（　　　）飲もう。	□
324	（　　　）文句（もんく）言わないではっきり言いなさい。	□
325	私の後ろから（　　　）笑う声が聞こえて気になった。	□
326	授業中（　　　）していたら先生に叱（しか）られた。	□
327	桃太郎（ももたろう）は（　　　）育って立派（りっぱ）な青年（せいねん）になった。	□

MP3 Track 106

step.1 >>> **認識單字**：請邊聽音檔邊練習開口説，完成請在□打✓。

擬声語・擬態語		讀音／原文	意思
㉘ すいすい	□	すいすい [1]	輕快前進、進展順利
㉙ しいんと	□	しいんと [0]	靜悄悄
㉚ からから	□	からから [0]	乾燥、枯竭
㉛ ぺこぺこ	□	ぺこぺこ [0]	肚子餓

單字小教室

330 からから：作為擬態語，是形容缺水乾燥的狀態；作為擬聲語，是空罐子等滾動時發出的聲響。

step.2 >>> **讀音練習**：對照左頁，邊唸邊寫上讀音。（若為外來語，則寫假名）

step.3 >>> **例句練習**：每日背誦 10 個例句，能順暢説完即可在 □ 打 √。

讀音練習	表記練習	
328	難しい問題が（　　　）解(と)けるなんてこの子はすごい。	□
329	感動的(かんどうてき)なスピーチを聞いて会場(かいじょう)は（　　　）なった。	□
330	４か月も雨が降らず、ダムは（　　　）だ。	□
331	昼ご飯をまだ食べていない。おなかが（　　　）だ。	□

單字小教室

331 ぺこぺこ：除了是描寫空腹狀態的擬態語外，還可形容鞠躬哈腰諂媚或道歉的樣子。

【あいさつ・敬語篇】 MP3 *Track 107*

step.1 >>> **認識單字**：請邊聽音檔邊練習開口說，完成請在□打✓。

	あいさつ・敬語		讀音／原文	意思
332	お陰様で	□	おかげさまで [0]	託福
333	お世話になりました	□	おせわになりました [2]	受您照顧了
334	そちらこそ	□	そちらこそ [4]	您才……
335	お上がりください	□	おあがりください [7]	請上來
336	おかけください	□	おかけください [6]	請坐
337	それは困りました	□	それはこまりました [7]	那讓人很困擾
338	お気をつけて	□	おきをつけて [4]	請小心注意
339	お元気で	□	おげんきで [2]	請保重
340	それほどでも	□	それほどでも [5]	並沒有那麼……
341	お申し付けください	□	おもうしつけください [9]	請吩咐
342	ございます	□	ございます [4]	「有」的禮貌語
343	いらっしゃる	□	いらっしゃる [4]	「來、去、在」的尊敬語
344	お帰りになる	□	おかえりになる [6]	「回來」的尊敬語

step.2 >>> **讀音練習**：對照左頁，邊唸邊寫上讀音。（若為外來語，則寫假名）

step.3 >>> **例句練習**：每日背誦 10 個例句，能順暢説完即可在□打✓。

	讀音練習	表記練習	
332		（　　　）検定試験（けんていしけん）に合格しました。	□
333		この１年間、本当に（　　　　　　）ました。	□
334		「今回は大変でしたね。」「いえいえ、（　　　　）。」	□
335		いらっしゃい。どうぞ（　　　　　　）。	□
336		どうぞ前の席に（　　　　）。	□
337		「切符がありません。」「（　　　　）。」	□
338		「行ってきます。」「先生、（　　　　）。」	□
339		さようなら。（　　　　）。	□
340		「何でも知っていますね。」「いやあ、（　　　　）。」	□
341		ほしいものがあったら何でも（　　　　　）。	□
342		「チケット、まだありますか。」「はい、（　　　　）。」	□
343		もしもし、社長、（　　　　）か。	□
344		担当の方はもう（　　　　）か。	□

MP3 *Track 108*

step.1 >>> **認識單字**：請邊聽音檔邊練習開口說，完成請在□打✓。

あいさつ・敬語		讀音／原文	意思
345 おいでになる	□	おいでになる 5	「來」的尊敬語
346 お見えになる	□	おみえになる 5	「來」的尊敬語
347 召す	□	めす 1	「穿」的尊敬語
348 お求めになる	□	おもとめになる 6	「買」的尊敬語

日文的敬語有三類

正在學習日文的各位想必已經漸漸遇到許多以中文難以解釋的日文用法了吧？其中最有感的用法之一恐怕就是「敬語」了！這是中文裡極為少見的語法，但在日本文化中卻是不可或缺的一部分！而日文的敬語又分為三類：尊敬語、謙讓語及丁寧語。常見的丁寧語是我們學習日文初期都會學到的用法，帶有一點敬意，可以說是平時對話最安全的敬語類型，真正困難的在於尊敬語及謙讓語！

step2 >>> **讀音練習**：對照左頁，邊唸邊寫上讀音。（若為外來語，則寫假名）

step3 >>> **例句練習**：每日背誦 10 個例句，能順暢說完即可在□打✓。

讀音練習	表記練習	
345	副大統領は何時に（　　　　）ますか。	□
346	皆様、委員長が（　　　　）ました。	□
347	真子（まこ）さまは純白のドレスをお（　　　　）ています。	□
348	イバンカ様は日本人形を（　　　　）ました。	□

令人聞風喪膽的尊敬語及謙讓語！

所謂的「尊敬語」就是向尊敬的人所使用的文體，是抬高對方地位的表現，因此常用於上司、客戶及地位高的人物。而「謙讓語」則是將自己地位降低、表達謙遜的用法，所以要使用於話者自身的動作，千萬不要搞混了喔！那為什麼說令人聞風喪膽呢？這是因為這些文體都又長又難記，真的需要下一點功夫啊！

【慣用句・その他篇】 MP3 *Track 109*

step.1 >>> **認識單字**：請邊聽音檔邊練習開口説，完成請在□打✓。

	慣用句・その他		讀音／原文	意思
349	猿も木から落ちる	□	さるもきからおちる	智者千慮必有一失
350	大根役者	□	だいこんやくしゃ 5	拙劣的演員
351	いい薬になる	□	いいくすりになる	失敗為成功之母
352	けりをつける	□	けりをつける	做個了結
353	ごぼう抜き	□	ごぼうぬき 0	逐個趕過
354	挙句の果て	□	あげくのはて 0	結果、到頭來
355	猫をかぶる	□	ねこをかぶる	裝老實
356	上手／下手	□	じょうず 3／へた 2	擅長／不擅長
357	上手／下手	□	うわて 0／したて 0	相撲技
358	上手／下手	□	かみて 0／しもて 0	舞台右／左邊
359	目下	□	めした 3	部下
360	目下	□	もっか 1	目前
361	初日	□	しょにち 0	第一天
362	初日	□	はつひ 0	元旦的日出

step2 >>> **讀音練習**：對照左頁，邊唸邊寫上讀音。（若為外來語，則寫假名）

step3 >>> **例句練習**：每日背誦 10 個例句，能順暢說完即可在 □ 打 ✓。

讀音練習	表記練習	
349	イチローが三振した。（　　　　　）だね。	□
350	前田敦子（まえだあつこ）は5年前は（　　　）と言われていた。	□
351	大臣（だいじん）がまた失言（しつげん）して辞任した。（　　　）よ。	□
352	あの選手とは3勝3敗だ。今日の試合で（　　　）ぞ。	□
353	茂木（もぎ）選手は最後の500mで5人を（　　　　）にして優勝した。	□
354	役員を3時間も待たせて（　　　　）資料がないじゃすまないよ。	□
355	劉邦（りゅうほう）の奥さん、結婚前は（　　　）ていたらしい。	□
356	ナイスショット！好きこそものの（　　　）なれ、ですね。	□
357	貴乃花（たかのはな）が（　　　）投げで勝ちました。	□
358	舞台の（　　　）から主人公（しゅじんこう）が現れた。	□
359	（　　　）に対して敬語を使う必要はない。	□
360	（　　　）のところ販売の見込（みこ）みはたっていない。	□
361	開店セールの（　　　）に1万人のお客様が来店した。	□
362	阿里山で（　　　）を見たことがある。	□

MP3 *Track 110*

step.1 >>> **認識單字**：請邊聽音檔邊練習開口說，完成請在□打√。

慣用句・その他		讀音／原文	意思
363 一見	□	いちげん 0	新客
364 一見	□	いっけん 0	一看、乍看
365 油断大敵	□	ゆだんたいてき 0	千萬不可大意

念法不同意思就差很多！

本書中包含了不少這樣的詞語，想必正在認真研讀的你／妳應該也注意到了吧？沒錯！要找案例的話日文中有數不清的例子可以舉，這也是中文母語者學習的罩門之一，也是本書不僅內容附上讀音，連音檔都不能落下的原因。請考生務必除了熟知中文意義之外，念法也要一併記下來，正式考試時更是要仔細閱讀上下文來判斷出單字的真正意義！

step.2 >>> **讀音練習**：對照左頁，邊唸邊寫上讀音。（若為外來語，則寫假名）

step.3 >>> **例句練習**：每日背誦 10 個例句，能順暢說完即可在 □ 打 ✓ 。

讀音練習	表記練習	
363	京都の老舗（しにせ）は（　　　　）お断りの店が多い。	□
364	彼は（　　　　）遊び人風（にんふう）だが、根は真面目だ。	□
365	準備が完璧（かんぺき）でも試験は（　　　　）ですよ。	□

「建前」好難懂！？

在典型的日本文化中，他們習慣在做反應之前先觀察所在場合、環境，以做出最符合當下氣氛的適當反應，即使與自己心裡所想的真實想法及感情有所出入，他們在與人互動時還是習慣壓抑真正所想並以大多數人的「中立意見」為主，這就是所謂的「建前」，對外國人來說真的不太好懂啊！

日本語能力試驗 3 級
言語知識（文字・語彙）練習

背完單字了嗎？那還不快來試試這裡的練習題！

A. 正しい読み方はどれですか。

（　　）❶ このデパートは駐車場が遠くて不便だ。
1. ちゅうしゃちょう　2. じゅうしゃちょう
3. じゅうしゃじょう　4. ちゅうしゃじょう

（　　）❷ これは患者さん専用のエレベーターです。
1. かんじゃ　2. かんちゃ
3. がんちゃ　4. がんじゃ

B. 正しい書き方はどれですか。

（　　）❸ 上野の桜は今月に入ってやっとさき始めた。
1. 開き　2. 放き
3. 吹き　4. 咲き

（　　）❹ 学校ではみんな知っているけど、せけんではだれも関心ないよ。
1. 世界　2. 社会
3. 世間　4. 世話

C. 適切な語を選びましょう。

（　　）❺ 今度の連休は（　　　　　）を借りて海にでも行ってみよう。
1. カレンダー　2. レンタカー
3. インタビュー　4. マウス

(　　) ❻ 魚は人数分（　　　　）はずなのに、一つ足りない。

1. やいた　　　　2. しかった

3. いじめた　　　4. ほめた

D. 同じ意味の語はどれですか。

(　　) ❼ 新しい先生が入って来たら、教室はしいんとなった。

1. そよそよと　　2. 元気に

3. 静かに　　　　4. ぽかぽかと

(　　) ❽ 今晩の忘年会はみんなで食べ放題の店に行きましょう。

1. いくら食べてもいい　　2. 食べ物が無料

3. 残してもいい　　　　　4. 食べ物を投げる

E. 正しい使い方は同じ意味の文はどれですか。

(　　) ❾ かわりに

1. 都合が悪ければ３時のかわりに４時でもいいですよ。
2. 太りたくないから、ケーキのかわりにフルーツで誕生日を祝った。
3. 三月になると季節は冬のかわりに春が来ます。
4. 健太君は背が高いかわりにスポーツがじょうずです。

(　　) ❿ 文句

1. 三島由紀夫の小説は一つ一つの文句がとても素晴らしい。
2. 朝の果物を一つ減らしたら、猿たちは文句を言った。
3. スピーチ大会に参加するから、文句を考えなければならない。
4. 会社で上司に会ったら笑顔で文句を言おう。

解説と答え

A. 是唸法的問題，有些學習者可以發出正確的音，卻寫不出來（當然也有人相反），發音正確很重要，能寫出正確的假名也很重要。

❶ (4) 「駐車場」唸做「ちゅうしゃじょう」。有三個拗音、一個長音，「ち」和「じ」的區別也要特別注意。

❷ (1) 「患者」唸做「かんじゃ」，其他的2・3・4日文裡面沒有。

B. 是寫法的問題，雖然也有例外，但大部分的漢字意思跟中文一樣，對台灣學生來說這是比較有利的題型。

❸ (4) 中文的開花，日文有兩種說法：「花が開く」和「花が咲く」，但唸做さく的是「咲」，「開く」的唸法是ひらく。

❹ (3) 「世界」和「社会」的意思跟中文一樣，在這句子中也同樣可以使用，但是不唸做「せけん」。

C. 是選擇正確單字的題型，只要有把單字意思記住，就不會困難。要先讀懂句子再來選。

❺ (2) 要去海邊要租車（レンタカー），1是月曆 calendar、3是採訪 interview、4是滑鼠 mouse。

❻ (1) 請不要對魚做出以下動作：2叱る（罵）3虐める（虐待）4褒める（讚美，這個要做也是可以 XD）。

D. 是選相同意思的句子的題型，如果知道答案能直接選是最好的，不知道答案時可以先將不可能的答案刪去。

❼ (3) 1微風　2活潑　4溫暖。

❽ (1) ～放題是無限制的意思。

E. 是選擇正確用法的題型，有的時候出題者會故意不使用漢字，所以大家不要偷懶只記漢字，不記假名。

❾ (2) 「代わりに」是「代替」的意思。

❿ (2) 「文句（もんく）」是怨言的意思。

日檢 N3 的單字你都已經記到滾瓜爛熟了嗎？
如果沒有，試著把你還不那麼熟悉的單字寫下來，下次再看到它時，就能輕鬆攻克！

絕對合格一擊必殺！

在報考以前，你覺得自己夠了解新日檢嗎？

▼ 新日檢測驗科目 & 測驗時間

級數	測驗科目	測驗時間		F.Y.I. 舊制測驗時間
N1	言語知識 (文字 ・ 語彙 ・ 文法)・ 讀解	110 分鐘	170 分鐘	180 分鐘
	聽解	60 分鐘		
N2	言語知識 (文字 ・ 語彙 ・ 文法)・ 讀解	105 分鐘	155 分鐘	145 分鐘
	聽解	50 分鐘		
N3	言語知識 (文字 ・ 語彙)	30 分鐘	140 分鐘	
	言語知識 (文法)・ 讀解	70 分鐘		
	聽解	40 分鐘		
N4	言語知識 (文字 ・ 語彙)	25 分鐘	115 分鐘	140 分鐘
	言語知識 (文法)・ 讀解	55 分鐘		
	聽解	35 分鐘		
N5	言語知識 (文字 ・ 語彙)	20 分鐘	90 分鐘	100 分鐘
	言語知識 (文法)・ 讀解	40 分鐘		
	聽解	30 分鐘		

▼ 新日檢 N2 認證基準

【讀】	能看懂報紙、雜誌所刊載的各類報導、解說、簡易評論等主旨明確的文章。能閱讀一般話題的讀物，並可理解事情的脈絡及其表達意涵。
【聽】	除日常生活情境外，在大部分的情境中，能聽懂近常速且連貫的對話、新聞報導，亦能理解其話題走向、內容及人物關係，並可掌握其大意。

▼ 新日檢 N2 題型摘要

測驗科目（測驗時間）		題型			題數	內容
言語知識・讀解（105 分鐘）	文字・語彙	1	漢字讀音	◇	5	選出底線部分的正確讀音
		2	漢字寫法	◇	5	選出底線平假名的正確漢字
		3	詞語構成	◇	5	選出可以完成衍生語或複合語的正確詞彙
		4	文脈規定	◇	7	根據句意選出適當的詞彙
		5	近義語句	○	5	選出與底線句子意思相近的句子
		6	詞彙用法	○	5	選出主題詞彙的正確用法
	文法	7	句子的文法 1（判斷文法形式）	○	12	選出符合句意的文法
		8	句子的文法 2（組合文句）	◆	5	組合出文法與句意皆正確的句子
		9	文章文法	◆	5	根據文章結構填入適當的詞彙
	讀解	10	內容理解（短篇文章）	○	5	閱讀 200 字左右、內容與【生活、工作】等各種話題相關的說明文或指示文等，並理解其內容
		11	內容理解（中篇文章）	○	9	閱讀 500 字左右內容相對簡單的【評論、解說、散文】等，並理解其因果關係、理由、概要或作者的想法等
		12	統合理解	○	2	比較、統合數篇內容相對簡單的文章（合計約 600 字左右），並理解其內容
		13	內容理解（長篇文章）	○	3	閱讀邏輯較為易懂的【評論】等 900 字左右的文章，掌握整體想要傳達的主張或意見
		14	資訊檢索	◆	2	從 700 字左右的【廣告、手冊、情報誌、商用文件】等資料中，找出答題的關鍵資訊
聽解（50 分鐘）		1	課題理解	◇	5	聽完一段完整文章，並理解其內容（聽取解決具體課題的關鍵資訊，以選出接下來應當採取的行動）
		2	重點理解	◇	6	聽完一段完整文章，並理解其內容（事先提示應聽取的部分，從聽取內容中鎖定重點）
		3	概要理解	◇	5	聽完一段完整文章，並理解其內容（從文章整體中理解出說話者的意圖或主張等）
		4	即時應答	◆	12	聽提問等簡短的發言，然後選出適當的回應
		5	統合理解	◇	4	聽取較長的文章，理解其內容並比較、統合其中複數的資訊

⊙題型符號說明：◆ 全新題型 ◇ 舊制原有題型，稍做變化 ○ 舊制原有題型
⊙題數為每次出題的參考值，實際考試時題數可能有所變動。
⊙「讀解」科目可能出現一篇文章搭配數小題的測驗方式。

日本語能力試驗 2 級語彙

【名詞篇】 MP3 *Track 111*

step.1 >>> **認識單字**：請邊聽音檔邊練習開口說，完成請在 □ 打✓。

名詞		讀音／原文	意思
範例　野菜	□	やさい 0	蔬菜
❶　象徴	□	しょうちょう 0	象徵
❷　将棋界	□	しょうぎ かい 3	將棋界
❸　総売り上げ	□	そううりあげ 3	總營業額
❹　決勝戦	□	けっしょうせん 3	決賽
❺　強み	□	つよみ 3	強項、長處
❻　効果	□	こうか 1	效果
❼　状態	□	じょうたい 0	狀態
❽　作業	□	さぎょう 1	工作
❾　範囲	□	はんい 1	範圍

單字小教室

❺ い形容詞の語幹に「さ」または「み」を付けると名詞化する。例：強い⇒強さ、強み。ただこの二つには違いがある。「強さ」は程度や力量を表し、（例：風の強さ、地盤の強さ）「強み」は性質や長所を表す。

N2 單字考題出現在「言語知識（文字・語彙・文法）・讀解」測驗當中，此測驗共計約 105 分鐘，日檢想過關，就靠單字吧！

step.2 >>> **讀音練習**：對照左頁，邊唸邊寫上讀音。（若為外來語，則寫假名）

step.3 >>> **例句練習**：每日背誦 10 個例句，能順暢説完即可在 □ 打 ✓ 。

讀音練習	例句背誦練習	
範例 やさい	（ 野菜（やさい） ）がおいしいです。	□
❶	天皇（てんのう）は日本国の（ ）です。	□
❷	（ ）でヒフミンを知らぬ者はいない。	□
❸	（ ）は増えたが利益は減った。	□
❹	明日の（ ）に勝てばついに四千校の頂点だ。	□
❺	五か国語が話せるのが彼女の（ ）だ。	□
❻	この運動はどんな（ ）がありますか。	□
❼	最悪の（ ）で試験に臨（のぞ）み失敗した。	□
❽	屋上（おくじょう）で（ ）するのは危険です。	□
❾	東京の北 5kmの（ ）で竜巻（たつまき）が発生するでしょう。	□

單字小教室

❽ 作業と仕事：主に体力や技術を使う仕事を作業という。また、「作」の読み方にも注意が必要。「作」はもともと「さく」と読むが、動作（どうさ）、作用（さよう）、発作（ほっさ）では「さ」と読む。

MP3 Track 112

step.1 >>> **認識單字**：請邊聽音檔邊練習開口說，完成請在□打✓。

名詞		讀音／原文	意思
⑩ 南米	□	なんべい 0	南美
⑪ 方針	□	ほうしん 0	方針
⑫ 被害	□	ひがい 1	損害
⑬ 大臣	□	だいじん 1	內閣首長
⑭ 姿勢	□	しせい 0	姿勢、態度
⑮ 割合	□	わりあい 0	比例
⑯ 礼儀	□	れいぎ 3	禮貌、禮節
⑰ 周囲	□	しゅうい 1	周圍
⑱ 責任	□	せきにん 0	責任
⑲ 任務	□	にんむ 1	任務
⑳ 義務	□	ぎむ 1	義務
㉑ 成果	□	せいか 1	成果
㉒ 打ち合わせ	□	うちあわせ 0	事前磋商
㉓ 見合い	□	みあい 0	相親

step.2 >>> **讀音練習**：對照左頁，邊唸邊寫上讀音。（若為外來語，則寫假名）

step.3 >>> **例句練習**：每日背誦 10 個例句，能順暢說完即可在 □ 打 ✓。

讀音練習	例句背誦練習	
⑩	本日未明（　　　）で地震が発生しました。	□
⑪	政府の新しい（　　　）が発表された。	□
⑫	台風による（　　　）は少なかった。	□
⑬	（　　　）は非公式（ひこうしき）にアジアを訪問した。	□
⑭	懸命に練習に取り組む（　　　）を見て感動した。	□
⑮	台湾では二人に一人の（　　　）でバイクを持っている。	□
⑯	最近は（　　　）を知らない若者が多い。	□
⑰	（　　　）の目を気にしないで自由に生きる。	□
⑱	今回の事故は鉄道会社のほうに（　　　）がある。	□
⑲	彼はチームを作って（　　　）を遂行（すいこう）した。	□
⑳	納税（のうぜい）は国民の（　　　）です。	□
㉑	増産（ぞうさん）の（　　　）が出て、収益（しゅうえき）が上がった。	□
㉒	午後の会議の（　　　）をしましょう。	□
㉓	両親は 30 年前、（　　　）をして結婚した。	□

MP3 *Track 113*

step.1 >>> **認識單字**：請邊聽音檔邊練習開口說，完成請在□打✓。

名詞		讀音／原文	意思
㉔ 丸一日	□	まるいちにち 6	整整一天
㉕ 履歴書	□	りれきしょ 4	履歷表
㉖ 休暇	□	きゅうか 0	休假
㉗ 関東地方	□	かんとうちほう 5	關東地區
㉘ 迷惑	□	めいわく 1	困擾
㉙ 携帯電話	□	けいたいでんわ 5	手機
㉚ 事件	□	じけん 1	事件
㉛ 針	□	はり 1	針
㉜ 課長	□	かちょう 0	課長
㉝ 床	□	とこ 0	地板

單字小教室

㉔ 丸一日：「丸～」はその範囲内の時間の最初から最後まですべて含む。「丸一ヵ月」「丸一年」。時間に限らなければそれがかけることなく全部という意味になる。「ケーキ丸ごと」

㉗「関東地方」：日本は、北海道、本州、四国、九州の４つの島からなり、また、それぞれが８つの地方に分けられる。北海道地方、東北地方、関東地方、中部地方、近畿地方、中国地方、四国地方、九州地方。中でも中国地方は国名ではないことに注意。

step.2 >>> **讀音練習**：對照左頁，邊唸邊寫上讀音。（若為外來語，則寫假名）

step.3 >>> **例句練習**：每日背誦 10 個例句，能順暢説完即可在 □ 打 ✓ 。

讀音練習	例句背誦練習	
㉔	ファイルを作るのに（　　　）かかった。	□
㉕	（　　　）には3か月以内の写真を張ってください。	□
㉖	お盆（ぼん）の1週間、（　　　）をいただけませんか。	□
㉗	（　　　）では今夜大雪となるでしょう。	□
㉘	健一様、毎日お電話差し上げるのはご（　　　）でしょうか。	□
㉙	日本での（　　　）の普及率（ふきゅうりつ）は70%近くある。	□
㉚	これは民事（みんじ）（　　　）をして取り扱われる。	□
㉛	全国各地に神社で一年に一回（　　　）供養（くよう）が行われる。	□
㉜	木下さんは40歳でやっと（　　　）に昇進（しょうしん）した。	□
㉝	隣の十畳（じゅうじょう）のお部屋に（　　　）を敷いてあります。	□

單字小教室

㉛「針」：服を縫うときに使う針以外に時計の針の意味もある。

㉝「床」：「ゆか」と読んだらフロアの意味で、「とこ」と読んだら「布団」「寝るところ」という意味になる。

MP3 *Track 114*

step.1 >>> **認識單字**：請邊聽音檔邊練習開口説，完成請在 □ 打✓。

名詞		讀音／原文	意思
㉞ 花びら	□	はなびら 0	花瓣
㉟ 通りがかり	□	とおりがかり 0	路過
㊱ 分野	□	ぶんや 1	領域
㊲ 経営学	□	けいえいがく 3	經營學
㊳ 性能	□	せいのう 0	性能
㊴ 未成年	□	みせいねん 2	未成年
㊵ 大当たり	□	おおあたり 3	中大獎
㊶ 傷	□	きず 0	傷、瑕疵
㊷ いびき	□	いびき 3	打呼
㊸ 寝言	□	ねごと 0	夢話

單字小教室

㊴「未成年」:「未」がついて否定の意味になる言葉。
例：未使用、未公開、未明、未発達、未熟、未発表、未完成、など

step.2 >>> **讀音練習**：對照左頁，邊唸邊寫上讀音。（若為外來語，則寫假名）

step.3 >>> **例句練習**：每日背誦 10 個例句，能順暢説完即可在 □ 打✓。

讀音練習	例句背誦練習	
㉞	桜の（　　　）がまるで雪のように舞（ま）い落ちる。	□
㉟	道で倒れて、（　　　）の人に助けてもらった。	□
㊱	平賀源内（ひらがげんない）はどの（　　　）にも才能を発揮した。	□
㊲	実際に会社を経営することが（　　　）の最高の授業だ。	□
㊳	信じられないくらいの（　　　）を持った車が完成した。	□
㊴	（　　　）は酒もたばこも禁止されています。	□
㊵	町内会の福引（ふくびき）で（　　　）を当てた。	□
㊶	子どものころいじめられて心に深い（　　　）を負った。	□
㊷	夫の（　　　）がうるさくて私は睡眠不足だ。	□
㊸	働かずに儲（もう）けたいなんて、（　　　）言うんじゃない。	□

單字小教室

㊷～㊸「いびき」は「かく」、「寝言」は「言う」を使う。

MP3 *Track 115*

step.1 >>> **認識單字**：請邊聽音檔邊練習開口說，完成請在□打✓。

名詞		讀音／原文	意思
㊹ あくび	□	あくび 0	哈欠
㊺ まばたき	□	まばたき 2	眨眼
㊻ くしゃみ	□	くしゃみ 3	噴嚏
㊼ しゃっくり	□	しゃっくり 1	打嗝
㊽ 旅行先	□	りょこうさき 0	旅遊目的地
㊾ 税込み	□	ぜいこみ 0	含稅
㊿ 外見	□	がいけん 0	外表
51 冷蔵	□	れいぞう 0	冷藏
52 冷凍	□	れいとう 0	冷凍
53 材料	□	ざいりょう 3	材料

單字小教室

㊹～㊼：「しゃっくり」は「出る」。「あくび」、「まばたき」、「くしゃみ」は「する」を使う。

step.2 >>> 讀音練習：對照左頁，邊唸邊寫上讀音。（若為外來語，則寫假名）

step.3 >>> 例句練習：每日背誦 10 個例句，能順暢說完即可在□打✓。

讀音練習	例句背誦練習	
44	退屈な講演を聞いて聴衆（ちょうしゅう）は（　　　）ばかりしている。	□
45	一瞬で変化しますから、（　　　）しないでくださいね。	□
46	（　　　）をするときは手で口を押さえましょう。	□
47	（　　　）が止まらないのは結構苦しいです。	□
48	（　　　）から出した絵葉書（えはがき）がみんなに喜ばれた。	□
49	本の裏には（　　　）の値段が表示されています。	□
50	あの人は（　　　）はワイルドだけど、実際は紳士的だ。	□
51	このケーキは（　　　）保存（ほぞん）で7日間もちます。	□
52	（　　　）食品は長持ちするから、忙しい人には便利だ。	□
53	カレーの（　　　）は全部買ってきましたか。	□

單字小教室

48「旅行先」：「～先」は相手のこと。例：宛先、訪問先、お問い合わせ先など

MP3 *Track 116*

step.1 >>> **認識單字**：請邊聽音檔邊練習開口說，完成請在 □ 打✓。

	名詞		讀音／原文	意思
54	香り	□	かおり 0	香味
55	匂い	□	におい 2	氣味
56	和風	□	わふう 0	日本風
57	先端技術	□	せんたんぎじゅつ 5	尖端科技
58	口実	□	こうじつ 0	藉口
59	無数	□	むすう 0	無數
60	悪影響	□	あくえいきょう 3	壞影響
61	名店	□	めいてん 0	名店
62	積み立て	□	つみたて 0	積存（金）
63	告白	□	こくはく 0	告白

單字小教室

54と55「匂い」と「香り」:「匂い」はいいものにも悪いものにも使え、「香り」はいいものにだけ使える。
例：ラーメンの匂い、腐った匂い、ガスの匂い、中華料理の匂いなど
例：花の香り、シャンプーの香り、春の香り、ラー油の香りなど

step.2 >>> **讀音練習**：對照左頁，邊唸邊寫上讀音。（若為外來語，則寫假名）

step.3 >>> **例句練習**：每日背誦 10 個例句，能順暢說完即可在 □ 打 ✓。

讀音練習	例句背誦練習	
54	この香水、バラの（　　　）がして気に入っている。	□
55	窓を開けろ。ガスの（　　　）がする。	□
56	パスタに醤油(しょうゆ)を使うと（　　　）の味になる。	□
57	未来の車は（　　　）で自動運転になるだろう。	□
58	相原(あいはら)さんはお父さんの病気を（　　　）に、出張を断った。	□
59	戦争で（　　　）の若者の命が奪われた。	□
60	アメリカ経済の（　　　）で日本の株価(かぶか)が下がった。	□
61	新しくできた駅の商店街は（　　　）がそろっている。	□
62	修学旅行のための（　　　）は学費と一緒に払う。	□
63	野菊の咲く畑で政夫(まさお)は民子(たみこ)に愛を（　　　）した。	□

單字小教室

56「和風」：「～風」はこれ以外に「洋風」、「中華風」、「紳士風」など

59「無数」：「たくさん」という意味。反対語は「有数」。

60「悪影響」：「悪～」はこれ以外に、「悪友」「悪天候」「悪運」「悪妻」など

MP3 *Track 117*

step.1 »» 認識單字：請邊聽音檔邊練習開口說，完成請在☐打✓。

名詞		讀音／原文	意思
㉞ 申請	☐	しんせい 0	申請
㉟ 伝言	☐	でんごん 0	留言、傳話
66 抑制	☐	よくせい 0	抑制
67 討論	☐	とうろん 1	討論
68 太陽系	☐	たいようけい 0	太陽系
69 洗濯物	☐	せんたくもの 0	待洗衣物、洗好的衣物
70 活気	☐	かっき 0	朝氣、活力
71 好評	☐	こうひょう 0	好評
72 担当者	☐	たんとうしゃ 3	負責人、承辦人員
73 作物	☐	さくもつ 2	作物

單字小教室

65～67「伝言」、「抑制」、「討論」にはそれぞれ外来語の言い方もあるので、セットにして覚えよう。伝言＝メッセージ、抑制＝コントロール、討論＝ディスカッション。

step.2 >>> **讀音練習**：對照左頁，邊唸邊寫上讀音。（若為外來語，則寫假名）

step.3 >>> **例句練習**：每日背誦 10 個例句，能順暢說完即可在 □ 打 ✓ 。

讀音練習	例句背誦練習	
64	新事業の許可を（　　　　）したが却下（きゃっか）された。	□
65	昨日留守電（るすでん）に入れた私の（　　　　）、聞いた？	□
66	これは癌（がん）を治すのではなく（　　　　）する薬です。	□
67	何十時間もの討論の結果こういう（　　　　）になった。	□
68	現在（　　　　）には 181 個の衛星（えいせい）がある。	□
69	毎日ぐずついた天気で（　　　　）が乾かない。	□
70	あの店はいつも（　　　　）があるいい店だ。	□
71	加藤さんの作ったカレンダーは若者の間で（　　　　）です。	□
72	すみません、後ほど（　　　　）からお電話差し上げます。	□
73	先月の台風で畑の（　　　　）に大きな被害が出た。	□

單字小教室

69「洗濯物」:「～物」の例；「洗い物」「汚れ物」「小物」「大物」「悪者」など

MP3 *Track 118*

step.1 >>> **認識單字**：請邊聽音檔邊練習開口説，完成請在□打✓。

名詞		讀音／原文	意思
(74) 紫色	□	むらさきいろ 0	紫色
(75) 手段	□	しゅだん 1	手段
(76) 将来	□	しょうらい 1	將來
(77) 知識	□	ちしき 1	知識
(78) 独り言	□	ひとりごと 0	自言自語
(79) 本名	□	ほんみょう 1	本名
(80) 標準	□	ひょうじゅん 0	標準
(81) 物音	□	ものおと 2	聲響
(82) 隅	□	すみ 1	角落
(83) 一休み	□	ひとやすみ 3	小歇

單字小教室

(78)「独り言」の表記にある「独り」は「一人」とちょっと違って、「一人」は人にだけ使うが、「独り」は人以外にも使える。例：「石油危機のあと独り日本だけが経済を回復できた。」

step2 »» **讀音練習**：對照左頁，邊唸邊寫上讀音。（若為外來語，則寫假名）

step3 »» **例句練習**：每日背誦 10 個例句，能順暢説完即可在□打✓。

讀音練習	例句背誦練習	
74	今年の流行は（　　　）のコートらしい。	□
75	不適切な（　　　）で得たお金はすぐなくなる。	□
76	今からこんなんじゃこの子の（　　　）が案じられる。	□
77	あの学者は（　　　）は素晴らしいが、社会経験が少ない。	□
78	大きな声で（　　　）を言うなんてわざとらしい。	□
79	パスポート申請の時は（　　　）を書かなければならない。	□
80	農家の方の努力によって収穫（しゅうかく）は（　　　）に達した。	□
81	入試が近いので自習室（じしゅうしつ）は（　　　）一つしなかった。	□
82	重箱（じゅうばこ）の（　　　）をつつくような質問はやめてください。	□
83	あの峯（みね）まで行ったら（　　　）しましょう。	□

單字小教室

83「一休み」：他に「ひと～」が付く言葉：一足（ひとあし）、一汗（ひとあせ）、一雨（ひとあめ）、一息（ひといき）、一安心（ひとあんしん）、一目（ひとめ）、一時（ひととき）、一儲け（ひともうけ）、一昔（ひとむかし）、一回り（ひとまわり）、一口（ひとくち）、一肌（ひとはだ）、一走り（ひとはしり）　など

MP3 *Track 119*

step.1 >>> **認識單字**：請邊聽音檔邊練習開口說，完成請在□打✓。

名詞		讀音／原文	意思
84 辺り	□	あたり 1	附近
85 観客	□	かんきゃく 0	觀眾
86 上旬	□	じょうじゅん 0	上旬
87 製品	□	せいひん 0	產品
88 再放送	□	さいほうそう 3	重播
89 看護師	□	かんごし 3	護理師
90 業務	□	ぎょうむ 1	業務
91 ひも	□	ひも 0	繩子
92 週刊誌	□	しゅうかんし 3	周刊
93 屁理屈	□	へりくつ 2	歪理
94 寄付	□	きふ 1	捐獻
95 布	□	ぬの 0	布
96 生地	□	きじ 1	布料、麵團（糊）、毛胚
97 破産	□	はさん 0	破產

step.2 >>> **讀音練習**：對照左頁，邊唸邊寫上讀音。（若為外來語，則寫假名）

step.3 >>> **例句練習**：每日背誦 10 個例句，能順暢說完即可在 □ 打✓。

讀音練習	例句背誦練習	
84	今朝渋谷駅（　　　　）で大きな爆発（ばくはつ）がありました。	□
85	5万人の（　　　　）を集めたコンサートは大成功だった。	□
86	東京では３月（　　　　）に桜が咲くでしょう。	□
87	今年の新しい（　　　　）は当社の自信作です。	□
88	この番組は来週の土曜日に（　　　　）される。	□
89	政府は外国籍の（　　　　）を増やす方針を発表した。	□
90	あのスーパーでは（　　　　）用の食材（しょくざい）も売っている。	□
91	古新聞や雑誌は（　　　　）で縛（しば）って運びましょう。	□
92	私の職場が（　　　　）に紹介された。	□
93	彼は（　　　　）ばっかり言ってるから皆に嫌われている。	□
94	古い机を学校に（　　　　）しました。	□
95	この飛行機の翼は（　　　　）でできている。	□
96	この布はＴシャツの（　　　　）に最適だ。	□
97	株の取引に失敗して（　　　　）した。	□

MP3 *Track 120*

step.1 >>> **認識單字**：請邊聽音檔邊練習開口說，完成請在□打✓。

名詞		讀音／原文	意思
98 意義	□	いぎ 1	意義
99 合図	□	あいず 1	暗號
100 確率	□	かくりつ 0	機率
101 開放	□	かいほう 0	開放
102 消費	□	しょうひ 0	消費
103 依頼	□	いらい 0	依賴
104 調節	□	ちょうせつ 0	環境
105 玄関	□	げんかん 1	玄關
106 夜更け	□	よふけ 3	深夜
107 未明	□	みめい 0	凌晨
108 合戦	□	かっせん 0	交戰、比賽
109 演出	□	えんしゅつ 0	演出、活動安排
110 合宿	□	がっしゅく 0	集訓
111 登場	□	とうじょう 0	登場

step.2 >>> **讀音練習**：對照左頁，邊唸邊寫上讀音。（若為外來語，則寫假名）

step.3 >>> **例句練習**：每日背誦 10 個例句，能順暢説完即可在 ☐ 打✓。

讀音練習	例句背誦練習	
98	歴史を勉強する（　　　　）は何ですか。	☐
99	将軍の（　　　　）で武士たちはいっせいに攻撃（こうげき）を開始した。	☐
100	手術が成功する（　　　　）は高い。	☐
101	連休中は校庭（こうてい）を（　　　　）する。	☐
102	夏はクーラーを使うので電力の（　　　　）が増える。	☐
103	会社の経理を会計士（かいけいし）に（　　　　）する。	☐
104	エアコンの温度を（　　　　）しましょうか。	☐
105	成田空港は日本の（　　　　）です。	☐
106	友達と（　　　　）までゲームをして楽しんだ。	☐
107	渋滞（じゅうたい）を避（さ）けるため明日の（　　　　）に出発しましょう。	☐
108	16世紀末、日本ではあちこちで（　　　　）があった。	☐
109	昨日の披露宴（ひろうえん）の（　　　　）には感動した。	☐
110	明日から河口湖（かわぐちこ）で野球部の（　　　　）がある。	☐
111	福山の（　　　　）で会場はクライマックスに達した。	☐

MP3 *Track 121*

step.1 >>> **認識單字**：請邊聽音檔邊練習開口説，完成請在 □ 打✓。

	名詞		讀音／原文	意思
112	落とし主	□	おとしぬし 3	失主
113	過半数	□	かはんすう 2	過半數
114	俳優	□	はいゆう 0	演員
115	女優	□	じょゆう 0	女演員
116	名物	□	めいぶつ 1	名產
117	日中	□	にっちゅう 0	白天
118	桁	□	けた 0	位數
119	首都圏	□	しゅとけん 2	首都圈
120	引退	□	いんたい 0	引退
121	仲間	□	なかま 3	伙伴
122	味方	□	みかた 0	我方、同伙
123	身内	□	みうち 0	自家人
124	助手	□	じょしゅ 0	助手
125	諸問題	□	しょもんだい 2	各種問題

step.2 »» 讀音練習：對照左頁，邊唸邊寫上讀音。（若為外來語，則寫假名）

step.3 »» 例句練習：每日背誦 10 個例句，能順暢説完即可在□打✓。

讀音練習	例句背誦練習	
112	大金（たいきん）の（　　　　）は結局現れなかった。	□
113	この法案は（　　　　）の賛成で可決（かけつ）されました。	□
114	豪華な（　　　　）をそろえて新年のドラマが始まった。	□
115	伊藤さんは歌手を辞めた後、（　　　　）として成功した。	□
116	広島の（　　　　）はお好み焼きともみじ饅頭（まんじゅう）です。	□
117	母は PTA 会長なので（　　　　）留守にしていることが多い。	□
118	この見積書（みつもりしょ）、（　　　　）が間違っているよ。	□
119	ネットで（　　　　）のイベントを調べた。	□
120	王選手の（　　　　）は当時日本の大きなニュースだった。	□
121	森田さんは（　　　　）の面倒をよく見る素敵な先輩だ。	□
122	石田さんは（　　　　）の裏切りによって合戦に負けた。	□
123	祖父の受賞（じゅしょう）は（　　　　）だけで祝うことにした。	□
124	実験は（　　　　）のアドバイスのおかげでうまくいった。	□
125	アジア経済の（　　　　）について午後会議をします。	□

MP3 *Track 122*

step.1 >>> **認識單字**：請邊聽音檔邊練習開口說，完成請在 □ 打 √ 。

名詞		讀音／原文	意思
126 搜索	□	そうさく 0	搜索
127 湿気	□	しっけ 0	濕氣
128 公表	□	公表 0	公開
129 きっかけ	□	きっかけ 0	契機
130 公民館	□	こうみんかん 3	社區活動中心
131 特急	□	とっきゅう 0	特快車
132 就職	□	しゅうしょく 0	就業
133 道路標識	□	どうろひょうしき 4	交通標誌
134 防災	□	ぼうさい 0	防災
135 目安	□	めやす 0	標準
136 通常	□	つうじょう 0	通常
137 収穫	□	しゅうかく 0	收穫
138 赤字	□	あかじ 0	赤字
139 知り合い	□	しりあい 0	相識、熟人

step.2 >>> **讀音練習**：對照左頁，邊唸邊寫上讀音。（若為外來語，則寫假名）

step.3 >>> **例句練習**：每日背誦 10 個例句，能順暢說完即可在 □ 打 ✓。

讀音練習	例句背誦練習	
126	海上を（　　　）したが、漁船（ぎょせん）は見つからなかった。	□
127	猫だけでなく犬も（　　　）をきらう。	□
128	実名の（　　　）をめぐって討論が長くなった。	□
129	この小説を書こうと思った（　　　）は何ですか。	□
130	毎週土曜日、（　　　）でヨガを習っている。	□
131	東北線で（　　　）の止まる駅はたった3つです。	□
132	大学3年生になったら（　　　）のための活動が始まる。	□
133	道が複雑で、（　　　）のチェックが欠かせない。	□
134	大きな災害を経験して、市民の（　　　）意識が高まった。	□
135	単語は一日 30 個を（　　　）に覚えよう。	□
136	切符を買うとき、（　　　）5人以下は団体扱いしない。	□
137	実際に現地に行って多くの（　　　）があった。	□
138	石油の値段が上がって電力（でんりょく）会社は（　　　）続きだ。	□
139	あの会社には（　　　）がいないから君を紹介できない。	□

MP3 *Track 123*

step.1 >>> **認識單字**：請邊聽音檔邊練習開口說，完成請在□打✓。

名詞		讀音／原文	意思
⑭⓪ 財政	□	ざいせい 0	財政
⑭① 来客	□	らいきゃく 0	訪客
⑭② 離婚	□	りこん 0	離婚
⑭③ 試験官	□	しけんかん 2	監考人員
⑭④ 印刷	□	いんさつ 0	印刷
⑭⑤ 複写	□	ふくしゃ 0	複印
⑭⑥ 保存	□	ほぞん 0	保存
⑭⑦ 最高級	□	さいこうきゅう 3	最高（等）級
⑭⑧ 副部長	□	ふくぶちょう 3	副部長、副理、副社長
⑭⑨ 黒字	□	くろじ 0	黑字

單字小教室

⑭③「試験官」:「～官」の例：警察官（けいさつかん）、検察官（けんさつかん）、裁判官（さいばんかん）、検査官（けんさかん）、長官（ちょうかん）、指揮官（しきかん）、管理官（かんりかん）、行政官（ぎょうせいかん）など

step.2 >>> **讀音練習**：對照左頁，邊唸邊寫上讀音。（若為外來語，則寫假名）

step.3 >>> **例句練習**：每日背誦 10 個例句，能順暢說完即可在 □ 打 ✓。

讀音練習	例句背誦練習	
140	石油危機（せきゆきき）の後日本の（　　　）は苦しくなった。	□
141	社長は（　　　）中で面会できません。	□
142	日本では三組に一組が（　　　）している。	□
143	この大学の入試は（　　　）が５人もいる。	□
144	年賀状（ねんがじょう）を（　　　）するのは味気ない。	□
145	証明書は（　　　）でもいいです。	□
146	真空（しんくう）パックに入れて（　　　）すると長持ちする。	□
147	このお客様には（　　　）のおもてなしをしなさい。	□
148	私は高校生の時、剣道部の（　　　）をやった。	□
149	全社員の努力のおかげで５年連続の（　　　）になった。	□

單字小教室

148「副部長」:「部長」には中国語の「外交部長」「教育部長」「国防部長」などの意味はない。会社では「(中国語）経理」、その他学校などのクラブ活動では「キャプテン」「代表者」という意味になる。

MP3 *Track 124*

step.1 >>> **認識單字**：請邊聽音檔邊練習開口說，完成請在□打✓。

名詞		讀音／原文	意思
150 損失	□	そんしつ 0	損失
151 自慢	□	じまん 0	驕傲、得意
152 食べ頃	□	たべごろ 0	最佳品嚐時期
153 小型化	□	こがたか 0	小型化
154 見かけ	□	みかけ 0	外表
155 見出し	□	みだし 0	標題
156 連日	□	れんじつ 0	連續數日
157 全速力	□	ぜんそくりょく 3	全力
158 本気	□	ほんき 0	認真
159 年齢別	□	ねんれいべつ 0	依年齡分

單字小教室

152「食べ頃」:「～ごろ」はベストなとき、という意味。「食べ頃」以外にも、「(桜の)見ごろ」「年頃の娘」がある。

step.2 讀音練習：對照左頁，邊唸邊寫上讀音。（若為外來語，則寫假名）

step.3 例句練習：每日背誦 10 個例句，能順暢説完即可在□打✓。

讀音練習	例句背誦練習	
⑮⓪	商品の欠陥（けっかん）が見つかって多額（たがく）の（　　　）を出した。	□
⑮①	人生で一度も病気になったことがないのが（　　　）だ。	□
⑮②	少し柔らかくなった時がミカンの（　　　）だ。	□
⑮③	あの会社の車はエンジンの（　　　）に成功した。	□
⑮④	人を（　　　）だけで判断してはいけない。	□
⑮⑤	この新聞社は（　　　）をつけるのがうまい。	□
⑮⑥	（　　　）の大雨で川の水位（すいい）が上がった。	□
⑮⑦	（　　　）でこの仕事を完成してほしい。	□
⑮⑧	私が（　　　）を出せばもっと早く終わらせる。	□
⑮⑨	お客様を（　　　）に分けてまとめてください。	□

單字小教室

⑮③「小型化」：これ以外に「軽量化」、「自動化」「簡略化」「最適化」「男性化」などがある。

MP3 *Track 125*

step.1 >>> **認識單字**：請邊聽音檔邊練習開口說，完成請在□打✓。

	名詞		讀音／原文	意思
160	手当て	□	てあて 1	津貼
161	手数	□	てかず 0	費工
162	手品	□	てじな 1	魔術
163	綿	□	めん 1、わた 2	棉花
164	根	□	ね 1	根
165	茎	□	くき 2	莖
166	葉	□	は 0	葉
167	枝	□	えだ 0	枝
168	好奇心	□	こうきしん 3	好奇心
169	高性能	□	こうせいのう 3	高性能

單字小教室

160～162「手～」の例：手あたり次第、手合わせ、手形、手薄 など多数

step.2 >>> **讀音練習**：對照左頁，邊唸邊寫上讀音。（若為外來語，則寫假名）

step.3 >>> **例句練習**：每日背誦 10 個例句，能順暢説完即可在 □ 打✓。

讀音練習	例句背誦練習	
160	店長には残業（　　　）がつかない。	□
161	あの店は（　　　）をかけた料理を提供する。	□
162	まるで（　　　）のようにほしいものを出してくれる。	□
163	（　　　）100%のジャケットは暖かい。	□
164	樹齢（じゅれい）100 年の木はその（　　　）も深い。	□
165	地中の栄養分（えいようぶん）は（　　　）を通って全体にいきわたる。	□
166	初夏（しょか）になると木々の（　　　）がまぶしい緑に変わる。	□
167	いくらきれいでも桜の（　　　）を折ってはいけない。	□
168	子どもたちは何にでも（　　　）を持つ。	□
169	（　　　）のスマホはお年寄りには使いにくい。	□

單字小教室

164「根」には「根本的な」「元々の」「基本的な」「根源」の意味がある。例：「息の根を止める」「悪の根を断つ」「親方と協会の対立の根は深い」「根は心やさしい子だ」。

MP3 Track 126

step.1 >>> **認識單字**：請邊聽音檔邊練習開口說，完成請在□打✓。

名詞		讀音／原文	意思
170 寄り道	□	よりみち 0	途中去別處
171 活動	□	かつどう 0	活動
172 尊重	□	そんちょう 0	尊重
173 中間	□	ちゅうかん 0	期中、中間
174 副作用	□	ふくさよう 3	副作用
175 輪	□	わ 1	圓圈
176 寿命	□	じゅみょう 0	壽命
177 使い道	□	つかいみち 0	用途
178 検索	□	けんさく 0	搜尋
179 薬物	□	やくぶつ 2	藥物

step2 >>> **讀音練習**：對照左頁，邊唸邊寫上讀音。（若為外來語，則寫假名）

step3 >>> **例句練習**：每日背誦 10 個例句，能順暢説完即可在 □ 打 ✓。

讀音練習	例句背誦練習	
170	4 時から塾だから（　　　　）をしないで帰ってきなさい。	□
171	台風ですべての（　　　　）が中止になった。	□
172	今回は君の意見を（　　　　）したい。	□
173	NHK の選挙の（　　　　）発表では自民党が有利だ。	□
174	この薬の（　　　　）は眠たくなることです。	□
175	さあ、みんな、（　　　　）になって踊ろう。	□
176	洗濯機が動かなくなった。もう（　　　　）だ。	□
177	ネーム入りの素敵な皿をもらっても（　　　　）がない。	□
178	自分の名前をパソコンで（　　　　）すると面白いよ。	□
179	（　　　　）に頼りすぎると中毒になる。	□

【形容詞篇】 MP3 *Track 127*

step.1 >>> **認識單字**：請邊聽音檔邊練習開口說，完成請在□打✓。

形容詞		讀音／原文	意思
180 卑怯	□	ひきょう 2	卑鄙
181 楽しそう	□	たのしそう 4	看起來開心
182 懸命	□	けんめい 0	拼命
183 熱心	□	ねっしん 3	熱心
184 かわいそう	□	かわいそう 4	可憐
185 平等	□	びょうどう 0	平等
186 恥ずかしい	□	はずかしい 4	丟臉、害羞
187 危ない	□	あぶない 0	危險
188 激しい	□	はげしい 3	激烈
189 苦しい	□	くるしい 3	痛苦

單字小教室

184「かわいそう」の「そう」は形容動詞（な形容詞）の一部で、「可愛く見える」という意味ではない。181「楽しそう」の「そう」は「～のように見える」という意味の助動詞。

step2 >>> 讀音練習：對照左頁，邊唸邊寫上讀音。（若為外來語，則寫假名）

step3 >>> 例句練習：每日背誦 10 個例句，能順暢說完即可在□打✓。

讀音練習	例句背誦練習	
180	カンニングしていい点を取るなんて（　　　）だ。	□
181	砂浜（すなはま）でスイカ割をしているね。うん、（　　　）だね。	□
182	子どもを大学にやるために父は（　　　）に働いた。	□
183	彼女は毎週（　　　）に韓国語（かんこくご）を習っている。	□
184	こんな寒い日に子犬が雨に濡れて（　　　）。	□
185	社長は利益を（　　　）に分配（ぶんぱい）しようと試（こころ）みた。	□
186	今朝駅前で合唱（がっしょう）したが、ちょっと（　　　）かった。	□
187	あの会社は（　　　）から株（かぶ）は買わないほうがいい。	□
188	江戸（えど）から明治にかけて生活の変化がとても（　　　）かった。	□
189	激しい運動をした直後（ちょくご）は胸が（　　　）なる。	□

單字小教室

185「平等」の対語は「不平等」と「差別」がある。
186「恥ずかしい」には「尷尬」とも訳せる。「尷尬」の他の表現は「ばつが悪い」。

MP3 Track 128

step.1 >>> **認識單字：**請邊聽音檔邊練習開口說，完成請在□打✓。

形容詞		讀音／原文	意思
190 怪しい	□	あやしい 0	可疑
191 等しい	□	ひとしい 3	同等於
192 しぶい	□	しぶい 2	澀、小氣、不高興、樸實
193 もったいない	□	もったいない 5	浪費、可惜
194 健やか	□	すこやか 2	健康
195 科学的	□	かがくてき 0	科學
196 鋭い	□	するどい 3	尖銳
197 不公平	□	ふこうへい 2	不公平
198 疑わしい	□	うたがわしい 5	可疑、很難說
199 仕方がない	□	しかたがない 5	沒辦法

單字小教室

193「もったいない」「汚い」「つまらない」「くだらない」「とんでもない」の「ない」は否定の意味ではない。形容詞の一部分である。従って現代語では肯定形はない。

step2 >>> **讀音練習**：對照左頁，邊唸邊寫上讀音。（若為外來語，則寫假名）

step3 >>> **例句練習**：每日背誦 10 個例句，能順暢説完即可在□打✓。

讀音練習	例句背誦練習	
190	最近下校時（げこうじ）に（　　　）男がうろついているらしい。	□
191	チューリップ一株（ひとかぶ）は家一軒に（　　　）時代があった。	□
192	この柿はまだ（　　　）から食べないほうがいい。	□
193	一回着ただけで服を捨てるなんて（　　　）。	□
194	七五三（しちごさん）は子供の（　　　）成長を願う行事です。	□
195	超自然現象は（　　　）に証明されていない。	□
196	記者会見で（　　　）質問をたくさんされてタジタジだった。	□
197	女性だけ無料で食事できるなんて（　　　）です。	□
198	彼に議長が務まるかどうか本当に（　　　）。	□
199	こぼれたミルクをいまさら嘆（なげ）いても（　　　）。	□

單字小教室

197「不」がついて否定の意味になる言葉：不平等、不確か、不景気、不手際、不必要、不届き、不満、不可能など

MP3 Track 129

step.1 ››› **認識單字**：請邊聽音檔邊練習開口説，完成請在□打✓。

形容詞		讀音／原文	意思
200 とんでもない	□	とんでもない 5	意想不到
201 愉快	□	ゆかい 1	愉快、有趣
202 無関心	□	むかんしん 2	不關心
203 正確	□	せいかく 0	正確
204 幸運	□	こううん 0	幸運
205 不運	□	ふうん 1	倒楣
206 正直	□	しょうじき 3	老實
207 真っ赤	□	まっか 3	紅通通
208 意図的	□	いとてき 0	蓄意地
209 一時的	□	いちじてき 0	暫時

單字小教室

207「真っ赤」：色の前に「まっ」がついて強調を表す言葉。例：真っ白、真っ黒、真っ黄色、真っ青（まっさお）。
「真っ赤なウソ」：まったくのウソ、「赤の他人」：まったく関係ない他人

step.2 >>> **讀音練習**：對照左頁，邊唸邊寫上讀音。（若為外來語，則寫假名）

step.3 >>> **例句練習**：每日背誦 10 個例句，能順暢說完即可在 □ 打✓。

讀音練習	例句背誦練習	
200	彼は自暴自棄（じぼうじき）になって（　　　）ことをしでかした。	□
201	若いころ、（　　　）仲間たちと過ごせて幸せだった。	□
202	都会の人は隣にだれが住んでいるか（　　　）人が多い。	□
203	戦死した（　　　）人数は誰も知らない。	□
204	野球大会で２年連続優勝できたのは（　　　）だった。	□
205	雪で飛行機が遅れて（　　　）にも試験に間に合わなかった。	□
206	（　　　）言ってこの本、面白くないよ。	□
207	彼女は焼酎（しょうちゅう）を飲み過ぎて顔が（　　　）だ。	□
208	有能（ゆうのう）な彼には（　　　）に仕事量を増やした。	□
209	首都圏では（　　　）に電話が使えなくなった。	□

單字小教室

208～221「～的」はほとんどが中国語から来た漢語で、全て形容動詞（な形容詞）である。「的」の前の部分は単独の熟語としても使える。

209「一時的」：日本語の「一時」は時刻を表す一時の意味と、「短期間の」、「しばらくの間」という意味がある。例：「一時預かり所」、「生徒が一時行方不明になった」

MP3 *Track 130*

step.1 >>> **認識單字**：請邊聽音檔邊練習開口說，完成請在□打✓。

形容詞		讀音／原文	意思
210 教育的	□	きょういくてき 0	教育性的
211 一般的	□	いっぱんてき 0	一般
212 客観的	□	きゃっかんてき 0	客觀的
213 主観的	□	しゅかんてき 0	主觀的
214 基礎的	□	きそてき 0	基礎的
215 間接的	□	かんせつてき 0	間接的
216 直接的	□	ちょくせつてき 0	直接的
217 積極的	□	せっきょくてき 0	積極的
218 消極的	□	しょうきょくてき 0	消極的
219 悲観的	□	ひかんてき 0	悲觀的
220 楽観的	□	らっかんてき 0	樂觀的
221 印象的	□	いんしょうてき 0	印象深刻

step.2 >>> **讀音練習**：對照左頁，邊唸邊寫上讀音。（若為外來語，則寫假名）

step.3 >>> **例句練習**：每日背誦 10 個例句，能順暢説完即可在 □ 打✓。

讀音練習	例句背誦練習	
210	朝、（　　　）な映画を見たが退屈（たいくつ）だった。	□
211	大型犬（おおがたけん）は（　　　）に18年生きると言われる。	□
212	新しい議長は（　　　）な議事進行ができる人だ。	□
213	みんなが（　　　）な意見を言っていては解決しない。	□
214	医学部では（　　　）な研究はもう行われていない。	□
215	アメリカの大統領は（　　　）に選ばれる。	□
216	この作家は（　　　）な表現（ひょうげん）が多くてわかりやすい。	□
217	社長は坂本君が（　　　）に仕事をする姿に感動した。	□
218	娘の留学に両親は（　　　）だ。	□
219	試験の結果を（　　　）に考えていたが、結局合格した。	□
220	兄は仕事もしないで毎日（　　　）に生きている。	□
221	歌い終わった後の涙が（　　　）でした。	□

【動詞篇】 MP3 *Track 131*

step.1 >>> **認識單字**：請邊聽音檔邊練習開口說，完成請在□打✓。

動詞		讀音／原文	意思
222 補う	□	おぎなう 3	（他）補充
223 伺う	□	うかがう 0	（他）請教、聽説、拜訪
224 潰す	□	つぶす 0	（他）弄碎、消磨
225 接近する	□	せっきんする 0	（自）接近
226 引き返す	□	ひきかえす 4	（自）折返
227 譲る	□	ゆずる 0	（他）讓
228 異なる	□	ことなる 3	（自）不同
229 面接する	□	めんせつする 0	（他）面試
230 禁止する	□	きんしする 0	（他）禁止
231 躊躇う	□	ためらう 3	（他）猶豫

單字小教室

224「潰す」を使った熟語。例：肝をつぶす（驚く）、顔をつぶす（面子がない）、暇をつぶす（＝時間をつぶす）など

step2 >>> **讀音練習**：對照左頁，邊唸邊寫上讀音。（若為外來語，則寫假名）

step3 >>> **例句練習**：每日背誦 10 個例句，能順暢說完即可在 □ 打 ✓。

讀音練習	例句背誦練習	
222	食事で足りない栄養（えいよう）をサプリで（　　　）。	□
223	明日９時に（　　　）もよろしいでしょうか。	□
224	約束の時間までどうやって時間を（　　　）うか。	□
225	165 年に一回彗星（すいせい）が地球に（　　　）。	□
226	ここまで来たらもう（　　　）ことはできない。	□
227	お年寄りに席を（　　　）人が増えました。	□
228	同じ実験でも（　　　）た結果が出ることがある。	□
229	昨日は新卒（しんそつ）を 20 名（　　　）。	□
230	この公園ではボール遊びは（　　　）れています。	□
231	間違いを認めることを（　　　）てはいけない。	□

單字小教室

230「禁」を使った他の表現。「禁煙」「禁酒」「立ち入り禁止」「駐車禁止」「複写禁止」など

MP3 *Track 132*

step.1 >>> 認識單字：請邊聽音檔邊練習開口說，完成請在□打✓。

動詞		讀音／原文	意思
232 增やす	□	ふやす 2	（他）增加
233 引き受ける	□	ひきうける 4	（他）承接、接下
234 召し上がる	□	めしあがる 4	（他）吃喝的尊敬語
235 いただく	□	いただく 0	（他）收受、吃喝的謙讓語
236 凍える	□	こごえる 0	（自）凍僵
237 荒れる	□	あれる 0	（自）狂暴、失序、粗糙
238 知り合う	□	しりあう 3	（自）認識
239 含む	□	ふくむ 2	（他）包含
240 納得する	□	なっとくする 0	（他）理解
241 はがれる	□	はがれる 3	（自）剝落

單字小教室

234と235「召し上がる」と「いただく」：敬語は３級で勉強したが、２級では使う相手にも注意しよう。正しい例：（他社社長に対して）うちの社長がいただいた料理、大変おいしゅうございました。

step.2 >>> **讀音練習**：對照左頁，邊唸邊寫上讀音。（若為外來語，則寫假名）

step.3 >>> **例句練習**：每日背誦 10 個例句，能順暢說完即可在 □ 打✓。

讀音練習	例句背誦練習	
232	試合が近いから明日から練習量を（　　　　）ます。	□
233	杉田さんは快（こころよ）く披露宴（ひろうえん）の司会を（　　　　）てくれた。	□
234	どうぞご遠慮なく何でも（　　　　）てください。	□
235	これは取引（とりひき）銀行から（　　　　）たお中元（ちゅうげん）です。	□
236	（　　　　）ような寒さの中、開会式は行われた。	□
237	睡眠不足で肌が（　　　　）た。	□
238	海外旅行で（　　　　）た人と結婚した。	□
239	この予算には予備費が（　　　　）れている。	□
240	こんな説明じゃ誰も（　　　　）ないよ。	□
241	梅雨（つゆ）の湿気で壁紙（かべがみ）が（　　　　）きた。	□

單字小教室

238「知り合う」:「～合う」はお互いにすることの意味。例：愛し合う、見つめ合う、なぐり合う、殺し合う、ほめ合う、認め合う、肩をもみ合う、許し合う、話し合うなど

MP3 *Track 133*

step.1 >>> **認識單字**：請邊聽音檔邊練習開口說，完成請在□打✓。

動詞		讀音／原文	意思
242 ほどける	□	ほどける 3	（自）鬆開
243 乱れる	□	みだれる 3	（自）混亂
244 たまる	□	たまる 0	（自）積存
245 入社する	□	にゅうしゃする 0	（自）到職
246 破る	□	やぶる 2	（他）弄破、違反、打破
247 割る	□	わる 0	（他）打碎、低於、稀釋、除以
248 こしらえる	□	こしらえる 4	（他）製造、捏造、湊錢
249 揺れる	□	ゆれる 0	（自）搖晃

單字小教室

243「乱（らん）」を使った他の表現。「乱暴」「乱闘」「乱気流」「乱調」「乱立」「混乱」「錯乱」「胡乱（うろん）」など。

step.2 >>> **讀音練習**：對照左頁，邊唸邊寫上讀音。（若為外來語，則寫假名）

step.3 >>> **例句練習**：每日背誦 10 個例句，能順暢說完即可在 □ 打 ✓ 。

讀音練習	例句背誦練習	
242	靴のひもが（　　　）いて危ない。	□
243	台中の地震で新幹線のダイヤが（　　　）。	□
244	物価の上昇で貯金がなかなか（　　　）ない。	□
245	今年はすごい新人が（　　　）きた。	□
246	彼は約束を（　　　）てまたうそをついた。	□
247	田舎（いなか）の小さい大学はついに定員を（　　　）しまった。	□
248	動物の被害が増えたので畑に柵（さく）を（　　　）た。	□
249	おいしそうなケーキを前にして心が（　　　）。	□

單字小教室

245「入社する」:「入～」の他の例；入園、入学、入院、入所、入塾、入部
反対語「退～」例；退学、退院、退所、退塾、退部

【副詞・接続詞・その他篇】 MP3 *Track134*

step.1 >>> **認識單字**：請邊聽音檔邊練習開口說，完成請在□打✓。

	副詞・接続詞・その他		讀音／原文	意思
250	ところが	□	ところが 3	然而
251	すると	□	すると 0	於是
252	一方	□	いっぽう 3	另一方面
253	更に	□	さらに 1	更、進一步
254	なお	□	なお 1	又、且
255	結局	□	けっきょく 0	結局
256	つまり	□	つまり 1	總而言之
257	ただし	□	ただし 1	但（附加條件時用）
258	そこで	□	そこで 0	於是
259	それで	□	それで 0	所以
260	むしろ	□	むしろ 1	寧願
261	それに	□	それに 0	再加上
262	従って	□	したがって 0	從而
263	いわば	□	いわば 2	可以說是

step.2 >>> **讀音練習**：對照左頁，邊唸邊寫上讀音。（若為外來語，則寫假名）

step.3 >>> **例句練習**：每日背誦 10 個例句，能順暢説完即可在 □ 打 ✓ 。

讀音練習	例句背誦練習	
250	30人の予約を受けた。（　　　）誰も来なかった。	□
251	頂上に着いた。（　　　）突然空が暗くなった。	□
252	父は怖い。（　　　）やさしい面もある。	□
253	お酒を注文した。（　　　）ウイスキーも注文した。	□
254	景品交換は９階です。（　　　）、今日は８階でもやっております。	□
255	（　　　）本当のことは誰もわからなかった。	□
256	忙しいですか。（　　　）今晩は欠席（けっせき）ですね。	□
257	リンゴは無料です。（　　　）一人5つまでです。	□
258	リンゴが余った。（　　　）私はアップルパイを作った。	□
259	会えなかったんですか。（　　　）どうなりましたか。	□
260	わかれるくらいなら（　　　）死んだほうがいい。	□
261	僕は行かない。お金がないし、（　　　）雨も降っている。	□
262	５人しかいません。（　　　）試合は中止です。	□
263	顧問（こもん）はいてもいなくてもいい。（　　　）飾（かざ）り物だ。	□

MP3 *Track 135*

step.1 >>> **認識單字**：請邊聽音檔邊練習開口説，完成請在☐打✓。

副詞・接続詞・その他		讀音／原文	意思
264 だって	☐	だって 1	因為（口語）
265 かえって	☐	かえって 1	反倒
266 よって	☐	よって 0	因此
267 どうせ	☐	どうせ 0	反正
268 ひっそり	☐	ひっそり 3	靜悄悄
269 大した	☐	たいした 1	了不起
270 何かと	☐	なにかと 0	這個那個、種種
271 ぼんやり	☐	ぼんやり 3	發呆、模糊
272 くれぐれも	☐	くれぐれも 3	懇切拜託
273 いずれ	☐	いずれ 0	哪一個、早晚
274 さして	☐	さして 1	並不那麼
275 強いて	☐	しいて 1	勉強
276 しょっちゅう	☐	しょっちゅう 1	老是
277 いっこうに	☐	いっこうに 0	一點也沒

step.2 >>> 讀音練習：對照左頁，邊唸邊寫上讀音。（若為外來語，則寫假名）

step.3 >>> 例句練習：每日背誦 10 個例句，能順暢說完即可在 □ 打 ✓ 。

讀音練習	例句背誦練習	
264	ごめん、（　　　）バスが来なかったんだもの。	□
265	言い訳をしたが、（　　　）彼女を怒らせた。	□
266	賛成233名、（　　　）法案は可決されました。	□
267	いくら頑張っても（　　　）プロには勝てない。	□
268	引退後土井選手は北海道で（　　　）暮らしている。	□
269	一回で合格するとは（　　　）ものだ。	□
270	（　　　）ご迷惑をおかけすると思いますが、よろしく。	□
271	何もすることがなくて僕は（　　　）海を見ていた。	□
272	台湾では（　　　）トイレに紙を流さないように。	□
273	出席欠席（　　　）にしても連絡ください。	□
274	誰が言ったかは（　　　）大切ではない。	□
275	このラーメン、（　　　）言えばみそ味かな。	□
276	彼女は時間を守らず、（　　　）遅刻する。	□
277	何度交渉しても（　　　）進展がない。	□

MP3 Track 136

step.1 >>> 認識單字：請邊聽音檔邊練習開口説，完成請在□打✓。

副詞・接続詞・その他		讀音／原文	意思
278 しぶしぶ	□	しぶしぶ 0	勉勉強強
279 絶えず	□	たえず 1	不斷地
280 なるべく	□	なるべく 3	盡量
281 ぐんと	□	ぐんと 0	更加
282 予想通り	□	よそうどおり 4	正如所料
283 せっかく	□	せっかく 0	難得
284 せめて	□	せめて 1	至少
285 やっと	□	やっと 0	終於
286 仮に	□	かりに 0	假如、暫時
287 けっこう	□	けっこう 1	相當……
288 たぶん	□	たぶん 1	或許
289 確かに	□	たしかに 1	的確
290 次第に	□	しだいに 0	逐漸
291 絶対に	□	ぜったいに 0	絕對

step.2 >>> 讀音練習：對照左頁，邊唸邊寫上讀音。（若為外來語，則寫假名）

step.3 >>> 例句練習：每日背誦 10 個例句，能順暢說完即可在□打✓。

讀音練習	例句背誦練習	
278	夫は家事の分担（ぶんたん）を（　　　）認めた。	□
279	大会に向けて彼は（　　　）努力をしている。	□
280	（　　　）ご希望のお値段で販売できるようにします。	□
281	息子は塾を変わって成績が（　　　）上がった。	□
282	柔道大会では（　　　）日本が優勝した。	□
283	（　　　）のご提案ですが、お断りいたします。	□
284	手紙が無理なら、（　　　）声だけでも聞きたい。	□
285	101 回プロポーズして（　　　）結婚できた。	□
286	（　　　）僕が君なら絶対に断るけどな。	□
287	今年の学園祭（がくえんさい）には（　　　）たくさんの有名人が来ていた。	□
288	来年のお正月は（　　　）全国で初日の出が見られるよ。	□
289	あれ、おかしいな。（　　　）この道でいいのか。	□
290	帰り道は遠いのに辺りは（　　　）暗くなってきた。	□
291	試験中は（　　　）携帯電話を使ってはいけません。	□

MP3 *Track 137*

step.1 >>> **認識單字**：請邊聽音檔邊練習開口説，完成請在□打✓。

副詞・接続詞・その他		讀音／原文	意思
292 偶然	□	ぐうぜん 0	偶然
293 久しぶりに	□	ひさしぶりに 0	隔了好久再
294 あいにく	□	あいにく 0	不湊巧
295 まさに	□	まさに 1	正好、正要
296 実に	□	じつに 2	實在……
297 現に	□	げんに 1	實際上
298 今に	□	いまに 1	總有一天
299 わざと	□	わざと 0	故意
300 たちまち	□	たちまち 0	忽然
301 こっそり	□	こっそり 3	偷偷地
302 差し当たり	□	さしあたり 0	目前
303 さっぱり	□	さっぱり 3	清淡、痛快
304 すっきり	□	すっきり 3	舒暢、俐落、清醒
305 ぐんぐん	□	ぐんぐん 1	突飛猛進

step.2 »» **讀音練習**：對照左頁，邊唸邊寫上讀音。（若為外來語，則寫假名）

step.3 »» **例句練習**：每日背誦10個例句，能順暢説完即可在□打✓。

讀音練習	例句背誦練習	
292	アイドルのコンサートで（　　　）旧友（きゅうゆう）に会った。	□
293	やっと時間が空いたので（　　　）映画を見た。	□
294	友達を訪ねたが、（　　　）留守だった。	□
295	彼は（　　　）車に乗ろうとした瞬間、銃弾（じゅうだん）に倒れた。	□
296	君の卒業論文は（　　　）素晴らしい。	□
297	その風習は（　　　）昭和中期まで行われていた。	□
298	基本を軽視すると（　　　）大失敗するぞ。	□
299	小さい子供とゲームをして、（　　　）負けてあげた。	□
300	空が曇ったかと思ったら（　　　）雨が降り出した。	□
301	見つからないように裏口から（　　　）と忍（しの）び込（こ）んだ。	□
302	これで（　　　）困らないが、あとはどうなるか。	□
303	思う存分泣いたので（　　　）した。	□
304	昨夜ぐっすり寝たので頭が（　　　）した。	□
305	あの塾へ行きはじめてから成績が（　　　）上がった。	□

MP3 Track 138

step.1 >>> **認識單字**：請邊聽音檔邊練習開口說，完成請在□打✓。

副詞・接続詞・その他		讀音／原文	意思
306 厳か	□	おごそか 2	莊嚴
307 しんと	□	しんと 0	靜悄悄
308 じっと	□	じっと 0	一動也不動
309 ほっと	□	ほっと 0	放心
310 ちゃんと	□	ちゃんと 0	規矩地、好好地
311 近いうちに	□	ちかいうちに 2	近期內
312 ほぼ	□	ほぼ 1	大致、幾乎
313 決して	□	けっして 0	絕不……
314 ようやく	□	ようやく 0	終於
315 ざっと	□	ざっと 0	粗略
316 ぎゅっと	□	ぎゅっと 1	緊緊地
317 ぱっと	□	ぱっと 1	突然變化貌

step.2 ≫≫ **讀音練習**：對照左頁，邊唸邊寫上讀音。（若為外來語，則寫假名）

step.3 ≫≫ **例句練習**：每日背誦 10 個例句，能順暢說完即可在□打✓。

讀音練習	例句背誦練習	
306	眞子(まこ)様の結婚式が（　　　　）に行われた。	□
307	教室が水を打ったように（　　　　）なった。	□
308	生活が楽にならなくて（　　　　）手を見る。	□
309	一次試験に受かって（　　　　）一息ついた。	□
310	あの小学校の子はみんな（　　　　）挨拶(あいさつ)ができる。	□
311	（　　　　）相撲協会から重大発表があるだろう。	□
312	日本のサッカー代表チームの出場は（　　　　）確定だ。	□
313	本当にありがとう。あなたのことは（　　　　）忘れません。	□
314	競技場の建設が（　　　　）始まった。	□
315	今年の集会、（　　　　）見て参加者は 1 万人くらいかな。	□
316	荷物がほどけないように縄(なわ)で（　　　　）縛る。	□
317	他人の悪いうわさは（　　　　）広まる。	□

【擬態語篇】 MP3 *Track 139*

step.1 >>> **認識單字**：請邊聽音檔邊練習開口説，完成請在□打✓。

	擬態語		讀音／原文	意思
318	すたすた	□	すたすた 1	急步
319	ずばずば	□	ずばずば 1	敢説、連續説中
320	だらだら	□	だらだら 1	懶散、冗長
321	てきぱき	□	てきぱき 1	爽快俐落
322	まごまご	□	まごまご 1	倉皇失措
323	むかむか	□	むかむか 1	生氣、作嘔
324	ごちゃごちゃ	□	ごちゃごちゃ 1	雜亂
325	ばりばり	□	ばりばり 1	吃很脆的東西時的聲響、努力積極的樣子
326	くらくら	□	くらくら 1	頭暈目眩
327	ぐらぐら	□	ぐらぐら 1	搖晃、水沸的樣子

單字小教室

擬態語はカタカナで書く場合とひらがなで書く場合がある。使い分けは特に決まっていない。強調したい時に促音（小さい「つ」）を入れることがある。例：ごっちゃごちゃ、むっかむか、ぺっらぺら、など

step.2 >>> **讀音練習**：對照左頁，邊唸邊寫上讀音。（若為外來語，則寫假名）

step.3 >>> **例句練習**：每日背誦 10 個例句，能順暢説完即可在□打✓。

讀音練習	例句背誦練習	
318	母は振り向きもせず（　　　）行ってしまった。	□
319	先輩はいつも（　　　）物を言うけどいつも正しい。	□
320	時間がないんだから（　　　）やっちゃだめ。	□
321	翔太（しょうた）君のように（　　　）おもちゃをかたづけなさい。	□
322	驚いて（　　　）していたらおいて行かれた。	□
323	新入社員の勝手（かって）な言い訳に（　　　）してきた。	□
324	机の上が（　　　）していて物が見つけにくい。	□
325	姉は卒業後一流企業で（　　　）働いている。	□
326	太陽の光がまぶしすぎて頭が（　　　）する。	□
327	今朝の地震で家じゅう（　　　）揺れて怖かった。	□

單字小教室

意味がたくさんある擬態語もある。

320 だらだら：怠けながら、液体が連続して出る状態。

323 むかむか：怒っている状態、吐き気を催す状態。

325 ばりばり：物が裂ける音、一生懸命働くこと、肩こり。

MP3 *Track 140*

step.1 >>> **認識單字**：請邊聽音檔邊練習開口說，完成請在□打✓。

	擬態語		讀音／原文	意思
328	すらすら	□	すらすら 1	順暢
329	へらへら	□	へらへら 1	傻笑
330	ぺらぺら	□	ぺらぺら 0	流利、喋喋不休
331	べらべら	□	べらべら 1	喋喋不休、單薄

熟悉擬態語

「擬態語」在日文口語中使用頻率高，但對日語學習者卻相對地陌生。例如以上單字中，ぺらぺら是形容人的外語能力很好或講話流利的樣子，也可形容一個人講話漫無邊際、喋喋不休。すらすら與ぺらぺら有些相似，一樣是形容人講話流利、滔滔不絕的樣子，如要形容事情進行的很順利也可以使用。雖然意思相似，但還是有些微使用情境的不同，這也是難處之一，但只要學起來必定能說出連日文母語者都會驚訝的道地日文！

step.2 >>> **讀音練習**：對照左頁，邊唸邊寫上讀音。（若為外來語，則寫假名）

step.3 >>> **例句練習**：每日背誦 10 個例句，能順暢説完即可在□打✓。

讀音練習	例句背誦練習	
328	小学 1 年生で数学が（　　　）解ける。	□
329	あの子はミスしたときでも（　　　）している。	□
330	ローラはスペイン語が（　　　）だ。	□
331	警察で犯行（はんこう）を（　　　）しゃべった。	□

日檢單字一擊必殺應考祕技

很多人花了不少心力背單字，卻隔天就忘。根據一些學習理論，「用不上的單字，我們就自然會忘記」，所以即便短時間大量記憶不常用的單字，當下看似已經記熟，但往往過了一會兒又忘記，背單字時，一定要搭配聽力、句子應用，才能靈活運用所學的單字！建議大家在記憶日檢單字時，除了依據本書的 3 個步驟來練習，也可準備自己專屬的單字本和文法本，養成平日「看」單字、「練」句子、「聽」音檔、「唸」出來的方式，每天多看幾次，自然而然就會記起來！

【外來語篇】 MP3 *Track 141*

step.1 >>> **認識單字**：請邊聽音檔邊練習開口說，完成請在□打✓。

外來語		讀音／原文	意思
332 カバー 1	□	cover	填補、套子
333 オープン 1	□	open	公開、開店、坦率
334 フレッシュ 2	□	fresh	新鮮
335 リハーサル 2	□	rehearsal	彩排
336 リニューアル 2	□	renewal	改裝
337 インターネット 5	□	internet	網路
338 プリントアウト 5	□	print out	列印
339 センス 1	□	sense	品味、常識
340 リフォーム 2	□	reform	重新裝潢
341 ボランティア 2	□	volunteer	志工
342 ギャップ 0	□	gap	差距、縫隙
343 ステージ 2	□	stage	舞台
344 ダイヤモンド 4	□	diamond	鑽石
345 オーダー 1	□	order	訂貨、點餐

step.2 >>> 讀音練習：對照左頁，邊唸邊寫上讀音。（若為外來語，則寫假名）

step.3 >>> 例句練習：每日背誦 10 個例句，能順暢說完即可在 □ 打 ✓ 。

讀音練習	例句背誦練習	
332	チーフが入院している間私たちみんなで（　　　）します。	□
333	順子さんの彼は明るくて（　　　）な性格だ。	□
334	元旦は毎年（　　　）な気持ちでスタートする。	□
335	紅白歌合戦（こうはくうたがっせん）の（　　　）は二日間やるらしい。	□
336	駅前の大型スーパーが（　　　）してオープンした。	□
337	辞書を使わず（　　　）で調べる人が増えた。	□
338	それを（　　　）して課長に渡してください。	□
339	努力は認めるが彼女は料理の（　　　）がない。	□
340	庭の倉庫を（　　　）して息子夫婦の部屋を作る。	□
341	病院は多くの（　　　）によって支えられている。	□
342	彼女は仕事の時とカラオケの時の（　　　）がすごい。	□
343	歌手にとって武道館（ぶどうかん）は夢の（　　　）だ。	□
344	婚約指輪には絶対に（　　　）を選ぼうと思う。	□
345	急に50人分の弁当の（　　　）が入って大変だ。	□

MP3 *Track 142*

step.1 >>> **認識單字**：請邊聽音檔邊練習開口說，完成請在□打✓。

外來語		讀音／原文	意思
346 ターン 1	□	turn	折返、旋轉
347 ローン 1	□	loan	貸款
348 サラリー 1	□	salary	薪水
349 ボーナス 1	□	bonus	獎金
350 ブラック 2	□	black	黑色
351 ホワイト 2	□	white	白色
352 イエロー 2	□	yellow	黃色
353 レッド 1	□	red	紅色
354 ブルー 2	□	blue	藍色
355 パープル 1	□	purple	紫色
356 ピンク 1	□	pink	粉紅色
357 グレー 2	□	gray	灰色
358 ブラウン 2	□	brown	咖啡色
359 アレルギー 2	□	allergy	過敏

step.2 >>> **讀音練習**：對照左頁，邊唸邊寫上讀音。（若為外來語，則寫假名）

step.3 >>> **例句練習**：每日背誦 10 個例句，能順暢說完即可在 □ 打✓。

讀音練習	例句背誦練習	
346	先頭集団は皇居（こうきょ）で（　　　）をしてゴールに向かった。	□
347	家の（　　　）がまだまだ残っているから頑張ろう。	□
348	夫は毎月 10 万円の（　　　）しかもらっていない。	□
349	夏の（　　　）で薄型（うすがた）テレビを買いたい。	□
350	毎晩残業なんてあの会社は（　　　）企業だ。	□
351	頭脳労働者は（　　　）カラーと呼ばれる。	□
352	サッカーで反則（はんそく）をしたら（　　　）カードが出される。	□
353	長距離ミサイルの実験は（　　　）ラインを超える。	□
354	雨の月曜日はいつも（　　　）な気持ちになる。	□
355	パーティーに（　　　）ドレスを着て行った。	□
356	あの子の唇（くちびる）はきれいな（　　　）色をしている。	□
357	日本のサラリーマンは（　　　）の背広（せびろ）を着ている。	□
358	黒砂糖は英語で（　　　）シュガーと言います。	□
359	薬や食べ物に何か（　　　）がありますか。	□

MP3 Track 143

step.1 >>> **認識單字**：請邊聽音檔邊練習開口說，完成請在□打✓。

外来語		讀音／原文	意思
360 クリスマス 3	□	Christmas	聖誕節
361 メリット 1	□	merit	好處
362 デメリット 2	□	demerit	壞處
363 チェック 1	□	check	格紋
364 レベル 1	□	level	等級
365 アナウンス 3	□	announce	廣播通知
366 リスト 1	□	list	清單
367 ランキング 1	□	ranking	排名
368 メイン 1	□	main	主要
369 ワンタッチ 3	□	one touch	一按即可
370 リフレッシュ 3	□	refresh	恢復精神
371 ライバル 1	□	rival	競爭對手
372 リサイクル 2	□	recycle	回收
373 ワンパターン 4	□	one-patterned	千篇一律

step.2 >>> **讀音練習**：對照左頁，邊唸邊寫上讀音。（若為外來語，則寫假名）

step.3 >>> **例句練習**：每日背誦 10 個例句，能順暢説完即可在 □ 打 ✓ 。

讀音練習	例句背誦練習	
360	日本ではお寺のお坊さんの家族も（　　　　）を祝う。	□
361	子どもにピアノを習わせる（　　　　）は何ですか。	□
362	（　　　　）はネットが使えないということです。	□
363	あの（　　　　）の柄のスカートをはいた人が先生です。	□
364	どの（　　　　）の試験を受けようか迷っている。	□
365	飛行機が 1 時間遅れるとの（　　　　）があった。	□
366	海外でマナー違反した人はブラック（　　　　）に載る。	□
367	CD がたくさん売れた歌手の（　　　　）が発表された。	□
368	今晩は野菜を（　　　　）にした料理を作ろう。	□
369	この傘は（　　　　）で開いたり閉じたりする。	□
370	温泉で体を（　　　　）する。	□
371	スマホの開発で（　　　　）会社に先を越された。	□
372	ガラスのビンは（　　　　）できます。	□
373	先生のジョークは（　　　　）だ。	□

MP3 *Track 144*

step.1 >>> **認識單字**：請邊聽音檔邊練習開口說，完成請在□打✓。

外来語		讀音／原文	意思
374 ライブ 1	□	live	現場轉播、演唱會
375 ノンストップ 4	□	non-stop	中途不停、直達
376 メディア 1	□	media	媒體
377 マスコミ 0	□	mass communication	大眾媒體
378 セルフサービス 4	□	self-service	自助式服務
379 アピール 2	□	appeal	訴求、宣傳
380 アイディア 1	□	idea	點子
381 ペース 1	□	pace	速度
382 イメージアップ 5	□	image up	形象提升
383 エンド 1	□	end	結局
384 ラスト 1	□	last	最後
385 シール 0	□	seal	貼紙
386 キャンペーン 3	□	campaign	促銷活動
387 イベント 0	□	event	活動

step.2 >>> **讀音練習**：對照左頁，邊唸邊寫上讀音。（若為外來語，則寫假名）

step.3 >>> **例句練習**：每日背誦 10 個例句，能順暢說完即可在 □ 打 ✓ 。

讀音練習	例句背誦練習	
374	安室奈美恵（あむろなみえ）の最後の（　　　）を聞きに行った。	□
375	この電車は終点の新宿まで（　　　）だ。	□
376	紙面による（　　　）は減少の傾向（けいこう）にある。	□
377	（　　　）にも戦争責任があると言われている。	□
378	（　　　）のガソリンスタンドに寄った。	□
379	もっと自分の長所を（　　　）したほうがいい。	□
380	テレビを見ていたらいい（　　　）が浮かんだ。	□
381	マラソンでは自分の（　　　）を守ることが大切だ。	□
382	スターを使った広告は企業の（　　　）に役立つ。	□
383	山田監督の映画はいつもハッピー（　　　）で終わる。	□
384	パーティーの（　　　）にダンスを踊った。	□
385	妹からの手紙にかわいい（　　　）が貼ってあった。	□
386	豪華プレゼントが当たる（　　　）実施中（じっしちゅう）。	□
387	（　　　）会場に爆弾予告（ばくだんよこく）があって中止になった。	□

MP3 Track 145

step.1 >>> **認識單字**：請邊聽音檔邊練習開口說，完成請在□打✓。

	外來語		讀音／原文	意思
388	サンプル 1	□	sample	樣本
389	ジャンル 1	□	genre	領域
390	クーポン 1	□	coupon	折價券
391	バーゲン 1	□	bargain	大拍賣
392	マスター 1	□	master	店老闆、精通、碩士
393	マーク 1	□	mark	符號
394	ベランダ 0	□	veranda	陽台
395	バルコニー 3	□	balcony	露台
396	コレクション 2	□	collection	收藏
397	ベテラン 0	□	veteran	老手
398	アマチュア 0	□	amateur	業餘的
399	プロ 1	□	professional	職業的

step.2 >>> **讀音練習**：對照左頁，邊唸邊寫上讀音。（若為外來語，則寫假名）

step.3 >>> **例句練習**：每日背誦 10 個例句，能順暢說完即可在□打✓。

讀音練習	例句背誦練習	
388	商品の（　　　）は無課税（むかぜい）で輸入できる。	□
389	英文学は私の得意な（　　　）だ。	□
390	母はいつも商店の（　　　）を集めている。	□
391	年末の（　　　）セールでジャケットを買った。	□
392	会社を辞めて喫茶店の（　　　）になる。	□
393	飛行機の（　　　）が書いてある箱は海外向けです。	□
394	（　　　）でタバコを吸う人が増えている。	□
395	毎朝（　　　）で優雅（ゆうが）な朝食をとる。	□
396	台湾美術の（　　　）が美術館で開催されている。	□
397	靴下の工場には（　　　）の社員がたくさんいる。	□
398	オリンピックは本来（　　　）の大会であった。	□
399	彼は試合に勝ち続け、14歳で（　　　）になった。	□

【慣用表現篇】 MP3 *Track 146*

step.1 >>> **認識單字**：請邊聽音檔邊練習開口說，完成請在 □ 打✓。

慣用表現		讀音／原文	意思
400 話の腰を折る	□	はなしのこしをおる	插嘴
401 話がそれる	□	はなしがそれる	離題
402 気がきく	□	きがきく	貼心
403 気を失う	□	きをうしなう	失去意識
404 気が向く	□	きがむく	有意願
405 気が抜ける	□	きがぬける	失去幹勁
406 気が済む	□	きがすむ	稱心如意、心滿意足
407 気が進まない	□	きがすすまない	沒意願
408 気が散る	□	きがちる	沒法專心
409 気を休める	□	きをやすめる	安心
410 気が早い	□	きがはやい	性急
411 気が気でない	□	きがきでない	坐立不安
412 耳が遠い	□	みみがとおい	耳背
413 耳を疑う	□	みみをうたがう	懷疑自己聽錯

step.2 >>> 讀音練習：對照左頁，邊唸邊寫上讀音。（若為外來語，則寫假名）

step.3 >>> 例句練習：每日背誦 10 個例句，能順暢說完即可在 □ 打 ✓。

讀音練習	例句背誦練習	
400	人の（　　　）のはあなたの悪い癖（くせ）です。	□
401	社会の先生はいつも（　　　）て授業が進まない。	□
402	寒い日に草履（ぞうり）を温めてくれた。秀吉は（　　　）。	□
403	彼女はすごく驚いて（　　　）てしまった。	□
404	この仕事、急がないから、（　　　）らやっといてね。	□
405	入試が終わって（　　　）たような顔をしている。	□
406	ちゃんと謝罪（しゃざい）をしてくれたので私は（　　　）ました。	□
407	今度の仕事は報酬（ほうしゅう）が安くて（　　　）ない。	□
408	今話しかけないで。（　　　）。	□
409	社長は厳しい人なので社員は（　　　）暇もない。	□
410	結果発表はまだなのに喜ぶなんて（　　　）ね。	□
411	娘が舞台で練習通り踊れるかどうか（　　　）。	□
412	年をとると（　　　）なる人もいる。	□
413	彼の本当の考えを聞いて（　　　）た。	□

MP3 *Track 147*

step.1 >>> **認識單字**：請邊聽音檔邊練習開口説，完成請在□打✓。

	慣用表現		讀音／原文	意思
414	息をつく	□	いきをつく	安心
415	骨が折れる	□	ほねがおれる	辛苦費勁
416	口が裂けても	□	くちがさけても	絕口不提
417	迷惑をかける	□	めいわくをかける	添麻煩
418	考えが浮かぶ	□	かんがえがうかぶ	想不出主意
419	傷がつく	□	きずがつく	有瑕疵
420	責任をとる	□	せきにんをとる	負起責任
421	油を売る	□	あぶらをうる	摸魚
422	野菜を摂る	□	やさいをとる	吃菜
423	連絡がつく	□	れんらくがつく	聯絡上
424	名前が載る	□	なまえがのる	寫有名字
425	手を組む	□	てをくむ	合作
426	足を組む	□	あしをくむ	翹二郎腿
427	胡坐をかく	□	あぐらをかく	坐享其成

step.2 >>> **讀音練習**：對照左頁，邊唸邊寫上讀音。（若為外來語，則寫假名）

step.3 >>> **例句練習**：每日背誦 10 個例句，能順暢說完即可在 □ 打✓ 。

讀音練習	例句背誦練習	
414	先週は忙しくて（　　　　）間もなかった。	□
415	今年は新人を教育するのに（　　　　）。	□
416	リストラされたことは（　　　　）ても妻には言えない。	□
417	いつも息子がご（　　　　）してすみません。	□
418	疲れていていい（　　　　）ない。	□
419	賄賂（わいろ）が見つかって彼の経歴（けいれき）に（　　　　）た。	□
420	私が（　　　　）から君たちは好きにやっていいよ。	□
421	遅いじゃないか。どこで（　　　　）てたんだ。	□
422	妻にもっと（　　　　）といつも言われる。	□
423	ヨーロッパ旅行中の娘と（　　　　）て安心した。	□
424	新聞に私の（　　　　）てうれしかった。	□
425	私と（　　　　）で新しい会社を作りませんか。	□
426	日本では面接試験で（　　　　）のはマナー違反です。	□
427	権力の上に（　　　　）きた首相が失脚（しっきゃく）した。	□

MP3 *Track 148*

step.1 >>> **認識單字**：請邊聽音檔邊練習開口説，完成請在□打✓。

	慣用表現		讀音／原文	意思
428	息を引き取る	□	いきをひきとる	過世
429	時間をつぶす	□	じかんをつぶす	打發時間
430	腹が立つ	□	はらがたつ	生氣
431	修理に出す	□	しゅうりにだす	送修
432	気を落とす	□	きをおとす	洩氣
433	学校を出る	□	がっこうをでる	畢業

step.2 >>> **讀音練習**：對照左頁，邊唸邊寫上讀音。（若為外來語，則寫假名）

step.3 >>> **例句練習**：每日背誦 10 個例句，能順暢說完即可在 □ 打✓。

讀音練習	例句背誦練習	
428	祖母は去年病院で（　　　　）た。	□
429	喫茶店でコーヒーでも飲みながら（　　　　）う。	□
430	彼の消極的な態度に（　　　　）た。	□
431	車は（　　　　）いるから今日は電車通勤だ。	□
432	不合格だったけど、（　　　　）ないでね。	□
433	弟は料理の専門（　　　　）て店を継いだ。	□

日本語能力試驗2級
言語知識（文字・語彙）練習

背完單字了嗎？那還不快來試試這裡的練習題！

A. 正しい読み方はどれですか。

（　　）❶ イギリス製の高級な生地でワイシャツを作った。

1. きじ　　2. なまじ
3. せいじ　　4. しょうじ

（　　）❷ 工場には大型の機械がたくさんあるから、作業中近づくのは危ない。

1. さくぎょう　　2. さっぎょう
3. さぎょう　　4. さくごう

B. 正しい書き方はどれですか。

（　　）❸ 速くて正確なけんさく機能がついているソフトがほしい。

1. 検査　　2. 検索
3. 捜索　　4. 調索

（　　）❹ 税金を申告するときは必ずほんみょうを書かなければならない。

1. 本命　　2. 真名
3. 新命　　4. 本名

C. 適切な語を選びましょう。

（　　）❺ この数年、携帯電話はどんどん（　　　　）性能になっている。

1. 高　　2. 大
3. 優　　4. 好

(　　) ❻ もう二十歳なんだから、言い訳や（　　）理屈ばかり言わないで働きなさい。

1. 頭　　2. 嘘
3. 不　　4. 屁

D. 同じ意味の語はどれですか。

(　　) ❼ あんなふうに子どもに接する母親を見て、むかむかしてきた。

1. 気持ちよくなって　　2. 腹が立って
3. かわいそうになって　　4. 骨が折れて

(　　) ❽ それほど大したことはしていませんので、あまり褒めないでください。

1. 立派な　　2. 賢い
3. 懸命な　　4. 正直な

E. 正しい使い方は同じ意味の文はどれですか。

(　　) ❾ しょっちゅう

1. 夏は熱いので、水を飲んでしょっちゅうしてください。
2. 昨夜赤ちゃんは頭が痛くてしょっちゅう泣きました。
3. 雨が続くと高速道路はしょっちゅう渋滞が起こります。
4. 部長は今日の午後カイロにしょっちゅう行きます。

(　　) ❿ こしらえる

1. 戦争が終わって日本は平和をこしらえた。
2. すみませんが、このアンケートにこしらえてくださいませんか。
3. あの子はまだ子供ですから、どうぞこしらえてください。
4. 大急ぎで城をこしらえたが、すぐに破壊された。

解説と答え

A. は読み方の問題です。普通の読み方の勉強はもちろん大切ですが、2級からは熟字訓がたくさん出題されますから気を付けましょう。例:紅葉(もみじ)、田舎(いなか)、小豆(あずき)など。

❶ (1) 「生」を「き」と読む例は少ないです。例:生醤油(きじょうゆ)、生糸(きいと)、生蕎麦(きそば)など。

❷ (3) 「作」を「さ」と読む言葉に注意しましょう。

B. は書き方の問題です。漢字の本来の意味に騙されないように。。

❸ (2) 調べるという意味ですが、「けんさく」と読むのは「検索」だけです。

❹ (4) 「名」を「みょう」と読むのは他に「名字(みょうじ)」、「大名(だいみょう)」などです。

C. は正しい言葉を選ぶ問題です。ある特定の言葉とセットになっている接頭辞・接尾辞もいっしょに覚えましょう。

❺ (1) 「性能」が優れているものには「高」を使います。

❻ (4) 変な理屈はまるで屁みたいだという言い方です。

D. は一番よく似た意味の単語を選ぶ問題です。オノマトペ(擬音語)や外来語もよく出題されます。

❼ (2) 「むかむか」は怒るという意味と吐きたいという意味があります。

❽ (1) 「大した」は程度がはなはだしい様子を表現する連体詞です。

E. は正しい使い方を選ぶ問題です。意味と用法は正確に覚えましょう。

❾ (3) 「しょっちゅう」は「いつも」という意味です。

⑩ (4) 「こしらえる」は「作る」という意味です。

日檢 N2 的單字你都已經記到滾瓜爛熟了嗎？
如果沒有，試著把你還不那麼熟悉的單字寫下來，下次再看到它時，就能輕鬆攻克！

絕對合格一擊必殺！

在報考以前，你覺得自己夠了解新日檢嗎？

▼ 新日檢測驗科目 & 測驗時間

級數	測驗科目	測驗時間		F.Y.I. 舊制測驗時間
N1	言語知識 (文字 · 語彙 · 文法)· 讀解	110 分鐘	170 分鐘	180 分鐘
	聽解	60 分鐘		
N2	言語知識 (文字 · 語彙 · 文法)· 讀解	105 分鐘	155 分鐘	145 分鐘
	聽解	50 分鐘		
N3	言語知識 (文字 · 語彙)	30 分鐘	140 分鐘	
	言語知識 (文法)· 讀解	70 分鐘		
	聽解	40 分鐘		
N4	言語知識 (文字 · 語彙)	25 分鐘	115 分鐘	140 分鐘
	言語知識 (文法)· 讀解	55 分鐘		
	聽解	35 分鐘		
N5	言語知識 (文字 · 語彙)	20 分鐘	90 分鐘	100 分鐘
	言語知識 (文法)· 讀解	40 分鐘		
	聽解	30 分鐘		

▼ 新日檢 N1 認證基準

【讀】	能閱讀話題廣泛的報紙社論、評論等論述性較複雜及較抽象的文章，並能理解其文章結構及內容。 能閱讀各種話題內容較具深度的讀物，並能理解其事情的脈絡及詳細表達意涵。
【聽】	在廣泛的情境下，可聽懂常速且連貫之對話、新聞報導及講課，且能充分理解話題走向、內容、人物關係及說話內容之論述結構等，並確實掌握其大意。

▼新日檢 N1 題型摘要

測驗科目（測驗時間）		題型			題數	內容
言語知識・讀解（110分鐘）	文字・語彙	1	漢字讀音	◇	6	選出底線部分的正確讀音
		2	文脈規定	○	7	根據句意選出適當的詞彙
		3	近義詞彙	○	6	選出與底線句子意思相近的句子
		4	詞彙用法	○	6	選出主題詞彙的正確用法
	文法	5	句子的文法 1（判斷文法形式）	○	10	選出符合句意的文法
		6	句子的文法 2（組合文句）	◆	5	組合出文法與句意皆正確的句子
		7	文章文法	◆	5	根據文章結構填入適當的詞彙
	讀解	8	內容理解（短篇文章）	○	4	閱讀 200 字左右、內容與【生活、工作】等各種話題相關的說明文或指示文等，並理解其內容
		9	內容理解（中篇文章）	○	9	閱讀 500 字左右的【評論、解說、散文】等，並理解其因果關係、理由等
		10	內容理解（長篇文章）	○	4	閱讀【評論】等 1000 字左右的文章，並理解其概要或作者的想法等
		11	統合理解	◆	3	比較、統合數篇文章（合計約 600 字左右），並理解其內容
		12	主張理解（長篇文章）	◇	4	閱讀 1000 字左右具抽象性和邏輯性的【社論、評論】等，並理解整體想要傳達的主張或意見
		13	資訊檢索	◆	2	從700字左右的【廣告、手冊、情報誌、商用文件】等資料中，找出答題的關鍵資訊
聽解（60分鐘）		1	課題理解	◇	6	聽完一段完整文章，並理解其內容（聽取解決具體課題的關鍵資訊，以選出之後應當採取的行動）
		2	重點理解	◇	7	聽完一段完整文章，並理解其內容（事先提示應聽取的部分，從聽取內容中鎖定重點）
		3	概要理解	◇	6	聽完一段完整文章，並理解其內容（從文章整體中理解出說話者的意圖或主張等）
		4	即時應答	◆	14	聽提問等簡短的發言，然後選出適當的回應
		5	統合理解	◇	4	聽取較長的文章，理解其內容並比較、統合其中複數的資訊

⊙題型符號說明：◆ 全新題型　◇ 舊制原有題型，稍做變化　○ 舊制原有題型
⊙題數為每次出題的參考值，實際考試時題數可能有所變動。
⊙「讀解」科目可能出現一篇文章搭配數小題的測驗方式。

日本語能力試驗 1 級語彙

【名詞篇】 MP3 *Track 149*

step.1 >>> **認識單字**：請邊聽音檔邊練習開口説，完成請在□打✓。

名詞		讀音／原文	意思
範例 野菜	□	やさい [0]	蔬菜
❶ 利息	□	りそく [0]	利息（收入）
❷ 利子	□	りし [1]	利息（支出）
❸ 利益	□	りえき [1]	利益
❹ 根拠	□	こんきょ [1]	根據
❺ 素人	□	しろうと [1]	外行人
❻ 玄人	□	くろうと [1]	內行人
❼ 大家	□	たいか [1]	大師
❽ 視界	□	しかい [0]	視野
❾ 実権	□	じっけん [0]	實權
❿ 実在	□	じつざい [0]	實際存在
⓫ 不備	□	ふび [1]	不完善
⓬ 不穏	□	ふおん [0]	不穩
⓭ 修復	□	しゅうふく [0]	修復

N1 單字考題出現在「言語知識（文字・語彙・文法）・讀解」測驗當中，此測驗共計約 110 分鐘，日檢想過關，就靠單字吧！

step.2 »» **讀音練習**：對照左頁，邊唸邊寫上讀音。（若為外來語，則寫假名）

step.3 »» **例句練習**：每日背誦 10 個例句，能順暢說完即可在 □ 打 ✓。

讀音練習		例句背誦練習	
範例	やさい	（ 野菜（やさい） ）がおいしいです。	□
❶		最近銀行の（　　　）は低い。	□
❷		借りたお金は（　　　）をつけて返すこと。	□
❸		（　　　）はあまり見込めない。	□
❹		あなたの意見には（　　　）がない。	□
❺		（　　　）に口を出されると困る。	□
❻		桜井さんの絵は（　　　）はだしだ。	□
❼		（　　　）の描いた絵と比べても遜色（そんしょく）ない。	□
❽		年をとると（　　　）が狭くなる。	□
❾		将軍はついに（　　　）を握った。	□
❿		このドラマの人物は（　　　）の人ですか。	□
⓫		契約書に（　　　）があって大変なことになった。	□
⓬		政情（　　　）な国へは行かないほうがいい。	□
⓭		絵画の（　　　）はプロでなけければ無理だ。	□

MP3 *Track 150*

step.1 >>> **認識單字**：請邊聽音檔邊練習開口説，完成請在□打✓。

名詞		讀音／原文	意思
⑭ 赴任	□	ふにん 0	赴外地任職
⑮ ねじ	□	ねじ 1	螺絲
⑯ 類似	□	るいじ 0	類似
⑰ 治療	□	ちりょう 0	治療
⑱ 日夜	□	にちや 1	晝夜
⑲ 理論	□	りろん 1	理論
⑳ 割り当て	□	わりあて 0	分配、分擔
㉑ 応募	□	おうぼ 0	報名、應徵
㉒ 抗争	□	こうそう 0	抗爭
㉓ 余裕	□	よゆう 0	餘裕

單字小教室

同音異義語に気を付けよう：㉒「こうそう」→構想、抗争、高層、好走、広壮などはすべて発音が同じです。正しい漢字を選ぶときは文全体の意味をよく考えて選びましょう。

step.2 >>> **讀音練習**：對照左頁，邊唸邊寫上讀音。（若為外來語，則寫假名）

step.3 >>> **例句練習**：每日背誦 10 個例句，能順暢說完即可在☐打✓。

讀音練習	例句背誦練習	
⑭	来年上海に（　　　　）することが決まった。	☐
⑮	岡山には（　　　　）の工場がたくさんある。	☐
⑯	安い買い物は（　　　　）品に注意しましょう。	☐
⑰	心臓の（　　　　）には膨大な費用がかかる。	☐
⑱	受験生は（　　　　）勉学に励（はげ）んでいる。	☐
⑲	アインシュタインの相対性（　　　　）。	☐
⑳	実行委員会から仕事の（　　　　）が発表された。	☐
㉑	大河ドラマのオーディションに（　　　　）してみた。	☐
㉒	最近労働者の（　　　　）のニュースをよく見かける。	☐
㉓	旅行の前は（　　　　）をもって計画を立てよう。	☐

單字小教室

㉓「余裕」の類義語は「ゆとり」、時間的には「余暇」、紙細工は「のりしろ」。

MP3 *Track 151*

step.1 >>> **認識單字：** 請邊聽音檔邊練習開口說，完成請在□打✓。

名詞		讀音／原文	意思
㉔ 搜查	□	そうさ 1	搜查
㉕ 雨水	□	あまみず 2	雨水
㉖ 落葉	□	おちば 1／らくよう 0	落葉
㉗ 事態	□	じたい 1	事態
㉘ 決行	□	けっこう 0	堅決實行
㉙ 粘り	□	ねばり 3	韌性、黏性
㉚ 勘定	□	かんじょう 3	結帳、計算
㉛ 配置	□	はいち 0	配置
㉜ 内心	□	ないしん 0	內心
㉝ 犯人	□	はんにん 1	犯人

單字小教室

㉕「雨」の読み方：「雨」の訓読みは「あめ」と「あま」があります。

あめ 雨風：あめかぜ、雨上がり：あめあがり

あま 雨蛙：あまがえる、雨音：あまおと、雨雲：あまぐも

step.2 >>> **讀音練習**：對照左頁，邊唸邊寫上讀音。（若為外來語，則寫假名）

step.3 >>> **例句練習**：每日背誦 10 個例句，能順暢説完即可在 □ 打✓。

讀音練習	例句背誦練習	
㉔	三億円事件の（　　　　）は終わった。	□
㉕	無人島では（　　　　）を飲んで救援を待った。	□
㉖	（　　　　）を集めて芋を焼く。	□
㉗	いつの間にか（　　　　）はかなり進行していた。	□
㉘	週末のキャンプは雨天（　　　　）です。	□
㉙	難しい外交問題で（　　　　）強く交渉した。	□
㉚	あの客は（　　　　）しないで店を出た。	□
㉛	各ゲートに警備員を（　　　　）した。	□
㉜	顔は笑っているが（　　　　）は複雑な思いだ。	□
㉝	（　　　　）を逃がした警察はマスコミに非難された。	□

單字小教室

㉚「勘定」は飲食代を店に払うときに使う言葉だが、もちろん「いくらですか」と言ってもよい。他に「しめてください」や「ご愛想」と言う表現もある。

MP3 *Track 152*

step.1 >>> **認識單字**：請邊聽音檔邊練習開口說，完成請在□打✓。

名詞		讀音／原文	意思
㉞ 觀察	□	かんさつ 0	觀察
㉟ 道場	□	どうじょう 1	道場
㊱ 環境	□	かんきょう 0	環境
㊲ 保護	□	ほご 1	保護
㊳ 助言	□	じょげん 0	建議
㊴ 配慮	□	はいりょ 1	關懷
㊵ 体裁	□	ていさい 0	外表、體面
㊶ 活字	□	かつじ 0	活字
㊷ 軌道	□	きどう 0	軌道
㊸ 王女	□	おうじょ 1	公主

單字小教室

㉟「道場」は元々、柔道、剣道、合気道、空手道など武道を習う場所の意味です。しかし最近では「マンガ道場」、「カラオケ道場」、「話し方道場」など、武道以外でも使われています。

step.2 >>> **讀音練習**：對照左頁，邊唸邊寫上讀音。（若為外來語，則寫假名）

step.3 >>> **例句練習**：每日背誦 10 個例句，能順暢説完即可在□打✓。

讀音練習	例句背誦練習	
㉞	夏休みは毎朝アサガオの（　　　）をした。	□
㉟	僕は子供のころ柔道の（　　　）に通っていた。	□
㊱	屋台では（　　　）に優しい食器が使われている。	□
㊲	夜、繁華街で遊んでいた小学生が（　　　）された。	□
㊳	大学を受験したいのですが、何か（　　　）ください。	□
㊴	お年寄りのお客様には（　　　）が払われる。	□
㊵	飯田（いいだ）さんはひどく（　　　）を気にする。	□
㊶	（　　　）は 12 世紀に中国で発明された。	□
㊷	前田社長のビジネスはやっと（　　　）に乗った。	□
㊸	デンマークの（　　　）が来日した。	□

單字小教室

㊵「体裁」の「体」を「てい」と読むのはようすや見せかけを表す場合で、例は以下の通り。例：満足の体、そしらぬ体、体のいい返事、職人体の男など。

MP3 *Track 153*

step.1 >>> **認識單字**：請邊聽音檔邊練習開口説，完成請在□打✓。

名詞		讀音／原文	意思
44 悪臭	□	あくしゅう 0	惡臭
45 現像	□	げんぞう 0	顯影、沖洗
46 負債	□	ふさい 0	負債
47 血筋	□	ちすじ 0	血緣、血管
48 兆し	□	きざし 0	預兆
49 栄転	□	えいてん 0	高昇
50 過剰	□	かじょう 0	過剩
51 救済	□	きゅうさい 0	救濟
52 童謡	□	どうよう 0	童謠
53 破壊	□	はかい 0	破壞
54 世	□	よ 1	世間
55 街頭	□	がいとう 0	街頭
56 業績	□	ぎょうせき 0	業績
57 根本	□	こんぽん 0	根本

step2 >>> 讀音練習：對照左頁，邊唸邊寫上讀音。（若為外來語，則寫假名）

step3 >>> 例句練習：每日背誦 10 個例句，能順暢説完即可在□打✓。

讀音練習	例句背誦練習	
44	この油は古くて（　　　）がする。	□
45	デジカメの普及でフィルムを（　　　）する人は少ない。	□
46	あの店は２億の（　　　）を抱えて倒産した。	□
47	あの子は歌がうまい。（　　　）は争えないね。	□
48	景気回復の（　　　）が見え始めた。	□
49	父は東京本社へ（　　　）になった。	□
50	（　　　）な贈り物は規則で禁じられています。	□
51	経済制裁された会社を（　　　）する方法はない。	□
52	子どもの時に習った（　　　）はいつまでも忘れない。	□
53	戦争で寺院（じいん）が（　　　）された。	□
54	この（　　　）に信じられる人はいない。	□
55	銀座通りの（　　　）がきれいだ。	□
56	部長は素晴らしい（　　　）を残して退職した。	□
57	（　　　）から教育方針をやり直さなければだめだ。	□

MP3 *Track 154*

step.1 >>> **認識單字**：請邊聽音檔邊練習開口說，完成請在 □ 打✓。

	名詞		讀音／原文	意思
58	名誉	□	めいよ 1	名譽、光榮
59	意地	□	いじ 2	意氣、心腸
60	歓声	□	かんせい 0	歡呼聲
61	貨幣	□	かへい 1	貨幣
62	通貨	□	つうか 1	流通貨幣
63	要因	□	よういん 0	主要因素
64	閑静	□	かんせい 1	清靜
65	視察	□	しさつ 0	視察
66	根気	□	こんき 0	毅力
67	棄権	□	きけん 0	棄權

單字小教室

60「歓声」には同音異義語がたくさんあるのでしっかりまとめて覚えよう。例：「閑静」「感性」「管制」「官製」「慣性」など。

step2 »» **讀音練習**：對照左頁，邊唸邊寫上讀音。（若為外來語，則寫假名）

step3 »» **例句練習**：每日背誦 10 個例句，能順暢説完即可在□打✓。

讀音練習	例句背誦練習	
58	祖父の受賞は我が家の（　　　）である。	□
59	（　　　）を張らないで素直に謝りなさい。	□
60	試合に勝ってスタジアムは（　　　）に包まれた。	□
61	物やサービスの交換に（　　　）が使われる。	□
62	税金の算定（さんてい）に（　　　）を用いる。	□
63	この事件は複雑な（　　　）が絡んでいる。	□
64	田園調布（でんえんちょうふ）は（　　　）な住宅地です。	□
65	先日委員会が競技会場に（　　　）に訪れた。	□
66	（　　　）よくランニングを続けて足腰を強くした。	□
67	怪我をしたので試合を（　　　）した。	□

單字小教室

61～62お金に関する言葉：「お札」「硬貨＝コイン」「仮想通貨（かそうつうか）」「ビットコイン」など

MP3 *Track 155*

step.1 >>> **認識單字**：請邊聽音檔邊練習開口説，完成請在□打✓。

名詞		讀音／原文	意思
68 過剰	□	かじょう 0	過剩
69 依存	□	いぞん 0	依存
70 遺跡	□	いせき 0	遺跡
71 仲裁	□	ちゅうさい 0	仲裁
72 調印	□	ちょういん 0	簽署
73 復興	□	ふっこう 0	重建、復興
74 統治	□	とうち 1	統治
75 創立	□	そうりつ 0	創立
76 要旨	□	ようし 1	主旨
77 相続	□	そうぞく 4	繼承

單字小教室

68 過剰の過を使った熟語はたくさんあります。程度を超えているという意味だけの過をまとめて覚えましょう。例；過少、過多、過激、過信、過熱、過半、過保護、過労、大過、超過など

step.2 >>> **讀音練習**：對照左頁，邊唸邊寫上讀音。（若為外來語，則寫假名）

step.3 >>> **例句練習**：每日背誦 10 個例句，能順暢説完即可在 □ 打 ✓。

讀音練習	例句背誦練習	
68	観光地のお土産はよく（　　　　）に包装されている。	□
69	日本の経済は貿易に（　　　　）している。	□
70	京都には江戸時代末期の（　　　　）が多い。	□
71	自治会長は町内紛争の（　　　　）をする。	□
72	友好条約の（　　　　）が船上（せんじょう）で行われた。	□
73	大地震からの（　　　　）は道半（みちなか）ばだ。	□
74	女王は君臨すれど（　　　　）せず。	□
75	来週はわか社の（　　　　）150 周年だ。	□
76	論文の最初のページに（　　　　）が書いてある。	□
77	トラブルを避けるため次男は（　　　　）を放棄した。	□

單字小教室

71～78 政治、経済、法律などの用語は日本語と中国語は基本的に同じです。漢字が逆になっていないか（制限など）、意味は同じかをチェックしながら語彙を増やしましょう。

MP3 *Track 156*

step.1 >>> **認識單字**：請邊聽音檔邊練習開口說，完成請在□打✓。

名詞		讀音／原文	意思
⑱ 調停	□	ちょうてい 0	調解
⑲ 調和	□	ちょうわ 0	和諧
⑳ 指摘	□	してき 0	指正
㉑ 展覧	□	てんらん 0	展覽
㉒ 原点	□	げんてん 1	原點
㉓ 転校	□	てんこう 0	轉校
㉔ 退職	□	たいしょく 0	退職
㉕ 反乱	□	はんらん 0	叛亂
㉖ 不景気	□	ふけいき 2	不景氣
㉗ 不振	□	ふしん 0	不佳、蕭條

單字小教室

78と79 調停、調和以外に「調」が付く言葉；調査、調子、調整、調節、調味料、調理

step.2 >>> **讀音練習**：對照左頁，邊唸邊寫上讀音。（若為外來語，則寫假名）

step.3 >>> **例句練習**：每日背誦 10 個例句，能順暢説完即可在 □ 打✓。

讀音練習	例句背誦練習	
78	家庭裁判所に相続の（　　　　）をお願いした。	□
79	来年の万博（ばんぱく）のテーマは人類の進歩と（　　　）である。	□
80	確定申告（かくていしんこく）に不備（ふび）があったとの（　　　）がなされた。	□
81	弟の描いた絵は銀座の画廊（がろう）に（　　　　）された。	□
82	何のための規則か、（　　　　）に返って考えよう。	□
83	春は父親の異動に伴って（　　　　）する子が多い。	□
84	叔父は（　　　　）して自分の店を開いた。	□
85	３万人規模の（　　　　）は政府軍によって鎮圧（ちんあつ）された。	□
86	兄が卒業したころ日本は（　　　）で、就職難だった。	□
87	バブルがはじけて企業は（　　　　）にあえいでいた。	□

單字小教室

84 退職以外に「退」の付く言葉；退院、退化、退屈、後退、辞退

MP3 Track 157

step.1 >>> **認識單字**：請邊聽音檔邊練習開口說，完成請在□打✓。

	名詞		讀音／原文	意思
88	無精	□	ぶしょう 0	懶散
89	無茶	□	むちゃ 1	亂來、過分
90	並み	□	なみ 0	一般
91	根底	□	こんてい 0	基礎
92	阻止	□	そし 1	阻止
93	本音	□	ほんね 3	真心話
94	本能	□	ほんのう 1	本能
95	熱意	□	ねつい 1	熱忱
96	無闇	□	むやみ 1	胡亂、過度
97	無口	□	むくち 1	沉默寡言

單字小教室

88と89「無」が付く言葉；無限、無効、無言、無視、無数、無駄、無知、無念、無能、無用、無礼など多数

step.2 >>> **讀音練習**：對照左頁，邊唸邊寫上讀音。（若為外來語，則寫假名）

step.3 >>> **例句練習**：每日背誦 10 個例句，能順暢説完即可在□打✓。

讀音練習	例句背誦練習	
88	小原（おはら）さんは（　　　　）で、店がつぶれた。	□
89	もう若くないんだからあまり（　　　　）をしないでね。	□
90	最近運動していないので、体力は小学生（　　）だ。	□
91	新しい事実が出てきて、意見は（　　）から覆（くつがえ）った。	□
92	インフルの流行は絶対（　　）しなければならない。	□
93	討論会で野党党首は首相の（　　）を引き出した。	□
94	猫は危険を察する（　　）を備えている。	□
95	仕事に対する（　　）が買われて宮田（みやた）さんは出世した。	□
96	有料サイトを（　　　　）クリックしてはいけない。	□
97	昔は（　　　　）な男がもてた。	□

單字小教室

90「並み」は同レベルという意味以外に鰻丼や天丼を出す店では「普通の品質」という意味がある。質の高い料理は「上（じょう）」、最高級の料理は「特上」という。

90「並み」、「上」の他、松竹梅という言い方もある。それぞれ松（まつ）、竹（たけ）、梅（うめ）と読むが、三つそろうと「しょうちくばい」と読む。「松」が一番高級。

MP3 *Track 158*

step.1 >>> **認識單字**：請邊聽音檔邊練習開口説，完成請在□打√。

名詞		讀音／原文	意思
98 綻び	□	ほころび 0	綻裂
99 小柄	□	こがら 0	矮小
100 持続	□	じぞく 0	持續
101 未練	□	みれん 1	留戀
102 未熟	□	みじゅく 0	不熟練、不成熟
103 所属	□	しょぞく 0	隸屬
104 間	□	ま 0	節拍間隔
105 崩壊	□	ほうかい 0	崩潰、倒塌
106 中継	□	ちゅうけい 0	轉播
107 一目	□	いちもく 0	一眼、另眼
108 絡み	□	からみ 3	複雜關係
109 地獄	□	じごく 3	地獄
110 関税	□	かんぜい 0	關税
111 直感	□	ちょっかん 0	直覺

step.2 >>> **讀音練習**：對照左頁，邊唸邊寫上讀音。（若為外來語，則寫假名）

step.3 >>> **例句練習**：每日背誦 10 個例句，能順暢說完即可在□打✓。

讀音練習	例句背誦練習	
98	人間関係の（　　　）は早めに修復したほうがいい。	□
99	容疑者の特徴は（　　　）で目が大きいことです。	□
100	努力の（　　　）はいい結果をもたらす。	□
101	何度も彼女に電話して、（　　　）な男と笑われた。	□
102	運転が（　　　）な者に免許はやれない。	□
103	あの事務所に（　　　）している歌手は人気がある。	□
104	あの人は話には絶妙の（　　　）がある。	□
105	国境の壁が（　　　）して、両国民の交流が始まった。	□
106	安倍内閣の顔ぶれを首相官邸（かんてい）から（　　　）します。	□
107	彼は若いのにしっかりしていて（　　　）置かれている。	□
108	PTA との（　　　）もあって変更は難しい。	□
109	悲惨な事故があった。まるで（　　　）のようだった。	□
110	外車が高いのは高い（　　　）がかけられているからだ。	□
111	あの会社が成功する根拠は私の（　　　）だ。	□

MP3 *Track 159*

step.1 >>> **認識單字**：請邊聽音檔邊練習開口説，完成請在□打✓。

名詞		讀音／原文	意思
112 官僚	□	かんりょう 0	官員
113 社交	□	しゃこう 0	社交
114 返還	□	へんかん 0	歸還
115 弁償	□	べんしょう 0	賠償
116 所持	□	しょじ 1	持有
117 分別	□	ぶんべつ 0	分類
118 分別	□	ふんべつ 1	辨別
119 配列	□	はいれつ 0	排列
120 関心	□	かんしん 0	關心、有興趣
121 感心	□	かんしん 0	佩服

單字小教室

117と118 分別のように同じ表記で発音が違うと意味も大きく違うものがあります。
例：人気（にんき、ひとけ）、大事（だいじ、おおごと）、寒気（さむけ、かんき）、大勢（おおぜい、たいせい）など

step.2 >>> **讀音練習**：對照左頁，邊唸邊寫上讀音。（若為外來語，則寫假名）

step.3 >>> **例句練習**：每日背誦 10 個例句，能順暢說完即可在□打✓。

讀音練習	例句背誦練習	
112	国会審議の最中、（　　　　）は徹夜続きだ。	□
113	ビジネスでは（　　　　）辞令は大切だ。	□
114	1972 年、沖縄は日本へ（　　　　）された。	□
115	子どもが壊したものを親が（　　　　）するのは当然だ。	□
116	むやみに刃物（はもの）を（　　　　）していると逮捕される。	□
117	ゴミはちゃんと（　　　　）して出してください。	□
118	高校生になって（　　　　）がつくようになった。	□
119	ファイルはよく使う順に（　　　　）すると便利だ。	□
120	米国大統領選挙に全世界の（　　　　）が集まっている。	□
121	石田（いしだ）さんは何があっても笑顔で、私は（　　　　）する。	□

單字小教室

120～123 同音異義語に要注意。関心、感心、歓心／衛星、衛生。これ以外にもたくさんあるのでまとめて勉強しよう。

MP3 *Track 160*

step.1 >>> **認識單字**：請邊聽音檔邊練習開口説，完成請在□打√。

名詞		讀音／原文	意思
122 歡心	□	かんしん 0	歡心
123 衛星	□	えいせい 0	衛星

step.2 >>> **讀音練習**：對照左頁，邊唸邊寫上讀音。（若為外來語，則寫假名）

step.3 >>> **例句練習**：每日背誦 10 個例句，能順暢說完即可在 □ 打✓。

讀音練習	例句背誦練習	
122	プレゼントを贈って上役（うわやく）の（　　　）を買う。	□
123	気象観測の（　　　）が軌道から外れて墜落（ついらく）した。	□

【名詞・形容詞篇】 MP3 *Track 161*

step.1 >>> **認識單字**：請邊聽音檔邊練習開口說，完成請在□打✓。

名詞・形容詞		讀音／原文	意思
⑫④ 郷愁	□	きょうしゅう 0	鄉愁
⑫⑤ 精巧	□	せいこう 0	精巧
⑫⑥ 軽減	□	けいげん 0	減輕
⑫⑦ 大衆	□	たいしゅう 0	大眾
⑫⑧ 拡張	□	かくちょう 0	擴張
⑫⑨ 革新	□	かくしん 0	革新
⑬⓪ 究極	□	きゅうきょく 0	終極、最終
⑬① 起源	□	きげん 1	起源
⑬② 協議	□	きょうぎ 1	協議、協商
⑬③ 公認	□	こうにん 0	正式認定、公認
⑬④ 果汁	□	かじゅう 0	果汁
⑬⑤ 肝要	□	かんよう 0	重要
⑬⑥ 復旧	□	ふっきゅう 0	修復
⑬⑦ 簡素	□	かんそ 1	簡樸

step.2 >>> 讀音練習：對照左頁，邊唸邊寫上讀音。（若為外來語，則寫假名）

step.3 >>> 例句練習：每日背誦 10 個例句，能順暢說完即可在 □ 打✓。

讀音練習	例句背誦練習	
124	クリスマスのころになると故国(ここく)への（　　　）を覚える。	□
125	祇園祭(ぎおんまつり)で（　　　）なからくりの人形を見た。	□
126	ガソリン税が（　　　）されて運送業界は安堵(あんど)した。	□
127	次期スマホは（　　　）向けではなく、プロ仕様である。	□
128	護岸(ごがん)の（　　　）工事が始まった。	□
129	明日の選挙では（　　　）派の飛躍が予測される。	□
130	（　　　）の目的は国境をなくすことである。	□
131	江戸時代はオランダ語が（　　　）の外来語が多かった。	□
132	与野党(よやとう)（　　　）の結果増税に決まった。	□
133	このチームは学校が（　　　）したチームではない。	□
134	（　　　）の摂取(せっしゅ)過多は糖尿病(とうにょうびょう)の原因となる。	□
135	適度に水分をとることが（　　　）である。	□
136	洪水で流された橋の（　　　）に1か月かかった。	□
137	松下さんは（　　　）な家に住んでいる。	□

MP3 *Track 162*

step.1 >>> **認識單字**：請邊聽音檔邊練習開口說，完成請在□打✓。

	名詞・形容詞		讀音／原文	意思
138	相違	□	そうい 0	差異
139	支給	□	しきゅう 0	支付、發放
140	適応	□	てきおう 0	適應
141	相場	□	そうば 0	行情
142	通帳	□	つうちょう 0	存摺
143	提携	□	ていけい 0	合作
144	展開	□	てんかい 0	展開
145	進展	□	しんてん 0	進展
146	統率	□	とうそつ 0	統率
147	退治	□	たいじ 0	驅除

單字小教室

140 他に「てき」と読む漢字を使った熟語：「適切」「匹敵」「水滴」「指摘」「油断大敵」など

step.2 >>> 讀音練習：對照左頁，邊唸邊寫上讀音。（若為外來語，則寫假名）

step.3 >>> 例句練習：每日背誦 10 個例句，能順暢說完即可在□打✓。

讀音練習	例句背誦練習	
138	結果は予測とは（　　　）していた。	□
139	代表には国からジャケットが（　　　）される。	□
140	日本に来て３か月でもう生活に（　　　）している。	□
141	同時通訳の（　　　）はいくらか、知っていますか。	□
142	（　　　）と印鑑（いんかん）は同じ場所に保管してはいけない。	□
143	ステーキ屋とすし屋が（　　　）したニュースを聞いた。	□
144	新たなビジネスが（　　　）されるだろう。	□
145	冤罪（えんざい）裁判は（　　　）がないまま結審（けっしん）した。	□
146	あの国の軍隊は（　　　）が取れたいい軍隊だ。	□
147	桃太郎は鬼ヶ島（おにがしま）へ鬼（　　　）に行った。	□

單字小教室

146「率」は「確率（かくりつ）」「税率（ぜいりつ）」「能率（のうりつ）」の「りつ」だが、この漢字を「統率」以外にも「そつ」と読む熟語もある。例：「引率（いんそつ）」「軽率（けいそつ）」。「卒」と混同しないように注意すること。

MP3 *Track 163*

step.1 >>> **認識單字**：請邊聽音檔邊練習開口說，完成請在□打✓。

名詞・形容詞		讀音／原文	意思
148 不可欠	□	ふかけつ 2	不可或缺
149 要領	□	ようりょう 3	訣竅
150 近視	□	きんし 0	近視
151 中傷	□	ちゅうしょう 0	中傷
152 一息	□	ひといき 2	一口氣
153 献立	□	こんだて 0	菜單
154 質素	□	しっそ 1	儉樸
155 機構	□	きこう 0	機構
156 違反	□	いはん 0	違反
157 推進	□	すいしん 0	推動

單字小教室

150 近視＝近眼（きんがん）、遠視＝老眼（ろうがん）、乱視（らんし）

step2 >>> **讀音練習**：對照左頁，邊唸邊寫上讀音。（若為外來語，則寫假名）

step3 >>> **例句練習**：每日背誦 10 個例句，能順暢說完即可在☐打✓。

讀音練習	例句背誦練習	
148	翻訳には辞書が（　　　）だ。	☐
149	あの人の説明は（　　　）を得ない。	☐
150	本を読み過ぎて（　　　）になった。	☐
151	ラーメン屋をネットで（　　　）した人が逮捕された。	☐
152	この辺で（　　　）入れてコーヒーでも飲みましょう。	☐
153	毎日の（　　　）を考えるのは大変だ。	☐
154	（　　　）な生活をしながら財産を築く。	☐
155	北大西洋条約（　　　）はＮＡＴＯと呼ばれる。	☐
156	車を運転していて（　　　）をすれば、罰金を科(か)される。	☐
157	東京都は豊洲市場(とよすしじょう)のＩＴ化を（　　　）する。	☐

單字小教室

152 一はあるけど二以上はない言葉
一服、一人前（大人という意味）、一応、一丸、人一倍、一期一会、一族、一任、一か八か、一躍、一律、一巻の終わり、など

MP3 *Track 164*

step.1 >>> **認識單字**：請邊聽音檔邊練習開口説，完成請在□打✓。

名詞・形容詞		讀音／原文	意思
⑮⑧ 追い越し	□	おいこし 0	超越
⑮⑨ 遺構	□	いこう 0	遺跡

關於駕駛相關用語大全

越來越多自由行遊客會選擇在日本「自駕遊」，像⑮⑧追い越し也可解釋為超車的意思。以下和大家分享一些駕駛相關的日語單詞，快來一起認識吧！

日文	對應中文	日文	對應中文
シートベルトを締める	繫安全帶	エンジンをかける	啟動引擎
ギアを入れる	掛檔	ギアチェンジ	換檔
ニュートラル	空檔	ローギア	一檔
セカンドギア	二檔	サードギア	三檔
フォースギア	四檔	バックギア	倒車檔
パーキング（p）	停車	ドライブ（d）	行駛檔
発進（はっしん）	起步	加速（かそく）	加速
減速（げんそく）	減速	アクセルを踏む〔離す〕	踩〔鬆〕油門
ハンドルを回す	打方向盤	クラクションを鳴らす	按喇叭
ウインカーを出す	打方向燈	ブレーキをかける	剎車
エンジンを止める	熄火	急ブレーキ	緊急剎車
曲（ま）がる	轉彎	直進（ちょくしん）	直行
左折（させつ）	左轉	右折（うせつ）	右轉
一時停止（いちじていし）	暫停	徐行（じょこう）	慢行
Uターン	迴轉	バック	倒車
追い越し	超車	車線変更（しゃせんへんこう）	變換車道

step.2 >>> **讀音練習**：對照左頁，邊唸邊寫上讀音。（若為外來語，則寫假名）

step.3 >>> **例句練習**：每日背誦 10 個例句，能順暢說完即可在□打✓。

讀音練習	例句背誦練習	
158	この道路は（　　　　）禁止です。	□
159	皇居（こうきょ）は江戸（えど）城跡（じょうあと）として見事（みごと）な（　　　　）です。	□

日檢單字一擊必殺應考祕技

檢定考想要衝高分，最快速的捷徑就是建立「龐大的單字庫」。對於已經在準備 N1 的人來說，基礎日文或一般會話已經不是問題，但每當接觸到日文時，卻總會深感自己還有許多單字看起來很陌生，對吧？建議大家可以多閱讀日文書籍（最好從自己有興趣的主題下手，比較容易讀得下去），或是常上日本網站逛逛，認識時下流行的日文單字與用法。除了多聽多唸單字書，也可以多看日本影劇，因為電影或電視劇更接近真實語速。建議大家盡量練到能駕馭加快語速的日文再上 N1 考場，才不會在考場上被語速嚇到喔！

【形容詞篇】 MP3 Track 165

step.1 >>> **認識單字**：請邊聽音檔邊練習開口說，完成請在□打✓。

形容詞		讀音／原文	意思
160 馴れ馴れしい	□	なれなれしい 5	熟不拘禮
161 若々しい	□	わかわかしい 5	年輕、充滿朝氣
162 清々しい	□	すがすがしい 5	清新、清爽
163 ばかばかしい	□	ばかばかしい 5	愚蠢、荒謬
164 卑しい	□	いやしい 3	貪婪、卑賤
165 目覚ましい	□	めざましい 4	驚人地出色
166 相応しい	□	ふさわしい 4	適合
167 荒々しい	□	あらあらしい 5	粗野、急促、洶湧
168 あくどい	□	あくどい 3	惡毒、過濃
169 すばしこい	□	すばしこい 4	敏捷

單字小教室

160～163 繰り返す言葉を使う形容詞には他に、青々しい、寒々しい、初々しい、しらじらしい、とげとげしいふてぶてしい、おどろおどろしい、ずうずうしい等があります。

step2 >>> **讀音練習**：對照左頁，邊唸邊寫上讀音。（若為外來語，則寫假名）

step3 >>> **例句練習**：每日背誦 10 個例句，能順暢説完即可在□打✓。

讀音練習	例句背誦練習	
160	最近は教師に（　　　）態度をとる生徒が多い。	□
161	母は社交ダンスをしているのでいつも（　　　）。	□
162	久しぶりに晴れてとても（　　　）天気だ。	□
163	言った言わないで水掛け論になるのは（　　　）。	□
164	この世（よ）に（　　　）職業はない。	□
165	翔太君の野球の上達は（　　　）。	□
166	能力も人格も首相に（　　　）人が選ばれるべきだ。	□
167	低気圧の影響でバース海峡の波が（　　　）。	□
168	（　　　）商売は絶対に失敗する。	□
169	うちの子猫は（　　　）てなかなか捕まえられない。	□

單字小教室

167 荒々しい　には「荒ぶる」という動詞もある。

168 あくどいことを「悪事」、人を「悪人」という。

MP3 *Track 166*

step.1 >>> **認識單字**：請邊聽音檔邊練習開口說，完成請在☐打✓。

形容詞		讀音／原文	意思
170 たやすい	☐	たやすい 3	容易
171 しぶとい	☐	しぶとい 3	頑強
172 うつろ	☐	うつろ 0	徒勞、呆滯、空的
173 おおまか	☐	おおまか 0	粗略、不拘小節
174 細やか	☐	こまやか 2	細微
175 壮大	☐	そうだい 0	宏大、雄偉
176 盛大	☐	せいだい 0	盛大
177 勝手	☐	かって 0	隨便
178 緩慢	☐	かんまん 0	緩慢
179 素朴	☐	そぼく 0	樸素
180 好ましい	☐	このましい 4	令人滿意、討喜
181 心地よい	☐	ここちよい 4	舒適
182 夥しい	☐	おびただしい 5	大量、過甚
183 華々しい	☐	はなばなしい 5	華麗絢爛

step.2 >>> **讀音練習**：對照左頁，邊唸邊寫上讀音。（若為外來語，則寫假名）

step.3 >>> **例句練習**：每日背誦 10 個例句，能順暢説完即可在□打✓。

讀音練習	例句背誦練習	
170	子ども相手に相撲で勝つのは（　　　）。	□
171	なかなか白状しない（　　　）容疑者（ようぎしゃ）だ。	□
172	あまりのショックに先生の慰めも（　　　）に響いた。	□
173	あの映画の（　　　）な内容を教えてください。	□
174	旅館の仲居（なかい）さんたちの（　　　）な気配りに感動した。	□
175	秀吉（ひでよし）は（　　　）な構想を持っていた。	□
176	新入社員のために（　　　）な歓迎会を開いた。	□
177	（　　　）にかばんの中を見ないでください。	□
178	あの選手は（　　　）な動作を叱られた。	□
179	この店の料理は（　　　）な味がする。	□
180	優柔不断な態度は（　　　）ない。	□
181	いい温泉だから湯上りが（　　　）。	□
182	戦争が起こって、（　　　）数の難民が逃げてきた。	□
183	あの歌手は若いころ（　　　）活躍をした。	□

MP3 *Track 167*

step.1 >>> **認識單字**：請邊聽音檔邊練習開口說，完成請在□打✓。

	形容詞		讀音／原文	意思
184	紛らわしい	□	まぎらわしい 5	易混淆
185	無邪気	□	むじゃき 1	天真無邪
186	身近	□	みぢか 0	身邊、切身
187	極端	□	きょくたん 2	極端
188	しとやか	□	しとやか 2	端莊
189	大幅	□	おおはば 0	大幅度
190	単調	□	たんちょう 0	單調
191	健全	□	けんぜん 0	健全
192	無難	□	ぶなん 0	最保險、安全
193	頻繁	□	ひんぱん 0	頻繁
194	相対的	□	そうたいてき 0	相對的
195	絶対的	□	ぜったいてき 0	絕對的
196	情熱的	□	じょうねつてき 0	熱情的
197	杓子定規	□	しゃくしじょうぎ 4	墨守成規

step.2 >>> **讀音練習**：對照左頁，邊唸邊寫上讀音。（若為外來語，則寫假名）

step.3 >>> **例句練習**：每日背誦 10 個例句，能順暢說完即可在 □ 打✓。

讀音練習	例句背誦練習	
184	有名店と（　　　）名前を付けるのは違法です。	□
185	子どもの笑顔はいつも（　　　）だ。	□
186	鎮痛剤はいつも（　　　）に置いておくといい。	□
187	（　　　）に激しい運動は健康を害する。	□
188	トットちゃんの振る舞いはちっとも（　）じゃない。	□
189	労働者は（　　　）な値上げ交渉に成功した。	□
190	（　　　）な作業は眠くなる。	□
191	青少年の（　　　）な育成に取り組む。	□
192	急いでいるならあの道を通ったほうが（　）ですよ。	□
193	先週から問い合わせが（　　　）に来るようになった。	□
194	他の人に勝てば（　　　）評価は上がる。	□
195	一生懸命努力しなければ（　　　）な実力はつかない。	□
196	バラを口にくわえて（　　　）に踊る。	□
197	（　　　）に接客しないで臨機応変になりなさい。	□

【動詞篇】 MP3 *Track 168*

step.1 >>> **認識單字**：請邊聽音檔邊練習開口説，完成請在□打✓。

動詞		讀音／原文	意思
198 繰り返す	□	くりかえす 4	（他）重複、反覆
199 巡る	□	めぐる 0	（他）繞行、環遊
200 砕ける	□	くだける 3	（自）破碎、非正式
201 極める	□	きわめる 3	（他）達到極限
202 勧告する	□	かんこくする 5	（他）勸告、勸導
203 実践する	□	じっせんする 5	（他）實踐
204 横断する	□	おうだんする 5	（自）橫貫、橫渡
205 かさむ	□	かさむ 0	（自）增多
206 取り締まる	□	とりしまる 4	（他）取締
207 裂ける	□	さける 2	（自）裂開

單字小教室

199「巡る」は巡航、循環の意味だが、「〜をめぐって」は目標や、争い、もめ事のきっかけ・原因を表す複合助詞である。

step.2 >>> **讀音練習**：對照左頁，邊唸邊寫上讀音。（若為外來語，則寫假名）

step.3 >>> **例句練習**：每日背誦 10 個例句，能順暢説完即可在□打✓。

讀音練習	例句背誦練習	
198	安らかに眠ってください。過(あやま)ちは（　　）ませんから。	□
199	共有場所の使用を（　　）て住人がもめている。	□
200	閣僚会議(かくりょうかいぎ)では（　　）言い方はふさわしくない。	□
201	店の主人はスープの味を（　　　）たと言っている。	□
202	業績不振により退職を（　　　）された。	□
203	言ったことはちゃんと（　　）するなんて立派な人だ。	□
204	ヨットで太平洋を（　　　）する。	□
205	お土産を買いすぎて出費が（　　　）だ。	□
206	週末は飲酒運転を（　　　）ている。	□
207	先日の地震で地面が（　　　）た。	□

單字小教室

慣用表現：200 当たって砕けろ
関連語：204 横断する / 縦断（じゅうだん）する

MP3 *Track 169*

step.1 >>> **認識單字**：請邊聽音檔邊練習開口說，完成請在□打✓。

動詞		讀音／原文	意思
208 にじむ	□	にじむ 2	（自）滲透
209 促す	□	うながす 3	（他）督促、促進
210 励む	□	はげむ 2	（自）勤奮
211 つねる	□	つねる 2	（他）捏
212 漂う	□	ただよう 3	（自）漂浮、飄散
213 築く	□	きずく 2	（他）建設、建立
214 欺く	□	あざむく 3	（他）欺騙
215 握る	□	にぎる 0	（他）握住
216 担う	□	になう 2	（他）肩負、承擔
217 赴く	□	おもむく 3	（自）前往

單字小教室

208「血のにじむような努力」は慣用句で、とても大変な努力、という意味である。「にじむ」を使った他の表現の例：「涙がにじむ」「インクがにじむ」「汗がにじむ」など

step.2 >>> **讀音練習**：對照左頁，邊唸邊寫上讀音。（若為外來語，則寫假名）

step.3 >>> **例句練習**：每日背誦 10 個例句，能順暢說完即可在 □ 打✓。

讀音練習	例句背誦練習	
208	あの人の優勝は血の（　　　）ような努力の結果だ。	□
209	あの生徒に反省を（　　　）。	□
210	試験に向けて勉強に（　　　）いる。	□
211	友達に腕を（　　　）れて真っ赤だ。	□
212	海の上を小さな漁船が（　　　）ている。	□
213	あの国と信頼関係を（　　　）のは至難の技だ。	□
214	歌舞伎町は目を（　　　）ネオンの光があふれている。	□
215	ロープをしっかり（　　　）て落ちないようにしよう。	□
216	将来を（　　　）子供たちの教育に力を入れる。	□
217	社長自ら工場に（　　　）て工員を激励した。	□

單字小教室

214「欺く」と似た意味の言葉には他に「騙す（だます）」「誤魔化す（ごまかす）」「嘘をつく」がある。

MP3 *Track 170*

step.1 >>> **認識單字**：請邊聽音檔邊練習開口說，完成請在□打✓。

動詞		讀音／原文	意思
218 説く	□	とく 1	（他）提倡、説明
219 ぼやく	□	ぼやく 2	（他）發牢騷
220 保つ	□	たもつ 2	（他）維持
221 招く	□	まねく 2	（他）邀請、導致
222 欠乏する	□	けつぼうする 0	（自）缺乏
223 反発する	□	はんぱつする 0	（自）反抗
224 凌ぐ	□	しのぐ 2	（他）忍受、克服、超越
225 注ぐ	□	そそぐ 0	（他）流入、注入
226 取り寄せる	□	とりよせる 4	（他）訂購
227 憎む	□	にくむ 2	（他）憎恨
228 慕う	□	したう 2	（他）想念、景仰
229 もたれる	□	もたれる 3	（自）靠著、消化不良
230 投資する	□	とうしする 0	（他）投資
231 もがく	□	もがく 2	（自）掙扎、焦急

step.2 >>> **讀音練習**：對照左頁，邊唸邊寫上讀音。（若為外來語，則寫假名）

step.3 >>> **例句練習**：每日背誦 10 個例句，能順暢説完即可在□打✓。

讀音練習	例句背誦練習	
218	孔門十哲（こうもんじってつ）は孔子（こうし）の教えを（　　　　）た。	□
219	姑（しゅうとめ）は毎日妻の家事を（　　　　）いる。	□
220	姑と妻の仲を（　　　　）ことは難しい。	□
221	米国の大統領は国賓として（　　　　）れた。	□
222	ビタミンやミネラルの（　　）はイライラの原因です。	□
223	労働者は会社のリストラに（　　　　）てストに入った。	□
224	雑草を食べて飢えを（　　　　）だ。	□
225	川の水が海に（　　　　）。	□
226	ネットで宮崎牛を（　　　　）。	□
227	罪を（　　　　）で、人を（　　　　）ず。	□
228	母を（　　　　）て三千里（さんぜんり）の旅をする。	□
229	お餅を食べすぎて胃が（　　　　）る。	□
230	あの企業の将来を信じて（　　　　）う。	□
231	今更いくら（　　　　）てもだめだ。	□

MP3 *Track 171*

step1 >>> **認識單字**：請邊聽音檔邊練習開口說，完成請在□打√。

動詞		讀音／原文	意思
232 繕う	□	つくろう 3	（他）修繕、修飾
233 懐く	□	なつく 2	（自）親近
234 潤う	□	うるおう 3	（自）滋潤、寛裕
235 背く	□	そむく 2	（自）違背、背向
236 叶う	□	かなう 2	（自）實現
237 つつく	□	つつく 2	（他）戳
238 きしむ	□	きしむ 2	（自）因摩擦而吱吱作響
239 歪む	□	ゆがむ 0	（自）歪斜、變形
240 呟く	□	つぶやく 3	（他）喃喃自語
241 絡む	□	からむ 2	（自）纏繞、牽扯

單字小教室

235「背」は動詞では「そむく」と読むが、腹の反対側、物の後ろ側という意味の熟語もたくさんある。例：背面・背後・背景・背泳。命令を聞かないという意味の熟語の例：背反・背信・背徳・背任など

step2 >>> **讀音練習**：對照左頁，邊唸邊寫上讀音。（若為外來語，則寫假名）

step3 >>> **例句練習**：每日背誦 10 個例句，能順暢説完即可在 □ 打 ✓ 。

讀音練習	例句背誦練習	
232	表面を（　　　）てもすぐに馬脚（ばきゃく）を出す。	□
233	私はよく野良猫に（　　　）れる。	□
234	臨時収入で懐（ふところ）が（　　　）。	□
235	あの大臣は国王に（　　　）て追放された。	□
236	努力すれば夢は（　　　）。	□
237	重箱の隅を楊枝（ようじ）で（　　　）。	□
238	床が古くて歩くたびに（　　　）。	□
239	涙で景色が（　　　）で見える。	□
240	最近ツイッターで（　　　）人が多い。	□
241	お金が（　　　）とうまくいく話もダメになる。	□

單字小教室

240 呟く：本来は小さい声で独り言を言うことだが、最近はネットでの用法も見られるようになった。

MP3 Track 172

step.1 >>> 認識單字：請邊聽音檔邊練習開口說，完成請在□打✓。

	動詞		讀音／原文	意思
242	貫く	□	つらぬく 3	（他）貫穿、貫徹
243	妬む	□	ねたむ 2	（他）忌妒
244	受け継ぐ	□	うけつぐ 3	（他）繼承、接替
245	中断する	□	ちゅうだんする 0	（他）中斷
246	倒産する	□	とうさんする 0	（自）倒閉
247	研ぐ	□	とぐ 1	（他）研磨、擦亮、搓洗
248	跨る	□	またがる 3	（自）跨騎、橫跨
249	操る	□	あやつる 3	（他）操弄
250	罵る	□	ののしる 3	（他）罵
251	奉る	□	たてまつる 4	（他）捧為

單字小教室

244「継」を使った他の熟語の例：継続（けいぞく）・継承（けいしょう）・後継（こうけい）・中継（ちゅうけい）・継母(ままはは)など

247 研ぐ…この動詞が使えるのは、刀、包丁、コメ、鏡だけで、使い方にかなりの制限があることに注意。

step.2 >>> **讀音練習**：對照左頁，邊唸邊寫上讀音。（若為外來語，則寫假名）

step.3 >>> **例句練習**：每日背誦 10 個例句，能順暢說完即可在□打✓。

讀音練習	例句背誦練習	
242	初心を（　　　）て夢を実現した。	□
243	石原さんは幸せ過ぎて人に（　　　）れる。	□
244	親から（　　　）だ仕事で成功した。	□
245	資金不足で靴の生産が一時（　　　）ている。	□
246	資料改ざんがばれて（　　　）た。	□
247	祖母は冬でも冷たい水で米を（　　　）いた。	□
248	バイクに（　　　）てさっそうと登場する。	□
249	社長を陰で（　　　）いるのは社長の奥さんらしい。	□
250	冷静な二人だったが、最後は（　　　）合いになった。	□
251	首相夫人は名誉校長に（　　　）れた。	□

單字小教室

250「罵る」の同義語は「罵倒する（ばとう）」。

251「奉」を使った熟語の例：奉献・奉呈・奉納・奉仕・奉公・奉還・供奉（ぐぶ）

MP3 *Track 173*

step.1 >>> **認識單字**：請邊聽音檔邊練習開口說，完成請在□打✓。

動詞		讀音／原文	意思
252 とろける	□	とろける 3	（自）融化
253 滞る	□	とどこおる 0	（自）延誤、拖欠
254 とぼける	□	とぼける 3	（他）遲鈍、裝糊塗
255 葬る	□	ほうむる 3	（他）埋葬
256 途切れる	□	とぎれる 3	（自）中斷
257 上回る	□	うわまわる 4	（他）超過
258 しなびる	□	しなびる 3	（自）乾癟
259 衰える	□	おとろえる 4	（自）衰退、衰弱
260 しくじる	□	しくじる 3	（他）失敗
261 こじれる	□	こじれる 3	（自）複雜化、惡化

單字小教室

252「とろける」には溶けて柔らかくなるという意味以外に「気持ちが和む」という意味がある。例：音楽を聞いて心がとろける。

step.2 >>> **讀音練習**：對照左頁，邊唸邊寫上讀音。（若為外來語，則寫假名）

step.3 >>> **例句練習**：每日背誦 10 個例句，能順暢説完即可在 □ 打✓。

讀音練習	例句背誦練習	
252	ハンバーグの上に（　　　）チーズをのせる。	□
253	家賃が３か月（　　　）いる。	□
254	魚を食べたかどうか猫を問い詰めても（　）ばかり。	□
255	女王の亡(な)き骸(がら)は村人に丁重(ていちょう)に（　　　）れた。	□
256	連続出場記録が怪我(けが)のため（　　　）た。	□
257	ホテルの客室数を（　　　）観光客が小さな町に来た。	□
258	停電で冷蔵庫の野菜がほとんど（　　　）しまった。	□
259	株価が大暴落して国の勢いが（　　　）始めた。	□
260	一度人生に（　　　）人の言葉は深い。	□
261	二国間の関係は修復できないくらい（　　　）た。	□

單字小教室

258「しなびる」は花や皮膚などから水分が失われて衰える状態。
「しぼむ」は時が経過して花が閉じる状態。
「枯れる」は植物が死んで干からびる状態。

261「こじれる」の意味：複雑になる、捻じ曲がる、病気が長引く。

MP3 *Track 174*

step.1 >>> **認識單字**：請邊聽音檔邊練習開口説，完成請在□打✓。

動詞		讀音／原文	意思
262 重んじる	□	おもんじる 4	（他）注重
263 傾ける	□	かたむける 4	（他）傾斜、傾注
264 いたわる	□	いたわる 3	（他）愛護、慰勞
265 ありふれる	□	ありふれる 4	（自）屢見不鮮、老生常談
266 群がる	□	むらがる 3	（自）聚集
267 乱れる	□	みだれる 3	（自）亂
268 丸める	□	まるめる 0	（他）揉成球、捲起
269 紛れる	□	まぎれる 3	（自）混雜、混淆、忘卻
270 滅びる	□	ほろびる 3	（自）滅亡
271 隔てる	□	へだてる 3	（他）隔著、疏遠
272 膨れる	□	ふくれる 0	（自）膨脹
273 率いる	□	ひきいる 3	（他）率領
274 控える	□	ひかえる 3	（他）等待、克制、面臨
275 阻む	□	はばむ 2	（他）阻擋

step.2 >>> **讀音練習**：對照左頁，邊唸邊寫上讀音。（若為外來語，則寫假名）

step.3 >>> **例句練習**：每日背誦 10 個例句，能順暢說完即可在☐打✓。

讀音練習	例句背誦練習	
262	武道は礼節（れいせつ）を（　　　　）。	☐
263	年配者の忠告にはもっと耳を（　　　　）たほうがいい。	☐
264	あの老夫婦は（　　　　）合いながら生きている。	☐
265	（　　　　）慰めはかえって敗者を傷つけるだけだ。	☐
266	スマホの新製品に若者が（　　　　）た。	☐
267	名門高校野球部の行進は一糸（いっし）（　　　　）ぬものだ。	☐
268	新聞紙を（　　　　）てゴキブリをたたく。	☐
269	難民の中にはスパイが必ず（　　　　）ているはずだ。	☐
270	国は（　　　　）たが、山や河は残った。	☐
271	海を（　　　　）た隣国とは仲良くしたほうがいい。	☐
272	石油危機の後、国の借金は何十倍も（　　　　）た。	☐
273	100 人の選手を（　　　　）て甲子園（こうしえん）へ行った。	☐
274	大事な試験を（　　　　）て今日は早く寝る。	☐
275	河川（かせん）の氾濫（はんらん）に進行を（　　　　）れた。	☐

MP3 Track 175

step.1 >>> **認識單字**：請邊聽音檔邊練習開口説，完成請在□打✓。

	動詞		讀音／原文	意思
276	備わる	□	そなわる 3	（自）具備
277	危ぶむ	□	あやぶむ 3	（他）堪慮
278	志す	□	こころざす 4	（他）立志
279	摘む	□	つむ 1	（他）摘
280	妥協する	□	だきょうする 0	（自）妥協
281	処分する	□	しょぶんする 1	（他）處分、處理
282	育成する	□	いくせいする 0	（他）培育
283	うつむく	□	うつむく 3	（自）低頭
284	頷く	□	うなずく 3	（自）點頭、首肯
285	脅かす	□	おびやかす 4	（他）威脅

單字小教室

279「摘む」の音読みは「てき」。「てき」を使った熟語はたくさんある。例：摘出、摘要、指摘、摘発など

step.2 >>> **讀音練習**：對照左頁，邊唸邊寫上讀音。（若為外來語，則寫假名）

step.3 >>> **例句練習**：每日背誦 10 個例句，能順暢説完即可在□打✓。

讀音練習	例句背誦練習	
276	便利な設備が（　　　）たマンションに住みたい。	□
277	西田さんは遊び過ぎて卒業が（　　　）れる。	□
278	日本一になる夢を（　　　）て故郷を出た。	□
279	茶畑で茶摘み娘（むすめ）がお茶の葉を（　　　）いる。	□
280	外国と交渉するときは決して（　　　）はいけない。	□
281	古い書類はシュレッダーで（　　　）。	□
282	あの野球チームは若い選手を（　　　）ことがうまい。	□
283	スマホを見ながら（　　　）て歩くのは危険です。	□
284	僕のプロポーズに彼女は小さく（　　　）た。	□
285	党の結束を（　　　）ものは誰でも排除する。	□

單字小教室

284「頷く」理解したという反応や肯定的な返事をするときに使う。違う表現で、「首を縦に振る」（はい、の意味）、反対語は「首を横に振る」、疑問のときは「小首をかしげる」

MP3 *Track 176*

step.1 >>> **認識單字**：請邊聽音檔邊練習開口說，完成請在□打✓。

	動詞		讀音／原文	意思
286	繁盛する	□	はんじょうする 1	（自）興旺
287	介入する	□	かいにゅうする 0	（自）介入

可以用日文表示的世界各國國名？

在本書的前幾個章節中也有提到日文中常以片假名來表示世界各國的國家名稱，但其實在日文之中這些國家都有屬於他們的日文漢字舊譯喔！而有一些舊譯簡稱至今仍會時不時被拿出來使用，因為比較不占位子嘛！以下分享幾個常見的國名舊譯簡稱：

英國→英　法國→仏 德國→独 俄國→露 義大利→伊 西班牙→西

澳洲→豪　美國→米　菲律賓→比 泰國→泰

step.2 >>> **讀音練習**：對照左頁，邊唸邊寫上讀音。（若為外來語，則寫假名）

step.3 >>> **例句練習**：每日背誦 10 個例句，能順暢説完即可在 □ 打 ✓。

讀音練習	例句背誦練習	
286	鰻重（うなじゅう）の老舗（しにせ）は2代目になってからとても（　　　　）た。	□
287	ソ連のアフガン侵攻にアメリカが（　　　　）た。	□

日檢單字一擊必殺應考祕技

説到背單字，很多人都會有過目即忘的困擾。準備日檢單字時，可以規定自己每天固定背多少單字量，建議可以依循這樣的順序：先不看課本，聽聽音檔→看課本聽一遍→自己試著唸一遍→不看課本聽一遍，並反覆確認不熟悉的單字與發音！隨著考試日子一天一天逼近，許多人難免會給自己很大的壓力，其實你並不需要強迫自己一定一次就要記起來，利用每天睡前一小時左右讀單字，隔天再複習前一天的內容，記憶會更加深刻喔！

【副詞・接続詞・その他篇】 MP3 Track 177

step.1 >>> 認識單字：請邊聽音檔邊練習開口説，完成請在□打✓。

副詞・接続詞・その他		讀音／原文	意思
288 とっさに	□	とっさに 0	瞬間
289 うんざり	□	うんざり 3	厭煩
290 フラフラ	□	ふらふら 0	搖晃、無力
291 ブラブラ	□	ぶらぶら 1	無所事事、閒晃
292 おどおど	□	おどおど 1	恐懼不安
293 さすが	□	さすが 0	不愧是
294 がっくり	□	がっくり 3	沮喪
295 くっきり	□	くっきり 3	鮮明
296 てっきり	□	てっきり 3	肯定（推測）
297 まるっきり	□	まるっきり 0	完全

單字小教室

290～292 畳語の副詞は清音、濁音、半濁音の違いで感じ方や程度が変わる。例：キラキラ vs ギラギラ、クルクル vs グルグル、トントン vs ドンドン、ヘラヘラ vs ベラベラ vs ペラペラ、ヒリヒリ vs ビリビリなど

step.2 >>> **讀音練習**：對照左頁，邊唸邊寫上讀音。（若為外來語，則寫假名）

step.3 >>> **例句練習**：每日背誦 10 個例句，能順暢說完即可在 □ 打✓。

讀音練習	例句背誦練習	
288	ボールが飛んできたので（　　　）身をよけた。	□
289	2年間で3回の値上げに国民は（　　　）している。	□
290	朝から何も食べていないので（　　　）だ。	□
291	叔父（おじ）は毎日仕事もしないで（　　　）している。	□
292	自信のない（　　　）した目つき。	□
293	（　　　）に若いだけあって体力がある。	□
294	自信作が落選して（　　　）くる。	□
295	今朝は八ヶ岳（やつがたけ）の稜線（りょうせん）が（　　　）見える。	□
296	ごめん、（　　　）知ってると思ってた。	□
297	高校の数学は（　　　）手も足も出ない。	□

單字小教室

生き物や物の声・音を表す擬声語は試験にはめったに出題されないが、あなた自身の日本語がより豊かになるためにはたくさん覚えたほうがいい。例：ガオー（ライオン）／パオー（象）／ワオー（狼）／ウェーン（人間の赤ちゃん）

MP3 Track 178

step.1 >>> **認識單字**：請邊聽音檔邊練習開口說，完成請在☐打✓。

副詞・接続詞・その他		讀音／原文	意思
298 こうこうと	☐	こうこうと 0	輝煌奪目
299 いっそ	☐	いっそ 0	乾脆、索性
300 ずばり	☐	ずばり 2	正中
301 ぴったり	☐	ぴったり 3	緊密地、適合、一致
302 隙間なく	☐	すきまなく 4	無縫隙
303 つとめて	☐	つとめて 2	盡力
304 さも	☐	さも 1	彷彿
305 且つ	☐	かつ 1	而且
306 たっぷり	☐	たっぷり 3	足夠
307 案の定	☐	あんのじょう 3	果然

單字小教室

300「ずばり」は物事の核心を正確に、または単刀直入に指摘する表現だが、推測だけに使うわけではない。例：「あの週刊誌には言いにくいことがずばりと書いてある」

step2 >>> **讀音練習**：對照左頁，邊唸邊寫上讀音。（若為外來語，則寫假名）

step3 >>> **例句練習**：每日背誦 10 個例句，能順暢説完即可在□打✓。

讀音練習	例句背誦練習	
298	取り替えたばかりの電球が（　　　）と輝く。	□
299	隣の人、怖い。（　　　）引っ越そうか。	□
300	彼は私の年齢を（　　　）と言い当てた。	□
301	ヒートリーは円谷（つぶらや）の後ろに（　　　）ついて走った。	□
302	この花はあそこに（　　　）並べてください。	□
303	内心驚いたが（　　　）平静を装った。	□
304	先生は（　　　）実際に見てきたかのように話す。	□
305	ガソリンより安く（　　　）安全なエネルギーの開発。	□
306	お好み焼きの上に（　　　）ネギをのせて食べる。	□
307	昨日彼は咳をしていた。（　　　）今日来ていない。	□

單字小教室

301「ぴったり（ぴたり）」は密着しているという意味以外に、少しも違わないで、という意味もある。例：計算がぴったり合う。また、急にやめるという意味もある。例：ぴたりと泣き止む。

MP3 *Track 179*

step.1 >>> **認識單字**：請邊聽音檔邊練習開口説，完成請在□打✓。

副詞・接続詞・その他		讀音／原文	意思
308 どうやら	□	どうやら 1	總覺得、好像是
309 もっとも	□	もっとも 3	不過
310 ひいては	□	ひいては 1	進而、而且
311 ひたすら	□	ひたすら 0	一味地
312 今更	□	いまさら 0	事到如今
313 到底	□	とうてい 0	怎麼也
314 そろそろ	□	そろそろ 1	差不多該
315 先だって	□	せんだって 5	前幾日
316 目下	□	もっか 1	目前
317 まして	□	まして 1	何況

單字小教室

309「もっとも」…「一番」「但し」という意味以外に「当然」という意味がある。例：子供が嫌がるのももっともだ。

step.2 >>> **讀音練習**：對照左頁，邊唸邊寫上讀音。（若為外來語，則寫假名）

step.3 >>> **例句練習**：每日背誦 10 個例句，能順暢説完即可在 □ 打 ✓。

讀音練習	例句背誦練習	
308	選挙の後、（　　　）株価は安定したようだ。	□
309	賃金は上昇した。（　　　）物価も上昇したが。	□
310	君の立候補は自分のため、（　　　）国のためになる。	□
311	代表に選ばれるよう彼は（　　　）走った。	□
312	取引先の社長の名前を忘れたが、（　　　）聞けない。	□
313	夫の言い訳は（　　　）理解できない。	□
314	（　　　）晩ご飯の支度をはじめよう。	□
315	（　　　）お話しした件、どうなりましたか。	□
316	新しい元号（げんごう）を何にするか、（　　　）検討中でございます。	□
317	100万円でも売らない。（　　　）ただなんて絶対無理。	□

單字小教室

314「そろそろ」にはゆっくり、静かにの言う意味もある。例：料理をお盆にのせてそろそろ歩く。

MP3 *Track 180*

step.1 >>> **認識單字**：請邊聽音檔邊練習開口説，完成請在 □ 打✓。

副詞・接続詞・その他		讀音／原文	意思
318 かねて	□	かねて 1	之前、老早
319 とかく	□	とかく 0	動輒
320 とんだ	□	とんだ 0	意外地、嚴重
321 かろうじて	□	かろうじて 2	好不容易才
322 自ずから	□	おのずから 0	自然而然
323 敢えて	□	あえて 1	特意、敢於
324 何より	□	なにより 1	比什麼都（好）
325 未だに	□	いまだに 0	仍然
326 とりわけ	□	とりわけ 0	尤其

單字小教室

322「自ずから（おのずから）」は「みずから」という読み方もある。

step2 >>> **讀音練習**：對照左頁，邊唸邊寫上讀音。（若為外來語，則寫假名）

step3 >>> **例句練習**：每日背誦 10 個例句，能順暢說完即可在□打✓。

讀音練習	例句背誦練習	
318	学級崩壊は（　　　）より予期していたことだ。	□
319	年をとると（　　　）忘れっぽくなる。	□
320	先輩の言葉を信じて（　　　）目にあった。	□
321	会社で大失敗したが、（　　　）首の皮はつながった。	□
322	信じ続けろ。そうしたら（　　　）道は開けるだろう。	□
323	誰も言わないなら私が（　　　）苦言を呈（てい）する。	□
324	お手紙ありがとう。元気そうで（　　　）です。	□
325	20 歳の甥（おい）は（　　　）漢字が書けない	□
326	妻は料理が上手だ。（　　　）シチューは絶品だ。	□

單字小教室

325「未だ」の後ろに接続する言葉は否定形とは限らない。
例：30 年前の試合の判定、君は未だに間違っていたというのか。

【外來語篇】 MP3 *Track 181*

step.1 >>> **認識單字**：請邊聽音檔邊練習開口說，完成請在□打✓。

外來語		讀音／原文	意思
327 ウイルス [2]	□	virus	病毒
328 ニュアンス [1]	□	nuance	細微差異、感覺
329 ナンセンス [1]	□	nonsense	荒謬、無意義
330 シート [1]	□	sheet	表單
331 フォーム [1]	□	form	運動姿勢、形式
332 ムード [1]	□	mood	心情、氣氛
333 バックアップ [4]	□	backup	備份、後援
334 モニター [1]	□	monitor	螢幕
335 リモコン [0]	□	remote controller	遙控器
336 スキャナー [2]	□	scanner	掃描機
337 サプリ [1]	□	supplement	營養補充品
338 カルシウム [3]	□	calcium	鈣
339 コラーゲン [2]	□	collagen	膠原蛋白
340 イベント [0]	□	event	活動

step.2 >>> **讀音練習**：對照左頁，邊唸邊寫上讀音。（若為外來語，則寫假名）

step.3 >>> **例句練習**：每日背誦 10 個例句，能順暢説完即可在 □ 打 ✓。

讀音練習	例句背誦練習	
327	風邪の（　　　　）からの予防は手を洗うことが基本です。	□
328	話の（　　　　）から本音を想像する。	□
329	学費を払って大学に行かないのは（　　　　）である。	□
330	（　　　　）に経費を記入して課長に提出してください。	□
331	伊達（だて）さんを見て。あれが理想の（　　　　）だ。	□
332	いい（　　　　）のレストランで食事したい。	□
333	ファイルを作ったら必ず（　　　　）すること。	□
334	監視（　　　　）に怪しい人影が映った。	□
335	テレビの（　　　　）、どこに置いたの。	□
336	古い写真を（　　　　）で保存する。	□
337	あの女性は毎日たくさんの（　　　　）を飲んでいる。	□
338	（　　　　）は骨を丈夫にする。	□
339	（　　　　）は肌をすべすべにする。	□
340	大会後の（　　　　）は欠席したい。	□

MP3 Track 182

step.1 >>> **認識單字**：請邊聽音檔邊練習開口說，完成請在□打✓。

外來語		讀音／原文	意思
341 コメント 0	□	comment	評論
342 コマーシャル 2	□	commercial	電視廣告
343 コントロール 4	□	control	控制
344 スペース 2	□	space	空間、空白
345 コーナー 1	□	corner	專區、角落、轉角
346 ケース 1	□	case	情況、盒子
347 デッサン 1	□	dessin	素描、草圖
348 セクション 1	□	section	部門
349 ポジション 2	□	position	職位、位置
350 ファイル 1	□	file	檔案
351 データ 1	□	data	數據、資料
352 タイトル 1	□	title	標題
353 フリース 0	□	fleece	刷毛
354 インテリ 0	□	intelligent	知識分子、知性

step.2 >>> **讀音練習**：對照左頁，邊唸邊寫上讀音。（若為外來語，則寫假名）

step.3 >>> **例句練習**：每日背誦 10 個例句，能順暢説完即可在 □ 打✓。

讀音練習	例句背誦練習	
341	係争中なので、（　　　）は差し控える。	□
342	ＮＨＫは（　　　）を放送してはいけない。	□
343	長老が陰で首相を（　　　）している。	□
344	ホテルのロビーはリラックスできる（　　　）だ。	□
345	お土産物（　　　）で絵葉書（えはがき）を売っている。	□
346	この液体の色が変わったのは特殊な（　　　）です。	□
347	正面の壁には裸婦（らふ）の（　　　）が一枚貼ってある。	□
348	今年は営業の（　　　）は男性だけ募集するらしい。	□
349	自分の（　　　）をわきまえて行動すること。	□
350	メールに（　　　）を添付する。	□
351	このグラフの（　　　）は出典（しゅってん）がはっきりしない。	□
352	メールに（　　　）を付けるときは簡潔に分かりやすく。	□
353	この（　　　）はとても春らしくてお気に入りだ。	□
354	この作品は作者の（　　　）が感じられません。	□

MP3 *Track 183*

step.1 >>> **認識單字**：請邊聽音檔邊練習開口説，完成請在□打✓。

外來語		讀音／原文	意思
355 ソフト 1	□	software	軟體
356 ベース 0	□	base	基礎、基準
357 エレガント 1	□	elegant	優雅
358 アンケート 1	□	enquête	問卷
359 アンコール 3	□	encore	安可
360 ボイコット 3	□	boycott	集體抵制
361 アルコール 0	□	alcohol	酒精
362 アプローチ 3	□	approach	接近
363 コラボ 1	□	collaboration	聯名合作
364 イノベーション 3	□	innovation	創新

單字小教室

355「ソフト」と言ってもいくつかの意味がある。「ソフトクリーム」「ソフトボール」「ソフトコンタクトレンズ」は誤解されないときは単に「ソフト」と言うことが多い。また形容詞「ソフトな」もある。

step.2 >>> **讀音練習**：對照左頁，邊唸邊寫上讀音。（若為外來語，則寫假名）

step.3 >>> **例句練習**：每日背誦 10 個例句，能順暢説完即可在□打✓。

讀音練習	例句背誦練習	
355	ハードに比べて（　　　）の開発は大変だ。	□
356	去年の論文を（　　　）にして研究を進めよう。	□
357	赤いドレスを着て（　　　）に舞う。	□
358	支持政党の（　　　）に答えていただけませんか。	□
359	（　　　）の拍手が鳴りやまない。	□
360	ソ連は政治的理由でオリンピックを（　　　）した。	□
361	運転するときは（　　　）抜きのビールを飲む。	□
362	美女にどうやって（　　　）したらいいかわからない。	□
363	デザイナーと漫画家が（　　　）してＴシャツを作った。	□
364	国が（　　　）を推進しようとしている。	□

單字小教室

356「ベース」には他に、野球の「ベース」、基本給をあげること「ベースアップ」、登山や軍隊などの根拠地「ベースキャンプ」などがある。

MP3 *Track 184*

step.1 >>> **認識單字：** 請邊聽音檔邊練習開口說，完成請在□打✓。

外來語	讀音／原文	意思
365 シック 1 □	chic	時尚
366 コンタクト 1 □	contact	接洽

單字小教室

365 シックはフランス語で落ち着いたおしゃれの意味だが、英語のsick（病気の）、thick（厚い）はまだ外来語として普及していない。

step.2 >>> **讀音練習**：對照左頁，邊唸邊寫上讀音。（若為外來語，則寫假名）

step.3 >>> **例句練習**：每日背誦 10 個例句，能順暢説完即可在 □ 打✓。

讀音練習	例句背誦練習	
365	（　　　　）にもカジュアルにも最適な 1 枚。	□
366	秘書に（　　　　）を取ろうとしたが、留守だった。	□

單字小教室

366「コンタクト」には「接触、接触する」という意味以外にコンタクトレンズの意味もある。コンタクトレンズの意味の時、「レンズ」を省略することもあるので注意。

【多義語篇】 MP3 *Track 185*

step.1 >>> **認識單字**：請邊聽音檔邊練習開口說，完成請在□打✓。

	多義語		讀音／原文	說明
367	おりる	□	おりる 2	立場をやめる
368	負う	□	おう 1	恩恵を受ける
369	あて	□	あて 0	頼りにする
370	そば	□	そば 1	すぐに
371	明るい	□	あかるい 0	よく知っている
372	耳	□	みみ 2	端
373	凝る	□	こる 1	細かく細工する
374	足	□	あし 2	移動の手段
375	影	□	かげ 1	姿
376	あがる	□	あがる 0	物事が終わる

單字小教室

372「耳」頭部の端にあるもの意味から派生して、「パンの耳」以外に、「耳を揃えて借金を返す」（不足なく金額を用意する）、「なべの耳」（鍋を持つところ）などの用法がある。

step.2 >>> **讀音練習**：對照左頁，邊唸邊寫上讀音。（若為外來語，則寫假名）

step.3 >>> **例句練習**：每日背誦 10 個例句，能順暢說完即可在□打✓。

讀音練習	例句背誦練習	
367	健康上の理由で岡田（おかだ）さんは会長を（　　　）た。	□
368	わが社の発展はパートの努力に（　　　）ところが多い。	□
369	観光地に詳しい彼女が来られなくて、（　　　）がくるった。	□
370	おかずを作っている（　　　）からつまみ食いをする。	□
371	法律に（　　　）人が一緒にいてくれると助かります。	□
372	サンドイッチを作る時、パンの（　　　）は切りますか。	□
373	このおもちゃは細部（さいぶ）まで（　　　）いて子供に人気がある。	□
374	秘境（ひきょう）の温泉は魅力的だが、（　　　）がないのが問題だ。	□
375	兵隊は基地から（　　　）も形もなく消えてしまった。	□
376	掃除が終わった人から順に（　　　）ください。	□

單字小教室

376「あがる」トランプ、マージャン、双六で勝つことを「あがり」という。それ以外に、「家賃のあがりで暮らす」（売り上げ）、すし屋の「お茶」、「明日には上がります」（完成）の意味がある。

MP3 *Track 186*

step.1 >>> **認識單字**：請邊聽音檔邊練習開口説，完成請在□打✓。

多義語		讀音／原文	説明
377 裏	□	うら 2	逆のこと
378 末	□	すえ 0	将来
379 興す	□	おこす 2	始める
380 かかる	□	かかる 2	始める
381 多少	□	たしょう 0	少し
382 息	□	いき 1	調子
383 姿	□	すがた 1	状態
384 甘い	□	あまい 0	態度が厳しくない
385 絞る	□	しぼる 2	無理に出させる
386 備える	□	そなえる 3	身に付けている
387 出	□	で 0	出身地
388 惜しい	□	おしい 2	大切な
389 しめる	□	しめる 2	節約する
390 汚い	□	きたない 3	卑怯

step.2 >>> **讀音練習**：對照左頁，邊唸邊寫上讀音。（若為外來語，則寫假名）

step.3 >>> **例句練習**：每日背誦 10 個例句，能順暢説完即可在 □ 打✓。

讀音練習	例句背誦練習	
377	犯人は警察の（　　　）をかいて逃走に成功した。	□
378	この子は何も長続きしない。行く（　　　）が心配だ。	□
379	安藤さんは1958年に即席麺の会社を（　　　）た。	□
380	さあ、そろそろ最後の仕上げに（　　　）ましょう。	□
381	お金なら（　　　）は持っている。	□
382	20年ペアを組んでいるので（　　　）がぴったりだ。	□
383	この大自然のありのままの（　　　）を見てもらいたい。	□
384	たいていの祖父母（そふぼ）は孫にとても（　　　）。	□
385	農民は幕府（ばくふ）に高い税金を（　　　）れて苦しんだ。	□
386	野生動物は危険から身を守る能力を（　　　）ている。	□
387	彼女の言葉を聞いてどこの（　　　）かすぐに分かった。	□
388	現役の大統領が病死した。（　　　）人をなくした。	□
389	子どもたちの進学に備えて母は家計を（　　　）。	□
390	（　　　）手を使って勝ってもうれしくない。	□

MP3 *Track 187*

step.1 >>> **認識單字**：請邊聽音檔邊練習開口說，完成請在□打✓。

多義語		讀音／原文	説明
391 骨	□	ほね 2	強い気質
392 結ぶ	□	むすぶ 0	終わりにする
393 道	□	みち 0	専門
394 波	□	なみ 2	一定でないこと
395 模様	□	もよう 0	予想される様子
396 虫	□	むし 0	熱中する人
397 荷	□	に 0	負担
398 肩	□	かた 1	対等の関係
399 細かい	□	こまかい 3	お金にうるさい
400 そろそろ	□	そろそろ 1	ゆっくり

單字小教室

396 ある性格を表す悪口の表現「弱虫」「泣き虫」

step.2 >>> **讀音練習**：對照左頁，邊唸邊寫上讀音。（若為外來語，則寫假名）

step.3 >>> **例句練習**：每日背誦 10 個例句，能順暢說完即可在 □ 打 ✓。

讀音練習	例句背誦練習	
391	何度失敗しても挑戦する。（　　　）のある子だ。	□
392	この本の（　　　）に感謝の言葉が書いてある。	□
393	（　　　）を極めた人の忠告は説得力がある。	□
394	息子の成績には（　　　）がある。	□
395	明日は一日中曇り（　　　）の予報だ。	□
396	田村（たむら）君は本の（　　　）だ。	□
397	監督の仕事は私には（　　　）が重い。	□
398	中国の経済成長はついにアメリカに（　　　）を並べた。	□
399	彼女と買い物に行くといろいろ（　　　）ことを言う。	□
400	お盆に料理をいっぱい載せて（　　　）運ぶ。	□

單字小教室

398「肩」を使ったいろいろな表現　肩書＝地位、肩を貸す＝助ける、肩で風を切る＝威張る、肩にかかる＝責任・義務を負う、肩を落す＝失意、右肩下がり＝どんどん減少する、など

MP3 *Track 188*

step.1 >>> **認識單字**：請邊聽音檔邊練習開口説，完成請在□打✓。

多義語		讀音／原文	説明
401 筋	□	すじ 1	素質
402 腕	□	うで 2	技術
403 薬	□	くすり 0	ためになる
404 黒い	□	くろい 2	よくない
405 滑る	□	すべる 2	失敗する
406 種	□	たね 1	発生する元

單字小教室

404「黒い」はよくないことに使われる。これ以外に、「白」：無実、「青い」：未熟、「赤の他人」：完全に他人、「灰色」：疑わしい、「青白い」：不健康な、「セピア色」：古い思い出、などがある。

step.2 >>> **讀音練習**：對照左頁，邊唸邊寫上讀音。（若為外來語，則寫假名）

step.3 >>> **例句練習**：每日背誦 10 個例句，能順暢說完即可在 □ 打 ✓ 。

讀音練習	例句背誦練習	
401	あの小学生は将棋（しょうぎ）初心者なのになかなか（　　　）がいい。	□
402	中学生になってますます（　　　）を上げた。	□
403	先生の忠告は毒にも（　　　）にもならない。	□
404	あの政治家は（　　　）うわさが絶えない。	□
405	入試に（　　　）ないようにお守（まも）りを持って行こう。	□
406	高速道路は便利だが、渋滞（じゅうたい）が悩みの（　　　）だ。	□

單字小教室

406「種」もともとは植物の種の意味。派生して「元になるもの」、「材料」の意味もある。例；寿司の種、話のタネ、種も仕掛けもございません（手品）、スピーチのネタ（たね→ねた）

【慣用表現篇】 MP3 *Track 189*

step.1 >>> **認識單字**：請邊聽音檔邊練習開口説，完成請在□打✓。

身體器官		讀音／原文	意思
407 頭が切れる	□	あたまがきれる	聰明
408 頭が上がらない	□	あたまがあがらない	抬不起頭
409 頭に来る	□	あたまにくる	生氣
410 頭の体操	□	あたまのたいそう	智力遊戲
411 頭の回転	□	あたまのかいてん	腦袋運轉
412 頭を絞る	□	あたまをしぼる	絞盡腦汁
413 頭が古い	□	あたまがふるい	老古板
414 顔が利く	□	かおがきく	面子大、吃得開
415 顔がつぶれる	□	かおがつぶれる	丟臉
416 顔が広い	□	かおがひろい	人面廣
417 顔に書いてある	□	かおにかいてある	心情寫在臉上
418 顔に泥を塗る	□	かおにどろをぬる	讓…丟臉
419 顔を出す	□	かおをだす	出席
420 顔を売る	□	かおをうる	出名

step2 ››› **讀音練習**：對照左頁，邊唸邊寫上讀音。（若為外來語，則寫假名）

step3 ››› **例句練習**：每日背誦 10 個例句，能順暢說完即可在 □ 打✓。

讀音練習	例句背誦練習	
407	新しい官房長官（かんぼうちょうかん）はとても（　　　　）人だ。	□
408	苦しいときに助けてくれた妻に（　　　　）。	□
409	店員のやる気のない態度に（　　　　）。	□
410	このクイズ、（　　　　）だと思ってやってみて。	□
411	この子はこう見えて（　　　　）がはやい。	□
412	どうすればいいか、みんなで（　　　　）くれ。	□
413	息子はまだ 20 代なのに（　　　　）て困る。	□
414	社長は政治家に（　　　　）ます。	□
415	君がそんなこと言うから私は（　　　　）。	□
416	町内会長はこの町でとても（　　　　）。	□
417	それ、うそでしょう。（　　　　）わ。	□
418	何をしてもいいけど私の（　　　　）ないでください。	□
419	明日のパーティーにはちょっと（　　　　）つもりだ。	□
420	パーティーに出て（　　　　）てくるよ。	□

MP3 *Track 190*

step.1 >>> 認識單字：請邊聽音檔邊練習開口說，完成請在□打✓。

	身體器官		讀音／原文	意思
421	目が肥える	□	めがこえる	挑剔、有眼力
422	目が離せない	□	めがはなせない	看緊
423	目がない	□	めがない	熱愛
424	目をつぶる	□	めをつぶる	放水、視而不見
425	目に入れても痛くない	□	めにいれてもいたくない	溺愛小孩
426	口が重い	□	くちがおもい	沉默寡言
427	口が滑る	□	くちがすべる	說漏嘴
428	口がうまい	□	くちがうまい	能言善道
429	口に合う	□	くちにあう	合胃口
430	口に出す	□	くちにだす	啟齒
431	口をはさむ	□	くちをはさむ	插嘴
432	口を割る	□	くちをわる	招供
433	口を合わせる	□	くちをあわせる	串供
434	首が回らない	□	くびがまわらない	債台高築

step.2 >>> **讀音練習**：對照左頁，邊唸邊寫上讀音。（若為外來語，則寫假名）

step.3 >>> **例句練習**：每日背誦 10 個例句，能順暢說完即可在□打✓。

讀音練習	例句背誦練習	
421	この絵がいくらなのか、（　　　）人に見てもらおう。	□
422	いたずらっ子から（　　　）て困っている。	□
423	娘は甘いものに（　　　）。	□
424	今回は（　　　）から、次は気をつけなさい。	□
425	先月生まれた孫は、（　　　　　　）ほどかわいい。	□
426	悪い知らせなのでつい（　　　）くなる。	□
427	ごめん、（　　　）てあなたの秘密、言っちゃった。	□
428	営業課長は本当に（　　　）。	□
429	この店の料理は全部（　　　）ない。	□
430	そんな不吉（ふきつ）なこと、（　　　）はいけないよ。	□
431	二人の問題に（　　　）ないでください。	□
432	この容疑者（ようぎしゃ）はなかなか（　　　）ない。	□
433	仲間と（　　　）おいたほうがいいよ。	□
434	新たな事業に失敗して（　　　）なった。	□

MP3 *Track 191*

step.1 >>> **認識單字**：請邊聽音檔邊練習開口說，完成請在□打✓。

身體器官		讀音／原文	意思
435 首になる	□	くびになる	被解雇、被炒魷魚
436 首を長くする	□	くびをながくする	引頸盼望
437 手が早い	□	てがはやい	手腳很快、先下手
438 手が離れる	□	てがはなれる	孩子長大放手
439 手が回らない	□	てがまわらない	忙碌顧不及
440 手が付けられない	□	てがつけられない	無計可施
441 手が届く	□	てがとどく	買得起、照顧周到
442 手にする	□	てにする	入手
443 手をあげる	□	てをあげる	動手打人
444 手を切る	□	てをきる	斷絕關係
445 手を染める	□	てをそめる	染黑做壞事
446 手を引く	□	てをひく	牽手、撒手不管
447 手を焼く	□	てをやく	棘手
448 足が出る	□	あしがでる	超支

step.2 >>> 讀音練習：對照左頁，邊唸邊寫上讀音。（若為外來語，則寫假名）

step.3 >>> 例句練習：每日背誦 10 個例句，能順暢説完即可在 □ 打✓。

讀音練習	例句背誦練習	
435	岡田さんは会社のお金を使って（　　　　）ました。	□
436	留学した息子からのメールを（　　　　）て待った。	□
437	祖父は怖い人で、口より（　　　　）。	□
438	子供が独立してやっと（　　　　）。	□
439	お正月の準備で部屋の掃除までは（　　　　）。	□
440	妻は怒ると（　　　　）くなる。	□
441	外国の高級車はまだ高くて（　　　　）ない。	□
442	鉄砲（てっぽう）を（　　　　）織田軍は連戦連勝（れんせんれんしょう）した。	□
443	何があっても妻に（　　　　）はいけない。	□
444	嘘ばかりつく友達とは（　　　　）たい。	□
445	あのお相撲（すもう）さんはギャンブルに（　　　　）引退した。	□
446	東芝（とうしば）は家電から（　　　　）。	□
447	妹のわがままに母は（　　　　）いる。	□
448	材料費が値上がりして今月は（　　　　）。	□

MP3 *Track 192*

step.1 >>> **認識單字**：請邊聽音檔邊練習開口說，完成請在□打✓。

身體器官		讀音／原文	意思
449 足が早い	□	あしがはやい	食物易腐壞
450 足が棒になる	□	あしがぼうになる	雙腿痠痛
451 足を延ばす	□	あしをのばす	遠行
452 足を引っ張る	□	あしをひっぱる	扯後腿
453 足を洗う	□	あしをあらう	金盆洗手
454 気が小さい	□	きがちいさい	膽小懦弱
455 気が重い	□	きがおもい	心情沉重
456 気が短い	□	きがみじかい	急躁易怒
457 気が置けない	□	きがおけない	不用客套的關係
458 気がある	□	きがある	對人有意思
459 気が晴れる	□	きがはれる	心情放晴
460 気に入る	□	きにいる	中意
461 気になる	□	きになる	在意
462 気を配る	□	きをくばる	關心、注意

step.2 >>> **讀音練習**：對照左頁，邊唸邊寫上讀音。（若為外來語，則寫假名）

step.3 >>> **例句練習**：每日背誦 10 個例句，能順暢説完即可在□打✓。

讀音練習	例句背誦練習	
449	鯵（あじ）は（　　　　）から気を付けて。	□
450	一日中探し回って（　　　　）。	□
451	花蓮に来たのだから明日はタロコまで（　　　　）たい。	□
452	内川（うちかわ）選手が（　　　　）チームは負けてしまった。	□
453	泥棒（どろぼう）から（　　　　）防犯組合（ぼうはんくみあい）に入った。	□
454	本番ではうまくいかない選手は（　　　　）と言われる。	□
455	不合格だったと生徒に言うのは（　　　　）。	□
456	小さなことですぐ怒る。（　　　　）人だ。	□
457	彼女は竹馬（ちくば）の友で、（　　　　）関係だ。	□
458	いつも僕を見ているけど、僕に（　　　　）の？	□
459	みんな私に謝ってくれて（　　　　）。	□
460	君の潔（いさぎよ）い態度、（　　　　）ました。	□
461	友達が住んでいるところで地震があって、（　　　　）います。	□
462	あの先生は生徒の健康にいつも（　　　　）いる。	□

MP3 *Track 193*

step.1 >>> **認識單字**：請邊聽音檔邊練習開口説，完成請在□打✓。

身體器官		讀音／原文	意思
463 氣を引く	□	きをひく	故意吸引對方注意
464 気を許す	□	きをゆるす	敞開心扉
465 腹が黒い	□	はらがくろい	壞心腸
466 胸をくくる	□	はらをくくる	下定決心
467 胸が痛い	□	むねがいたい	難過
468 腕を上げる	□	うでをあげる	技術提升
469 膝が笑う	□	ひざがわらう	兩腿累到發軟
470 お尻が重い	□	おしりがおもい	不願行動
471 耳が痛い	□	みみがいたい	被説中弱點，覺得刺耳

step.2 >>> 讀音練習：對照左頁，邊唸邊寫上讀音。（若為外來語，則寫假名）

step.3 >>> 例句練習：每日背誦 10 個例句，能順暢說完即可在 □ 打✓。

讀音練習	例句背誦練習	
463	彼はいつも冗談（じょうだん）を言って彼女の（　　　）いる。	□
464	信じて（　　　）ばかりに裏切られてショックが大きい。	□
465	金丸（かねまる）さんは政治家のころ（　　　）人だと言われていた。	□
466	社長は（　　　）会社を閉じた。	□
467	幼稚園児の事故のニュースを聞いて（　　　）。	□
468	ピアノの演奏（えんそう）、感動した。（　　　）ね。	□
469	20 階まで階段を上って（　　　）。	□
470	管理人に謝（あやま）りに行くの嫌だ。（　　　）よ。	□
471	最近の日本人は本を読まないって聞いて（　　　）。	□

MP3 *Track 194*

step.1 >>> **認識單字**：請邊聽音檔邊練習開口說，完成請在□打✓。

	動物・數字		讀音／原文	意思
472	猫の手も借りたい	□	ねこのてもかりたい	忙得不可開交
473	猫の額	□	ねこのひたい	面積小
474	烏の行水	□	からすのぎょうずい	戰鬥澡（洗澡時間短）
475	袋のネズミ	□	ふくろのねずみ	甕中鱉
476	井の中の蛙	□	いのなかのかわず	井底之蛙
477	虫の知らせ	□	むしのしらせ	不祥的預感
478	犬猿の仲	□	けんえんのなか	水火不容
479	馬が合う	□	うまがあう	氣味相投
480	馬の耳に念仏	□	うまのみみにねんぶつ	對牛彈琴
481	豚に真珠	□	ぶたにしんじゅ	不識貨、不相稱
482	一から十まで	□	いちからじゅうまで	一五一十
483	二の舞	□	にのまい	東施效顰
484	三々五々	□	さんさんごご	三五成群

step.2 >>> **讀音練習**：對照左頁，邊唸邊寫上讀音。（若為外來語，則寫假名）

step.3 >>> **例句練習**：每日背誦 10 個例句，能順暢說完即可在 □ 打 ✓ 。

讀音練習	例句背誦練習	
472	年末のデパートの店員は（　　　　　）くらい忙しい。	□
473	去年買った家には（　　　　）ほどの庭がついている。	□
474	兵隊（へいたい）のお風呂は5分らしい。まるで（　　　）だ。	□
471	もう逃げられないぞ。君は（　　　）だ。	□
476	僕は学校で英語が一番じょうずだと思っていたが、（　　　）だった。	□
477	（　　　）があって出張中の父に電話したが無事で安心した。	□
478	菅（かん）さんと安倍さんはいつも言い争っている。（　　　）だ。	□
479	あなたもそう思いますか。私たち（　　　）ますね。	□
480	息子に何度言っても部屋を片づけない。（　　　）だ。	□
481	こんな高いネックレスは似合わない。（　　　）だ。	□
482	（　　　）人に頼っていては上達しない。	□
483	大統領の失敗を見て、（　　　）を演（えん）じないように気を付けた。	□
484	忘年会に学生たちは（　　　）集まってきた。	□

MP3 *Track 195*

step.1 >>> **認識單字**：請邊聽音檔邊練習開口説，完成請在□打✓。

數字・植物・食物		讀音／原文	意思
485 早起きは三文の徳	□	はやおきはさんもんのとく	早起的鳥兒有蟲吃
486 十人十色	□	じゅうにんといろ	一種米養百種人
487 一か八か	□	いちかばちか	孤注一擲
488 種を明かす	□	たねをあかす	透露秘訣
489 道草を食う	□	みちくさをくう	在途中逗留閒晃
490 根に持つ	□	ねにもつ	懷恨在心、耿耿於懷
491 花道を飾る	□	はなみちをかざる	光榮引退
492 柳に風	□	やなぎにかぜ	耳邊風
493 朝飯前	□	あさめしまえ	輕而易舉
494 油を売る	□	あぶらをうる	摸魚
495 焼きもちを焼く	□	やきもちをやく	吃醋
496 絵に描いた餅	□	えにかいたもち	畫餅充飢
497 手前みそ	□	てまえみそ	自吹自擂
498 胡麻をする	□	ごまをする	拍馬屁

step.2 >>> 讀音練習：對照左頁，邊唸邊寫上讀音。（若為外來語，則寫假名）

step.3 >>> 例句練習：每日背誦 10 個例句，能順暢説完即可在 □ 打 ✓ 。

讀音練習	例句背誦練習	
485	（　　　　　）だから毎朝５時に起きるようにしている。	□
486	納豆（なっとう）に蜂蜜？いいよ。味の好みは（　　　）だから。	□
487	（　　　　）食品会社の株を買った。	□
488	（　　　　）とこのことはずっと前から知っていた。	□
489	５時に塾に行くから今日は（　　　　　　）ないで帰ってきなさい。	□
490	いつまでも（　　　　）いないで許してあげたら？	□
491	山口百恵（やまぐちももえ）は最高の舞台で引退の（　　　　）。	□
492	あの人には何を言っても無駄です。まるで（　　　）です。	□
493	破れた服を縫うのは祖母にとって（　　　　）だ。	□
494	夏の暑い日は喫茶店で（　　　　）いるサラリーマンが多い。	□
495	あの人はただの友達だから（　　　　）ないで。	□
496	１年後には３億円？そんな事業計画（じぎょうけいかく）は（　　　　）と同じだ。	□
497	（　　　　）で恐縮ですが、うちの社員はみんな優秀です。	□
498	（　　　　）もお小遣いあげないよ。	□

MP3 *Track 196*

step.1 >>> **認識單字**：請邊聽音檔邊練習開口説，完成請在□打✓。

數字・植物・食物		讀音／原文	意思
499 刺身のつま	□	さしみのつま	陪襯
500 禍福は糾える縄の如し	□	かふくはあざなえるなをのごとし	塞翁失馬，焉知非福

日文也有成語！？

日文與中文可以說是相當地有淵源，除了字型沿用之外，也有與中文成語概念很是相似的「四字熟語」。已經練習到 N1 的你／妳應該也看過不少了對吧？我們來看一些常見到的「四字熟語」吧！

四六時中（しろくじちゅう）→用來形容一整天

悪戦苦闘（あくせんくとう）→用來形容苦戰

花鳥風月（かちょうふうげつ）→用來形容美麗的大自然風景

是不是真的跟成語有異曲同工之妙呢？其他還有很多等著你們來發掘呢！

step.2 >>> **讀音練習**：對照左頁，邊唸邊寫上讀音。（若為外來語，則寫假名）

step.3 >>> **例句練習**：每日背誦 10 個例句，能順暢說完即可在 □ 打✓。

讀音練習	例句背誦練習	
499	私は（　　　）じゃない。私にも話をさせて。	□
500	残念だけど泣かないで。（　　　　　　　　）っていうじゃない。	□

日檢單字一擊必殺應考祕技

取得 N1 合格證書，關鍵祕密在「單字量」！ N1 的單字量不多，但非常有深度，需花費不少心力與時間。N1 考試中有可能考出漢字讀音的考題，準備起來並不容易。就多年試題來看，建議各位不用特地為考試背誦漢字讀音，但要盡量強迫自己接觸大量的漢字讀音，例如平時上日文課時，可以把課文中出現的所有漢字的讀音記熟，寫模擬考題時，若遇到不熟悉的漢字讀音，可以查詢並另外紀錄在專用的筆記本中。或許你曾經聽過「日檢只是一時的，但是日語學習是一輩子的」這句話，日檢 N1 對有些人來說，是難以翻越的高牆，但走到 N1 備考階段的你，已經非常棒了，只要再堅持一下，一定能超越眼前的應考壓力，看到更廣闊的風景！

日本語能力試驗 1 級
言語知識（文字・語彙）練習

背完單字了嗎？那還不快來試試這裡的練習題！

A. 正しい読み方はどれですか。

（　　）❶ 問題の多い法案は、案の定、否決された。

1. あんのてい　　2. あんのじょう
3. あんのさだ　　4. あんのてい

（　　）❷ 大統領の選挙が終わってこの国の政治は混乱を極めた。

1. きわめた　　2. さだめた
3. ごくめた　　4. ふかめた

B. 適切な語を選びましょう。

（　　）❸ 試合には負けたけど全力を出し切ったので（　　　　）気持ちで家に帰った。

1. すばしこい　　2. しぶとい
3. すがすがしい　　4. おびただしい

（　　）❹ 父親は子供の学校や担任の先生に（　　　　）関心の人が多い。

1. 不　　2. 未
3. 無　　4. 非

C. 同じ意味の語はどれですか。

（　　）❺ 最近 10 年のデータに基づいて若者の消費傾向をまとめた。

1. 理論　　2. 検査
3. 調査　　4. 資料

(　　) ❻ 今一番辛い時期だと思うが、何事にも辛抱が肝要だ。

1. 重要　　2. 不足
3. 必要　　4. 偉大

D. 同じ読み方はどれですか。

(　　) ❼ 指示

1. 阻止　　2. 質素
3. 支持　　4. 持続

(　　) ❽ 遺構

1. 移動　　2. 移行
3. 偉業　　4. 一向

E. 正しい使い方は同じ意味の文はどれですか。

(　　) ❾ たやすい

1. 貿易が不振で円がどんどんたやすくなった。
2. 誰も解けなかった難問を先生はたやすく解いた。
3. クリスマスを過ぎると売れ残ったケーキはかなりたやすくなる。
4. みんなの前であまりたやすいことを言わないほうがいい。

(　　) ❿ 油を売る

1. あの二人は会うといつもけんかをする。油を売る関係だ。
2. 初めての孫ができて、祖父も祖母も油を売っている。
3. 彼はお小遣いが欲しくて妻に油を売った。
4. 買い物に 2 時間もかかるなんて、どこで油を売っていたんだ。

解説と答え

A. は読み方の例題です。長音や濁音だけでなく特別な読み方をする漢字も注意して覚えましょう。

❶（2）「案の定」は「あんのじょう」と読み、「思った通り」という意味です。

❷（1）「極」は音読みでは「きょく」「ごく」、訓読みでは「きわみ」「きわめる」「きわまる」などがあります。

B. は適語選択です。「不」「無」などの区別、体の部分や動物、漢数字などを使った慣用表現、英語と意味が違う外来語などちゃんと勉強しましょう。

❸（3）「すばしこい」は動きが早い、「しぶとい」は強情という意味、「おびただしい」は大量という意味です。

❹（3）「不」「未」「無」「非」はそれぞれ使える言葉がだいたい決まっています。例：不可能、未発表、無条件、非常識など。

C. は言い換え問題です。類義語をノートにまとめながら単語を覚えるといいでしょう。

❺（4）「データ」は data で、資料、情報の意味です。

❻（1）「肝要」は「肝」という字がありますが、大切という意味のな形容詞です。漢字の意味が分かれば文を読んで推測しやすいでしょう。

D. は同じ発音で違う漢字を選ぶ問題です。単語を覚えるとき書き方や読み方も一緒に覚えるので、この問題はそれほど難しくないでしょう。

❼（3）「支持」はしじ、1 から順に、そし、しっそ、しじ、じぞく、と読みます。

❽（2）「遺構」はいこう、1 から順に、いどう、いこう、いぎょう、いっこうと読みます。

E. は意味をちゃんと理解していれば正しい用法が選べます。

❾ (2) 「たやすい」はとても簡単に、という意味で、決して値段が安いという意味ではありません。

❿ (4) 慣用表現の問題はよく出題されます。「油を売る」は無駄話などをして仕事を怠けることです。他の下線部の正しい慣用句は1「犬猿の仲」、2「目に入れても痛くない」、3「胡麻をする」です。

日檢 **N1** 的單字你都已經記到滾瓜爛熟了嗎？
如果沒有，試著把你還不那麼熟悉的單字寫下來，下次再看到它時，就能輕鬆攻克！

原來如此 系列 J049

最新暢銷修訂版日檢單字絕對合格 N5、N4、N3、N2、N1一擊必殺

把握必考單字，日檢輕鬆過關不是夢！

作　　者　楊孟芳◎著
顧　　問　曾文旭
社　　長　王毓芳
編輯統籌　耿文國、黃璽宇
主　　編　吳靜宜
執行主編　潘妍潔
執行編輯　吳芸蓁
美術編輯　王桂芳、張嘉容
日文審訂　橋本馬利歐
法律顧問　北辰著作權事務所　蕭雄淋律師、幸秋妙律師

二　　版　2021年09月
出　　版　捷徑文化出版事業有限公司
電　　話　（02）2752-5618
傳　　真　（02）2752-5619

定　　價　新台幣499元／港幣166元
產品內容　1書

總 經 銷　采舍國際有限公司
地　　址　235 新北市中和區中山路二段366巷10號3樓
電　　話　（02）8245-8786
傳　　真　（02）8245-8718

港澳地區總經銷　和平圖書有限公司
地　　址　香港柴灣嘉業街12號百樂門大廈17樓
電　　話　（852）2804-6687
傳　　真　（852）2804-6409

▲本書圖片由Shutterstock提供

國家圖書館出版品預行編目資料

最新暢銷修訂版日檢單字絕對合格N5、N4、N3、N2、N1一擊必殺／楊孟芳著. -- 二版.
-- 臺北市：捷徑文化, 2021.09
　面；　公分（原來如此：J049）

ISBN 978-986-5507-78-7 (平裝)

1. 日語　2. 詞彙　3. 能力測驗

803.189　　　　110014084